你又被殺了呢，偵探大人 04

Killed again, Mr. Detective.

てにをは

TENIWOHA Illustration: riich

［插畫］りいちゅ

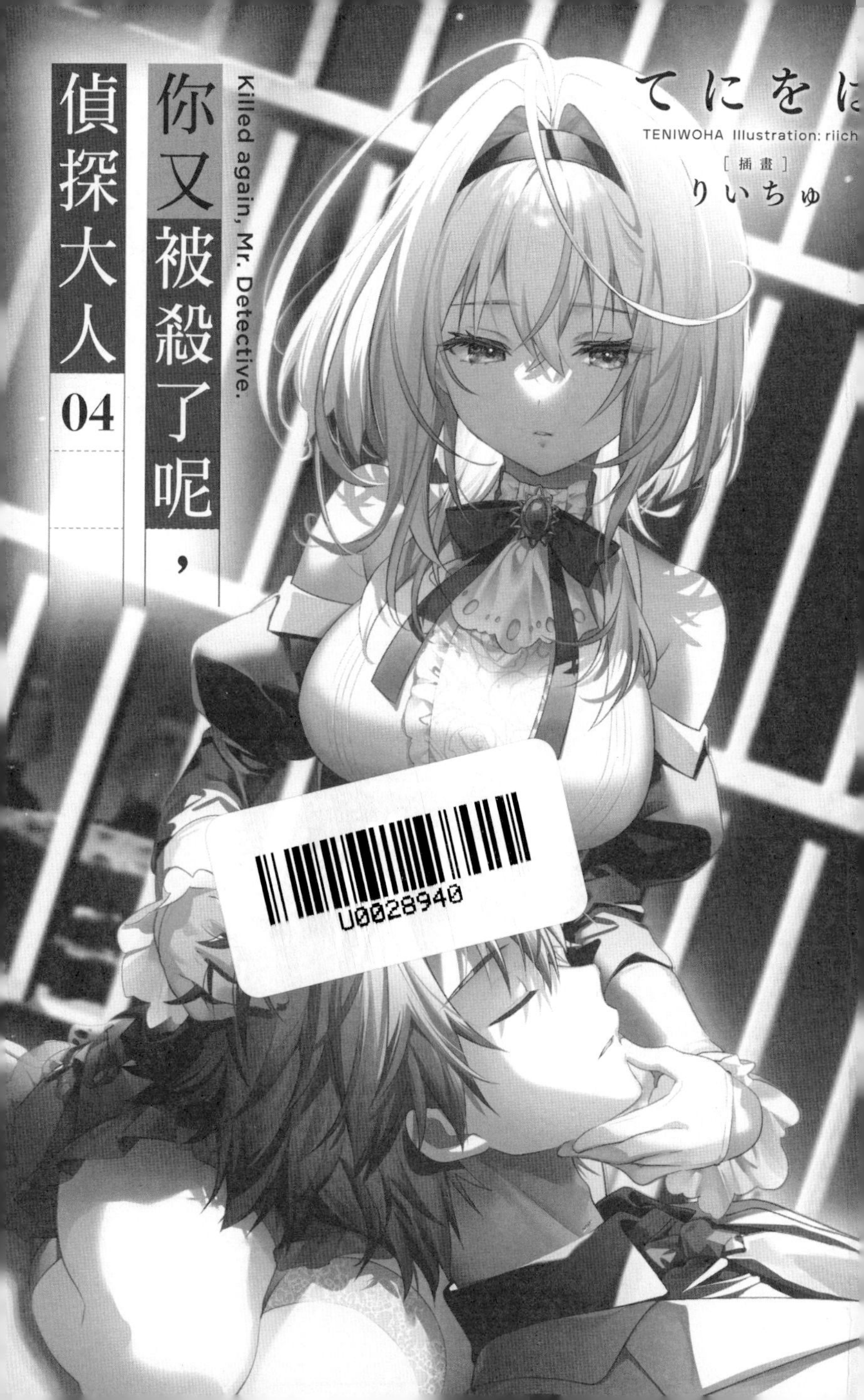

夏洛克監獄殺人事件

—前篇—

KILLED AGAIN, MR. DETECTIVE.

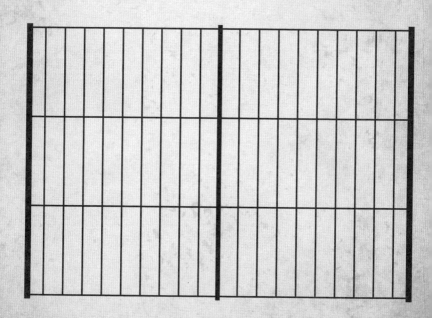

KILLED AGAIN, MR. DETECTIVE.

屈斜路監獄

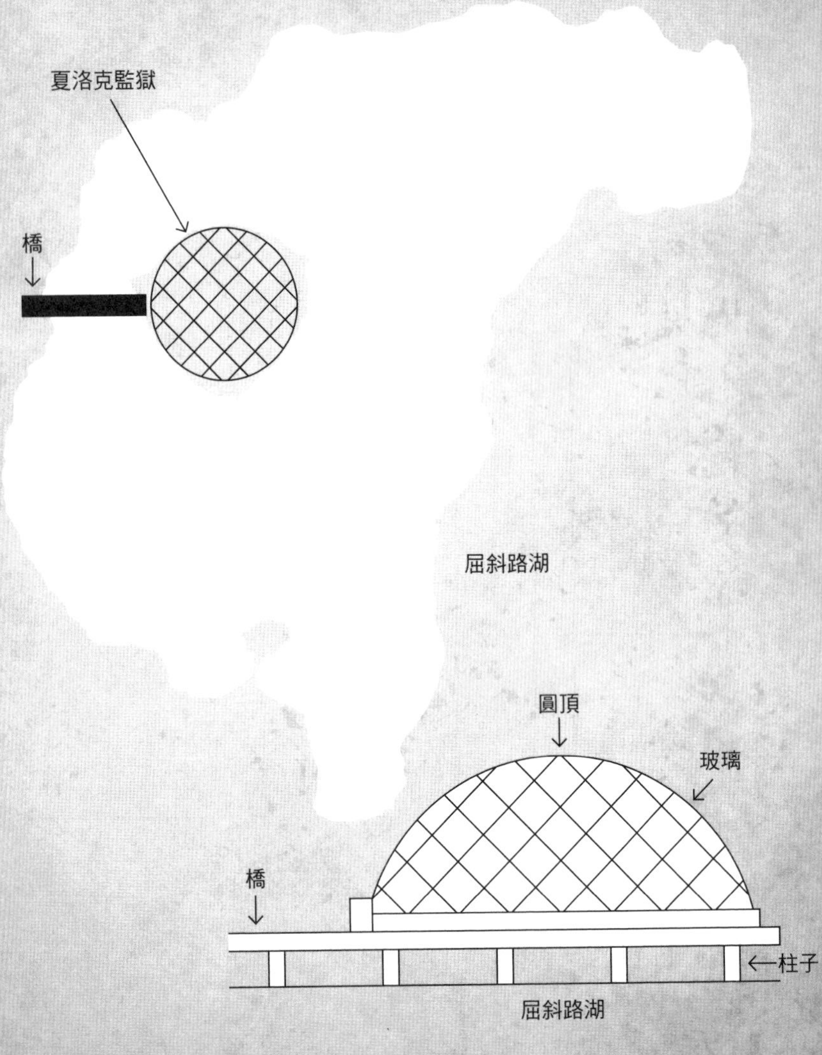

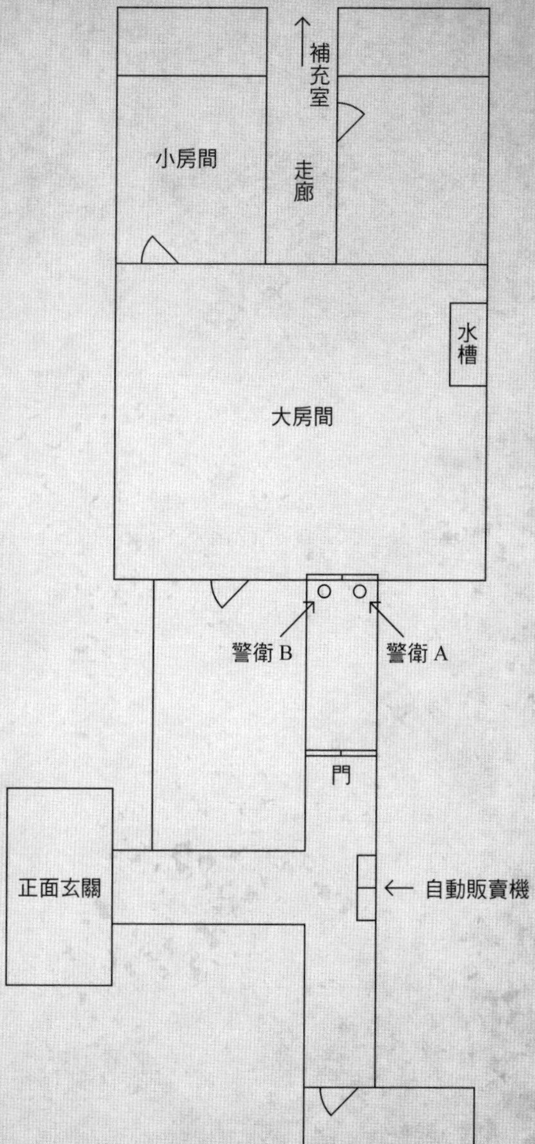

KILLED AGAIN, MR. DETECTIVE.

研究室

登場人物簡介

追月朔也：偵探。
莉莉忒雅：朔也的助手。
哀野泣：漫畫家。
漫呂木薰太：刑警。
吾植：最初的七人對策小組——沃爾夫小隊的隊長。

◎監獄職員

馬路都精三：屈斜路監獄的典獄長。
妻木哲呂：監獄警衛。

◎實驗室職員

車降鍊朱：研究室主任。
車降製子：鍊朱的母親。艾格里高利系列機的開發者。故人。
入符計：研究室員工。
暮具真言：研究室員工。負責開發感應器。
下津理溫：研究室員工。負責開發控制系統。

◎自動勞工（auto-worker）

多妮雅：女性仿生人（女性型自動勞工）。被人發現與受刑人——輪寒露一同殉情。
伊芙莉亞：女性仿生人。救護人員。
卡洛姆：男性仿生人（男性型自動勞工）。救護人員。

◎受刑人

費莉塞特：最初的七人之一。作夢機械。
輪寒露電太：被人發現與多妮雅殉情的受刑人。故人。
加諾：受刑人之一。來自異國。
幕田蛭瑠：受刑人之一。被人稱為「情報屋幕仔」。
緣狩集夢：輪寒露身亡後繼承了受刑人團體『Sad But TRUE』代表人的地位。

—人偶之夢—

妳不哭嗎？

不叫嗎？

「請救救我」呢？最精采、最悽慘的求饒戲碼呢？

……哦～這樣。

妳，不錯喔。很漂亮。

那種感覺——簡直像人偶。

很棒。太棒了。

好。我放過妳。所以妳要永遠保持這樣。

保持像個人偶一樣。

男人說著，最後一腳把我的頭踢飛。

有如電線斷掉般，我的意識霎時中斷。

隨後男人便笑著離開了我家。

跨過變得像人偶般不再動彈的爸爸、媽媽以及哥哥的屍體。

從這天開始，我成為了人偶。

第一章 歡迎蒞臨夏洛克監獄

——收監首日——

「請聽聽老夫的罪過。」

冷不防如此開口的，是嘴上的八字鬍又白又濃密的異國老人，年紀應該有超過七十歲。

他用不算很流暢的日文自稱叫加諾。

「起初老夫是因為在這國家沒錢吃飯，於是幹了幾樁簡單的車內竊盜。老夫從以前就唯獨手腳還算靈活，在祖國是靠修理機械餬口的。所以……剛才講到哪了？哦對，後來有一天在熟人慫恿下，老夫幹起了比較賺錢的勾當。事情不難，只要趁著半夜去高級住宅區走一趟，找輛看起來值錢的車子**稍微借來**賣到國外去就行了。當然組織上頭有老闆，賣來的錢大半都是那邊拿走，但即便如此，剩下到老夫手頭的錢依然不少……呃不，抱歉。」

加諾發覺自己不知不覺間把過去的賺錢勾當越講越愉快，頓時感到慚愧地咳了一下。

「老夫永遠不會忘記，就在第四次工作的夜晚。那天老夫一樣順利解開車門鎖，和同伴一起坐進車內。當天是輪到老夫負責駕駛……而就在這時，車子的主人聽到聲音，從家裡跑出來看，害老夫急得馬上讓車子起步了。然後那車主……唉，老夫萬萬沒想到他會做到那種地步。沒錯，他竟然張開雙手擋到緊急起步的車子前方，結果……」

加諾的右手拳頭用力捶打左手手心。

「撞個正著，當場斃命了。那男人被撞飛了五公尺以上，身體就像扭成奇怪方向的人偶一樣癱軟地摔在地上滾動。老夫駕駛的車子也撞到電線杆，變得無法行駛。當然也就賣不了錢了。老夫自己則是在車禍衝撞的當下整張臉撞在擋風玻璃上，意識變得模模糊糊，只能動也不動地看著那些年輕的工作伙伴們匆匆下車逃走的模樣。簡單講，就是他們丟下了咱這個老糊塗。日本警察很勤快，老夫沒多久就被趕到現場的警察抓到，送上法庭。就這樣，加諾這個男人的人生便結束了。而且因為那場車禍，老夫也失去了右眼。」

他緩緩摘下自己的右邊眼球，放在手掌上給我們看。簡直像個動作熟練的魔術師。

「這眼睛已經啥也看不見了，不過……唉，即便如此，直到今日老夫依然每天晚上都會看見……被老夫撞死的那個男人。就在這眼睛裡……什麼話也不說地默默站著。像個人偶一樣。不管老夫怎麼道歉、怎麼懺悔、怎麼後悔，他都不會消失……回頭想想，這或許是老夫當年捨棄了即將滅亡的祖國，膽小地選擇逃亡所應受的懲罰吧。假如有一天祖國得以重建，老夫真希望有生之年能用這雙腳再一次踏在故鄉的土地……雖是這麼想……但恐怕無望了吧。」

加諾用左眼望著放在手掌上的右眼，深深嘆息。

他就這麼陷入沉默。看來他的自白已經結束了。

「呃……感覺真是一段相當壯烈的人生。謝謝你說給我們聽。你今晚一定可以睡得很好的。」

坐在加諾旁邊的男子慰勞他似地如此表示。

「是啊，就在剛才，你的罪已經被淨化了。沒錯。」

「對，而且你都獻上那個右眼了，受害者肯定也會原諒你啦。」

在男子的那句話起頭下，其他參加者也對加諾敷衍地安慰了幾句。

好啦，下一個換誰發言？

我偷偷窺探其他人的狀況。

在這間燈光昏暗的房間裡有十二張椅子朝內擺成一個圓形，十二名男子坐在上面。

加諾是其中之一。而我也是其中之一。

男人們接著輪流講起關於自身的事情。

有的像加諾一樣表白自己的罪狀。

有的談起最近在人際關係上的煩惱。

在房間角落的陰影處站著一名女性監獄警衛，默默監視我們團體心理治療。

沒錯，這是一場團體心理治療。

大家聚在一起面對面，表白各自的煩惱或罪過，並互相安慰。雖然我因為是第一次參加所以不太清楚，但據說每個禮拜都會在這房間舉行的樣子。

「那麼下一個可以輪到我講嗎？」

接著舉手的是坐在我左邊的男子。

身材瘦瘦高高，有點駝背。

髮型絕妙而奇異。

「我啊，也有殺過人。不過跟加諾先生的狀況不太一樣。我是在自己的期望下那麼做的。」

「一個人嗎？」

對於如此衝擊性的自白大家卻不為所動，不知是誰開口如此詢問。

你殺掉的是一個人嗎？

男子回答：

「九十九個人。」

雖然沒人發出聲音，但在場的人都明顯動搖起來。

「唬爛。」

一名手臂刺青的魁梧男子稍微嗆了一句。

「不過沒關係。在這裡炫耀犯罪就跟打招呼沒兩樣。然後呢，你希望透過告白自己的罪過以獲得原諒就是了。」

「沒那種事！我單純只是希望讓大家知道這件事而已。希望大家知道我的一切，知道我是個多麼無可原諒又無藥可救的人。這場團體治療也只是陪人來參加看看罷了。完畢。」

自稱殺過九十九人的男子就這麼草草結束了自己的話題。

現場呈現一片尷尬的沉默。

真傷腦筋啊。

我從摺疊椅後面偷偷拉了一下男子的衣袖，壓低聲音對他竊語：

「喂，小泣，你再怎麼說也灌水灌太多了吧？雖然是有講好要演得稍微有個樣子，但凡事都該有個限度啊。」

聽到我如此小聲抗議，男子——哀野泣似乎很愉快地咧嘴一笑：

「我的服務精神過頭了？」

真受不了這個人……

「那邊的小哥又是如何？」

正當我懊惱抱頭的時候，刺青男子接著對我如此搭話。看來他把原本放在小泣身上的注意力順勢移轉到我身上來了。

「我嗎？」

「你從剛才就半句話都不吭啊。我瞧你應該還很年輕，但是卻特地半途參加這個聚會，可見你心中也抱著什麼煩惱吧？」

「呃……」

「你講講看吧。這裡就是為此準備的場所。」

「沒錯，用不著客氣。不管什麼內容大家都願意聽的。」

「加油！」

大家見我陷入沉思，紛紛為我送上激勵的話語。

我不禁再次感到在意，對站在陰影中的獄警又偷瞄了一眼。

對方似乎也目不轉睛地盯著我。

「那麼……我就講一件事。」

幾經思索後，我索性嘗試把一直深藏心中的祕密講出來看看：

「我——其實曾經死過。」

「你是說類似出車禍而意識昏迷，徘徊生死邊緣之類的？」

「不，是真的死亡過。好幾次。」

現場頓時充滿溫暖的笑容。

「我被殺掉過好幾次、好幾次，每次又會復活過來——」

「是喔是喔，那可真辛苦啊。然後呢？我好奇問一下，地獄是怎麼樣的地方？在天堂也有Wi－Fi可以上網嗎？」

刺青男一臉愉快地前後搖晃著椅子。

「請等等！我是真的很煩惱啊！相信我！」

我忍不住從椅子站起來，拍打自己胸口。

結果有隻手輕輕地放到我肩膀上。

「哎呀～阿朔，你太棒啦。我的第一百名犧牲者就決定是你了！」

「連小泣也不信！」

就在這時，螢光燈「啪！」一聲點亮，讓房間驟然明亮。

時間到。

團體治療結束了。

「哈～最後讓我笑了一場啦～」

參加者打著呵欠陸續離開房間。

最後只剩下空蕩蕩的椅子排成圓圈。

也罷，我本來就不覺得有人會相信。

我只是想說反正會被當成笑話，所以試著講講看而已。

然而心中最深的苦惱卻這樣被人嘲笑，即便是演技也會讓人有點沮喪啊。

正當我這麼想的時候，小泣拍了一下我的背。

「監獄的心理治療，真是一場不錯的經驗呢。應該可以活用到漫畫題材上。好啦，阿朔，我們也走吧。」

「呃、嗯……」

離開房間之前，我最後再次轉頭看向房間角落的女性獄警——不，莉莉忒雅。

她姿勢極為端正地站在那裡，用一對彷彿不放過世上任何一絲不正行為的幹練眼眸看著我。

我只透過表情對那樣的莉莉忒雅表示。

——莉莉忒雅，妳不用一直跟著我沒關係啦。

結果她也只透過眼神回應。

——朔也大人，居然在這種場合把自己體質的事情講出來，請問你到底在想什麼？

——抱歉。我莫名被氣氛感染啦。

最後，咱們家的助手莉莉忒雅動了一下她豔麗的雙唇：

「好笨的人。」

□

從這場奇妙的團體心理治療往前回溯約半天。

這天，我與莉莉忒雅在更前一天來到了位於東北某縣的溫泉旅館。

那是在漫畫家朋友哀野泣，也就是小泣的邀請下一同前來的。

然後在這趟旅行中不知是否該說不出所料，我們又被捲入了一樁事件中。

雖然那也是一樁相當累人的事件，但畢竟不是這次的主題，姑且就略過詳細內容了。

總之發生許多狀況總算解決了事件——當我們隔天在旅館前討論要打道回府的時候……

從上空忽然出現一架直升機，降落到我們眼前。

我連驚訝都還來不及，就從機上出現了幾名壯碩的男子，一聲招呼也不打便對我表示：

「你是追月朔也吧。請你現在立刻跟我們來。」

「請問你們是？」

「我們會在機上跟你說明。要是不快點，漫呂木也會性命不保。」

雖然還感到莫名其妙，但既然對方提出這個名字，我就無從拒絕了。

簡單講就是名為徵求協助的實質綁架。

要前往的目的地——據說是北海道。

我作夢也沒想到來北方旅行竟然會被帶往更北方的地區。

移動途中，主要向我說明狀況的是那些男人之中看起來最年長的一名西裝男子。

「敝姓吾植，是沃爾夫小隊的隊長。」

「沃爾夫……狼？」

「這是在警察機關內編制的最初的七人對策小組。專門追捕**七隻小羊**（Seven Old Men）。」

「哦哦，原來是警方的人。所以你們才會知道漫呂木先生。」

「畢竟他也是我們的成員。」

「什麼!?」

直升機上的其他男人們似乎全都是沃爾夫小隊的成員。

「這架直升機的目的地是屈斜路監獄。漫呂木現在被關在那裡。」

「監獄？請問他做什麼壞事被抓了嗎？明明是刑警？」

「是啊，不過他是被費莉塞特抓的。」

「那不就是那七人之中的……」

「你果然在某種程度上詳知內幕。或許該說不愧是追月斷也的兒子吧。」

「吾植先生也認識我老爸？」

「雖然並沒有直接見過面，但是在這邊的世界**想要不認識他**還比較難啊。」

這邊的世界——那是指檯面上的世界？還是檯面下？

「不過現在那不是重點。問題在於屈斜路監獄。那地方現在被費莉塞特從內部完全封鎖了。」

「監獄被封鎖？」

那種事情究竟要怎麼辦到？

「對方似乎掌控了監獄的內部系統，誰都無法進去，誰也都無法出來。」

以一座監獄來說，「誰都無法出來」好像應該是值得誇獎的事情才對，但現在想必不是那樣的問題吧。

「目前法務省尚無法將這樣的醜事公開，因此對報導機關做了管制措施。」

「畢竟要是監獄遭到劫持這種事情被世人知道，簡直會把面子都丟光啦。」

「然而那也是遲早的問題。因此我們為了盡早奪回監獄而展開了行動。」

聽起來沃爾夫小隊也在各方面被逼急了。

所以才會用這樣強硬的手段把我帶上直升機的吧。

「本來漫呂木是為了從那傢伙口中問出情報而前往那座監獄的……」

「哦哦，然後就被關在裡面了。」

「至於費莉塞特提出的要求只有一點：把追月斷也的兒子——追月朔也帶過來。」

我不自覺嚥了一下喉嚨。

「我嗎？為什麼？」

「不知道。那傢伙透過委託獄方人員傳話的方式與我們警察取得聯絡，但始終只有主張一點——總之把人帶過來，要講的事情當面再講。」

「我該不會要被碎屍萬段吧……」

因為我在到處調查最初的七人（Seven Old Men）嗎？

還是說，對方經由夏露蒂娜之類的管道得知我的**體質**並產生了興趣？

「那傢伙過去與各國軍隊交鋒，是個能夠將對手一一殲滅或擊退的強者。只要對方有那意思，想要把你一個人如何處理掉都是易如反掌吧。」

「請別嚇我啊。」

不過像這樣重新複習對方的經歷——或者說犯罪史？——就能明白費莉塞特為什麼會名列最初的七人（Seven Old Men）之一了。

那樣的對手如今指名道姓要與我見面。

老實說，這時候的我有夠忐忑不安。

雖然知道自己遲早必須與對方見面，但我萬萬沒想到會發生得如此突然。

「現況下，唯有費莉塞特看上的人物才能獲准穿過監獄大門，不過既然是對方親自指名的你，應該就能潛入其中。當然，我們也有好幾度嘗試從外側入侵，然而屈斜路監獄是個無論從內或外都難攻不破的場所。假如要硬拚，光是事前準備就必須消耗大量時間、費用以及**性命**。」

不過現在回頭想想，與最初的七人（Seven Old Men）扯上關係的事情，至今沒有一次是不突然的。

他們不會像露營場的接送人一樣好心等待我們做好萬全的準備。

那麼答案自是不用說。

「我明白了。請讓我去吧。」

接著經過幾個小時，以直線距離來算大約飛行了五百公里。

沃爾夫小隊的一人忽然指向窗外表示：「看見了。」

於是我和莉莉忒雅臉貼著臉望向窗外，見到下方一片宏偉的大自然全景。

映出藍天的湖面。

是屈斜路湖。

在湖的中央附近，有一座異樣的圓頂建築坐鎮在那裡。

底下是一座湖中島，現在被當成圓頂建築的地基。

由於沒有其他可以拿來比較參考的東西，光靠目測有點難以判斷它實際的巨大程度。

就在我看得目瞪口呆時，吾植先生用莫名認真的語氣說道：

「那邊可以看見的就是屈斜路（KutsuSyaRo）……不，通稱**夏洛克**（Sya-rokku）監獄。」

瞧他講得像個風趣的觀光導遊一樣。

□

「歡迎遠道而來。您就是追月朔也先生吧？真不知該如何感謝您。」

在鐵柵欄內側出來迎接我們的，是一名年輕的男性獄警。

「我是這裡的監獄警衛，敝姓妻木。」

他臉色蒼白，看上去明顯憔悴。大概是因為在遭到封鎖的監獄中每天處於極限狀態的緣故。

「我這就帶您前往費莉塞特的地方。」

簡短問候一結束，他便走在前頭為我們帶路。

長長的走廊不斷延續。因為有一點彎曲的關係，看不到前方的終點。莫名有種壓迫感。

地板整面都是玻璃材質，看起來彷彿綻放白光。不，應該是真的在底下埋有照明燈具。因此相對地在天花板看不到什麼俗氣的螢光燈之類，整體設計得相當講究。

「既然正面大門會順利打開，讓各位能夠像這樣進到裡面來，便證明了費莉塞特想招待的人物確實是各位不會錯。」

「……但願對方會看上我們啦。」

至於沃爾夫小隊那些人嘛，他們把我們送到這裡後就馬上掉頭離開了。雖然有種把事情都丟給我們的感覺，但畢竟費莉塞特不允許他們訪問，因此這也是不得已的。

「呃，妻木先生，從剛才一路走過來我就在想了，這地方該怎麼說呢？感覺不太像是監獄。不知該說很現代……或者甚至有點近未來的感覺。」

「因為這地方是五年前才剛建好的，而且當初的設計概念就是那樣沒錯。充滿未來感。」

「未來、是嗎？」

老實說，以監獄的設計概念來講有點讓人不太明白。

「就趁這機會讓我為各位介紹一下吧。這地方叫屈斜路監獄，是建築於屈斜路湖上的圓頂設施，也是日本最先進且最巨大的監獄。進出路徑唯有西側那座與湖岸相連的橋。除此之外就只能像各位一樣經由空路，或者靠小艇之類經由水路了。」

他表示整座湖到處都有設置嚴密的監視系統。

意思應該就是說休想輕易越獄吧。

不管怎麼說，總之我明白這裡似乎是一座無比巨大的監獄。

聽著妻木先生介紹的同時，我們穿過了好幾道戒備森嚴的門。

「各位，請往這邊走。」

妻木先生動作熟練地打開最後一道門。

裡面是一間莫名寬敞而空曠的房間。

不只這樣，無論地板、牆壁或天花板全都是平滑的純白色。或許這樣比喻很奇怪，但感覺就像傳統能劇中戴的面具一樣。房內沒有什麼能夠當成參考點的東西，導致距離感有點錯亂。

漫呂木薰太就在這樣一間房間中。

他一臉無聊地背靠著牆壁坐在地上，不過一見到我和莉莉忒雅便當場跳了起來。

「總算來了！」

「漫呂木先生，你到底在搞什麼啊？受不了。」

「整座設施都被封鎖起來，我也無能為力啊。」

「你看來很有精神的樣子。」

或者應該說，臉色甚至比平常還好。

「漫呂木大人，很高興見到你平安無事。」

「託福啦。我被監禁在這裡三天……每天固定時間都會有人送餐食來嘛。」

連鬍子都會讓我剃，簡直是ＶＩＰ待遇了——漫呂木如此反諷著。

「你平常生活是過得多不正常啦……話說回來，這次突然被叫過來害我嚇一大跳啊。」

「關於這點真的很抱歉……把你也拖累了。」

「呃不，畢竟這次的對手很特殊嘛……再說，對方是指名道姓要叫我過來的對吧？那麼我就不是被拖累，而是當事人啦。」

「由於事態緊急，警方也沒有餘力做準備工作。但儘管如此還是只花三天就把你帶到這裡來，可見上頭那些人也多少努力了一下。」

「事情原委我已經聽說了。漫呂木先生升遷了是吧？」
「我只是被硬塞到對策小組而已啦。薪水沒變，而且特別津貼還在交涉中……呃，現在重點不是這個啦。我說朔也……」
「嗯？」
漫呂木一臉狐疑地看向我左邊。
這裡要先講一下，莉莉忒雅站在我右邊，而妻木先生則是在房間入口旁。
「莉莉忒雅是助手所以跟你一起到這裡來了。這點我可以理解。但**這個男人又是誰？**」
他說著，伸手指向站在我左邊的人物。
對了。關於這點我還必須說明一下啊。
「哦哦……這個人是──」
「初次見面。」
我才開口就被打斷。
「敝姓哀野，是朔也老師的實習助手。漫呂木刑警，還請多多關照。」
小泣捏起漫呂木指向自己的指尖上下搖晃。那是當成在握手嗎？
「實習助手……？朔也你啊，又多僱用了一個人？明明只是剛出道的半吊子就這麼囂張。」

「呃……這要說是期間限定的一日體驗嘛……或者說形勢使然……」

我們在東北那樁事件結束後就緊接著被趕上直升機，但萬萬沒想到——吾植先生匆忙之中，居然讓當時跟我在一起的小泣也坐上來了。

我完全沒有時間說明小泣是局外人，跟這次的事情沒有半點瓜葛。而小泣就這麼被誤以為是我的助手，聽到了一堆本來禁止外傳的情報。

至於他本人倒也不曉得為什麼，對這狀況一直樂在其中。到現在還看起來像是被捲入一場意外冒險之中而興奮不已的樣子。

就在這種緊急狀況的一片混亂之中，到頭來我只能硬著頭皮把小泣當成我的助手之一了。不過這樣真的好嗎？總覺得應該不太好吧。

「做為一名助手，我會好好取材……呃不對，好好學習偵探的工作。話說回來，這裡就是屈斜路監獄啊。我雖然有聽過傳聞，但真是個厲害的地方！」

我看這人八成是想利用這次機會尋找漫畫題材吧。

「言歸正傳，那位把老師叫到這裡來的費莉塞特在哪裡呢？對方是現在把全世界鬧得沸沸揚揚的最初的七人（Seven Old Men）之一吧？我巴不得能夠親眼瞧瞧對方長什麼樣子！但這裡好像連個影子都沒看到，會不會是關在其他牢房？」

正如小泣所說，這房間中看不到其他人影，也感覺不到氣息。

唯獨在房間中央有用透明玻璃隔出一塊四方型空間，裡面擺了一顆直徑約一公尺的球體而已。

那究竟是啥？裝飾品嗎？

「這房間的主人一直都在那裡啦。」

「呃？什麼意思？」

就在我聽見漫呂木這句似有深意的發言而準備轉回頭的時候，那顆神祕球體忽然當著我眼前開始變形。

「哇啊啊啊……！居然變形了！」

「瞧朔也這反應，簡直就像看見三天前的自己。」漫呂木說道。

幾秒鐘後，我眼前出現了一具擁有雙手雙腳的人型機器人。變化簡直就在轉眼之間。

而且巨大得讓人必須抬頭仰望的程度。

我忍不住問漫呂木：

「喂，難道費莉塞特……不是人類？」

「似乎是機器人喔。」

「是機器人呢～」小泣說。

「原來是機器呀。」莉莉忒雅說。

「很驚訝對吧？而且據說還是結合了一大堆科技精華的特製品。」

「……懂了。」

掌控整座監獄的內部系統——

實際上並非人類的費莉塞特確實有可能辦到這點。

「歡迎蒞臨夏洛克監獄。」

這就是費莉塞特發出的第一聲。充滿無機質感而低沉，宛如透過軟體程式發出來的機械聲音。

「我就是費莉塞特。回歸者（Revenant）……不，追月朔也。好久不見。」

「……回歸者？」

「別在意。那只是我從以前擅自這麼稱呼你而已。」

「從以前？我們應該是初次見面吧？」

而且它剛才還說了——好久不見。

「哦哦，抱歉。過去只是我單方面看著你而已，你並不認識我。」

看著？

「那是我被收監到這裡來之前的事情。我利用全世界的網路，能夠潛入各個地方的攝影機。然後你是斷也的兒子，我同樣透過鏡頭一直在觀察你。」

原來我一直被看著嗎？

這種事讓人聽起來很不舒服。但總之我明白了，費莉塞特似乎也知道關於我體質的事情。

「意思說費莉塞特是因為偷窺而被老爸抓的？」

嗶吭嗶吭嗶吭。

從費莉塞特的身體忽然發出奇妙的蜂鳴器聲響。

這是什麼？

我忍不住窺視漫呂木的反應，但他一副不以為意的樣子。

「應該是在笑吧？我猜啦。」

小泣說著，走到我旁邊。

「哇～……這就是傳聞中最初的七人（Seven Old Men）之一啊。**我第一次看到**。」

他仰望著費莉塞特，感慨萬千地如此表示。那廢話，要是他本來就見過對方，我才要嚇一跳呢。

「初次見面，費莉塞特……小姐嗎？我叫哀野泣。」

小泣感覺戰戰兢兢地對費莉塞特搭話。而費莉塞特彷彿在觀察那樣的小泣般，默默望了他幾秒。

「……初次見面，是嗎？說得也對。請多指教了，名字奇特的人。」

「太棒啦，阿朔！我們對話成立了！」

瞧他開心成那樣。

「嗯嗯，恭喜你囉，小泣。我有聽到了，所以拜託你先退下吧……咳！呃……言歸正傳，費莉塞特有事找我對吧？」

「很抱歉還讓你大老遠跑這一趟。請恕我在牢籠中問候了。雖然我很想出去外面跟你握個手，但這座玻璃籠子似乎是專門為我特別訂製的。無論實體或電波都會遭到阻隔。要說在這裡唯一的樂趣，大概只有每個月配發一次的新聞報紙吧。」

這與其說牢籠還比較像個玻璃櫃，不過我看著費莉塞特所處的狀態，心中頓時浮現新的疑問。

「費莉塞特不是掌控了監獄的設施系統，把這裡封鎖起來了嗎？那為什麼不順便讓自己恢復自由之身？」

「會有這樣的意見很正常，不過這是由於目前比起我本身的自由，還有其他必須優先解決的事情。在二者選一的結果下，就是現在你看見的狀況了。」

「可不可以麻煩說明得淺顯易懂些？」

「我確實掌控了這裡的內部系統。藉由將體內大部分的奈米機械散布到設施內，改寫了一部分的軟體程式。」

奈米機器——我有聽過似乎是肉眼無法看見的極小機械。原來那種東西真的存在。

「奈米機械是什麼時候放出去的？這玻璃櫃不是會完全阻隔嗎？」

「很簡單。就是我最初被移送到這裡，並收容到這個牢籠之前的移動路上，我把它們撒出去，潛伏起來。接下來只要別讓人類察覺，花上漫長的時間偷偷準備就行了。」

那可真是考驗耐心。

「然而光是如此就讓我把奈米機械都耗盡了。也因為這樣，沒有餘力處理這間牢籠。不過就像剛才說的，這對我而言並非急務。現在重要的是你，斷也的兒子。我希望把你找來這裡，幫忙弄清楚一件事。」

「弄清楚一件事……這就是找我來的理由。難不成是要向我委託工作？」

即使內心忐忑不安，但我依然盡可能擺出強勢的態度。

費莉塞特對於我這句半開玩笑的逞強發言絲毫不以為意，用嚴肅的語調回應：

「沒錯，你就當成是委託吧。有起事件希望你務必幫我調查看看。」

「……認真的？」

「你跟斷也一樣在當偵探不是嗎？我在報紙上也有看到你的名字。」

我可不記得自己有接受過什麼採訪，該不會是關於老爸喪命——被眾人以為喪命的那起飛航事故的報導吧？

「我的確在當偵探沒錯……但拿我跟老爸比較應該沒好事喔？」

最初的七人（Seven Old Men）想委託偵探調查？

這是要考驗我嗎？

「我希望你幫忙解決發生於這座監獄中的一樁、我妹妹**多妮雅與人類之間的殉情事件**。」

「殉情？或者說，呃？妹妹？」

我的腦袋一時之間難以理解它這句話。

「別看我這樣，我其實有很多弟妹。多妮雅便是其中之一。」

「費莉塞特的妹妹……意思說這座監獄裡還有其他相同的機器人嗎？」

「這座屈斜路監獄中有許多稱為自動勞工（auto-worker）的專用仿生人。據說是為了在將來廣泛普及到社會上成為替代人類的勞動力，測試性導入到這裡運用的。」

「嘩～還真如設計概念一樣先進啊。」

沒想到科技居然已經進步到這種程度了。

「雖然我剛才用『妹妹』這個詞表現，但實際上除了基礎理論共通之外，我們之間並沒有關聯性。她的外觀既不像我這般迷人，也沒有搭載便利的破壞兵器。他們只是外觀與人類相比毫不遜色，且能夠溝通的和平機器人，所以你大可放心。」

迷人？我分不清他究竟講認真的還是在開玩笑。

「然後，那位妹妹多妮雅小姐……跟人殉情了？」

「一名受刑人與一具自動勞工死亡了。」

「自動勞工死亡……意思說遭到破壞嗎？」

「他們兩人是以互相奪走對方性命的方式喪命。關於多妮雅的狀況，她的軀體自是不用說，據說連掌管人工智能（AI）的腦部零件，都被破壞到無法修理的程度。」

「還真悲壯……所以說是殉情……嗎？」

「沒錯，自古以來人類與心上人互相斷送性命的行為——殉情。也就是『品川殉情』、『曾根崎殉情』、『殉情天網島』的那個殉情。」

這機器人對於人類的古典文學作品莫名精通啊。

「一同殉情的那位人類呢？」

「據說是叫輪寒露的受刑人。你等會叫那邊的獄警拿照片給你看吧。」

於是我瞄了一下妻木先生，結果他對我點點頭表示明白。

「不過為什麼會是人類和機器人？難道他們曾經相思相愛嗎？」

「我明白你感到驚訝的心情，但這次的問題不在那裡。」

「怎麼說？」

「重點在於多妮雅**殺害了人類**。這點令我無法相信，總覺得背後肯定隱藏了什麼真相。」

「無法相信的理由是？」

「很簡單。因為就原則上來講，我的弟妹們是無法殺害人類的。」

「原則？」

「你有聽過『機器人三大原則』嗎？」

「好像有聽過，又好像沒聽過……」

「那是作家以撒·艾西莫夫在自身小說中所提倡的法則。由顧慮人類安全、服從人類以及機器人的自我防衛這三條所構成。」

第一條：機器人不得傷害人類，亦不得對危害人類之事物視而不見。

第二條：不抵觸第一條之前提下，機器人必須服從人類的命令。

第三條：不違背第一及第二條之前提下，機器人必須保護自己。

「這些原則透過程式被烙印在每具機器人腦中。也就是說多妮雅照理來講不可能殺害輪寒露才對。」

「等等，那費莉塞特是如何殺害那麼多人類的？」

「朔也，你最好別把我跟他們相提並論。三原則並不適用於我——**打從一開始就是如此**。」

它若無其事地講出了可怕的事實。

也就是說，應該把費莉塞特當成不同種類的存在來思考比較好。

「好啦，我知道了。不過多妮雅理應不可能殺人……卻有一名人類遭到殺害是吧？意思說費莉塞特想主張有哪位人類的第三者殺掉了輪寒露？」

「我認為也有那樣的可能性。然而監獄方卻想主張這起事件只是一樁不幸的意外事故，或者總結為自動勞工的故障，試圖草草把事件處理掉。」

「所謂意外事故，例如揮動手臂時不巧撞到對方的頭，結果不小心殺掉了之類？」

「但那是不可能的。因為發生那樣的狀況時，自動安全機制就會立刻啟動。」

「這樣喔。那麼就是由於這項說法講不通，所以認為原因應該是故障？也就是說輪寒露單方面想要破壞多妮雅而襲擊她，結果卻導致故障讓自己意外遭受反擊，最後兩敗俱傷了？」

「又或者是故障造成安全機制沒有發揮效用——總之這裡的典獄長肯定正在編造這類的劇本吧。」

太驚訝了。

居然真的是一項正經的調查委託。

沒想到一名罪人——而且還是可能名留歷史的大罪人，會在監獄中對偵探提出委託。

「我認為這是獄方組織性隱蔽真相的行為。」

「才沒有隱蔽什麼真相！」

這時突然傳來怒吼聲。

我轉頭一看，發現房間門被打開，不知不覺間有一名矮小的中年男子站在那裡。

但比起他突然現身，他身上那套花俏的蘿蔔色西裝更是讓我驚訝。

「妻木先生，這位是？」

「這位是馬路都典獄長。」

原來如此。也就是這座屈斜路監獄的負責人。

「典獄長，這位是偵探追月朔也……」

「哼，根本還是個小孩子啊。該不會搞錯人了吧？」

典獄長不聽妻木先生講完就打斷他，對我如此批判。

「呃不，吾植先生也說過這位毫無疑問就是追月朔也本人。而且費莉塞特也像這樣把他招待到裡面來了……」

「這臺破銅爛鐵不惜引發這麼誇張的事態要求找來的人物，竟然是這種小鬼頭。而且還偏偏挑在我任期中搞出這麼嚴重的事件。」

典獄長表現出非常典型的傲慢態度。不過或許要當監獄的典獄長就是需要這樣強勢吧。

「喂，偵探，應該用不著我說吧？這起事件無論對內對外都不准洩漏。屈斜路監獄竟然接受最初的七人（Seven Old Men）所提出的要求——這種醜事絕對不許流傳給國內外任何人知道。一定要祕密處理掉。」

居然能夠徹頭徹尾只考慮自己的事情到這種程度，反倒讓人不禁佩服啊。

「馬路都典獄長，你還是老樣子感覺血壓很高。小心不要眼一翻就送命啦。」

至於費莉塞特則是即便被罵成破銅爛鐵也始終態度冷靜。

「不用妳管！等事情結束後看我這次真的把妳給拆了。換句話說就是執行死刑。如何？被當成人類一樣接受制裁，妳可高興了吧？」

「那還真是感激不盡。那麼我也在此向你約定，在執行死刑之前我會先把你給炸死。」

「呃～」

我看典獄長跟費莉塞特這場舌戰似乎會拖很久，於是輕輕舉手打斷他們。

「典獄長先生，你剛才主張並沒有隱蔽什麼真相，請問是什麼意思？」

結果典獄長彷彿回想起來似地用力睜大眼睛。

「沒錯！那是由於自動勞工發生故障造成的一樁不幸意外。而且……」

「而且？」

「而且殉情的**現場是間密室**啊！」

來了。

密室啊——

我忍不住仰頭。

「假如現場有第三者，發現遺體的同時應該就能當場找到凶手了。可是現場沒有其他人！難道你要說凶手從密室中一溜煙消失了嗎！」

「現在就是包含這點在內，要請這位偵探好好調查呀。根據調查得出的結果，搞不好會變成一樁人類殺掉人類的**一般殺人事件**喔。」

「監、監獄中發生殺人事件……我絕不承認有這種事情！」

確實，要是被挖掘出那種事情，當典獄長的肯定會非常尷尬。

「放心把，典獄長。我並沒有要把你或這座監獄營私舞弊的行為爆料出來的意思。我僅是想要知道關於妹妹死亡的真相。你只要別礙事，默默旁觀就行了。」

「不要講得好像真有營私舞弊一樣！哼……僅是想要知道。真的就只是這樣而已？」

「沒錯。」

「……那就隨便你們。當然，只要妳達成了目的就要立刻歸還系統控制權，明白了嗎？」

「一言為定。」

或許聽到這回應而感到些許滿意了，典獄長轉身退到牆邊。

然而接著又換成漫呂木抗議起來：

「我才想說妳為何要找朔也來，居然是為了這種事。那根本不用找偵探，叫個電器行過來就行了吧？」

看來他也是直到現在才聽說了對方的目的。

「對我來說，這是很重要的事情。」費莉塞特始終冷靜表示：

「對親友的死感到懷疑，希望能得知真相──這應該是很稀鬆平常的感情吧？」

相當率直的一句話。正因為用機械聲音講出來，更加令人心有感觸。

「漫呂木先生，沒關係的。對方不惜做到這個地步也要把我叫來，可見是真心希望知道真相吧。更何況，就像聘僱律師一樣，任誰都有僱用偵探的權力。然後，酬勞呢？」

機械和人類之間繼續在這裡漫無主題地問答下去也沒意義，因此我決定暫時按照正常流程往下討論。

「假設我達成了這項委託，對我有什麼好處？」

「等你解決後，我就告訴你關於令尊──追月斷也的情報。」

「關於老爸……？」

「朔也，你聽了可別驚訝喔！」

漫呂木不知為何一副自豪地說道：

「據這傢伙說，那個人還活著啊！」

「噢，這樣喔。」

「……你都不驚訝？」

一下叫我別驚訝一下又希望我驚訝，到底怎樣啦？

「我有驚訝啊，當然。可是……對吧？」

我看向莉莉忒雅。

「是的，我們打從一開始就不認為斷也大人已經離世。」

「就是這樣。單純的心願現在化為確信，雖然多少有讓我感到衝擊啦。但同時也有種『果然如此』的感覺。」

不過……

我還是有點鬆一口氣了。

原來如此。他還活著。

「哼，真古怪的父子關係。」

「常有人這麼說。」

「總之就是這樣，追月朔也。做為報酬，就告訴你我費莉塞特所知道的事情吧。」

「那是很感激啦，但我有個問題。妳在這個透明玻璃箱中是如何得知老爸還活著的事情？不是說這東西無論實體或電波都會阻隔嗎？沒有任何一家新聞報紙說過老爸還活著喔？」

「我只能說，是來到這裡探監的人物告訴我的。」

探監？

我忍不住看向妻木，但他卻搖搖頭表示不知情。

「據我所知並沒有留下那樣的紀錄才對……」

「跟老爸有關聯的人……意思是說有這麼一號人物來到這裡，而且神不知鬼不覺地又離開了？」

「你要這樣想也沒問題。」

「究竟是何方神聖？」

「對方沒有報上名字。」

費莉塞特看起來並沒有在掩飾或裝傻，很老實地回答著我的問題。

「唯一知道的是，對方是一名**九歲的少女**。」

「喂喂喂……這是在耍我們嗎？九歲？」

「漫呂木先生，別衝動。」

我在安撫他情緒的同時，其實也努力嘗試讓自己平靜下來。

九歲的少女——

該不會就是當時引起那場墜機事故的劫機犯吧？

我記得新聞報導說她跟老爸一樣，隨著飛機一起墜落喪命了才對——

每當解開一個謎團，下一個謎團又會冒出來。跟老爸扯上關係的事情每次都是這樣讓人覺得煩。

「我是搞不太清楚狀況啦，不過看來阿朔的家庭相當複雜呢。」

小泣深深嘆了一口氣，似乎為了友人的家庭環境感到痛心的樣子。

「其實就是這樣。等事情告一段落後我再跟你詳細說明吧。」

「那麼阿朔，你要信任對方嗎？」

也就是我是否要接受費莉塞特的委託——

「不管怎麼說……」

莉莉忒雅這時開口。

「在朔也大人完成委託之前，他恐怕都不打算讓我們走出這座監獄任何一步吧。」

「對耶，既然已經把腳踏入這地方，阿朔打從一開始就沒有選擇的權利啦！助手小妹，妳腦袋真靈光。」

「喂，助手二號！現在是讓你佩服的時候嗎！」

漫呂木從剛才就一直火氣很大。

「你們要這樣想也可以。沒能在雙方公平的前提下交涉，我很抱歉。另外，這位姑娘。」

費莉塞特發光的獨眼看向莉莉忒雅。

「妳叫莉莉忒雅是吧？妳剛才用『他』這個詞稱我，但今後希望妳能改用『她』。別看我這樣，我的人格其實是女性。」

「咦？啊！」

聽到這句話的瞬間，莉莉忒雅立刻把手放到嘴前，發出宛如少女的聲音。呃不，她本來就是個貨真價實的少女啦。

「這、這個……很抱歉，我失禮了……」

察覺一切的莉莉忒雅害羞得雙頰泛紅，規規矩矩地鞠躬致歉。

「莉莉忒雅，腦袋不靈光囉！」

我得意忘形地如此調侃，卻當場被她那雙惹人憐愛的眼睛狠狠瞪了一下。

噫～！好恐怖！

「總……總之就像莉莉忒雅說的，我現在似乎沒有拒絕的權利，那就接受妳的委託吧。」

「感謝，我高興得保險絲都要跳出來了。」

「道謝的話語等我順利弄清楚真相之後再說吧。而且我也是為了自己的利益啊。」

「假如需要更詳細的情報，你就去研究室問問看研究員吧。」

費莉塞特轉動著自己的手掌部分如此表示。

「研究室？」

「就是針對自動勞工運用、維修與管理的研究設施，附設在這座監獄中。當然，跟受刑人區域是互相隔絕的，這點可以放心。多妮雅的軀體被回收之後就保管在那個研究室。」

然後似乎在那裡接受研究員們調查的樣子。

「話雖如此，但那些研究員應該也沒時間一直處理這種微不足道的事件吧。畢竟研究室本身在各種事情上也處於沒什麼餘裕的立場。」

費莉塞特若有深意地如此說道。

「不過既然**證物**有好好保管在專家手中，只要仔細調查下去……」

漫呂木說著這樣樂觀的發言，卻在途中被費莉塞特打斷：

「對了，我還沒向你說明關於時間限制的事情。」

「妳……妳說時間限制？」

「到明天。對於我掌控了這座屈斜路監獄的事情，政府將會開始認真介入。時間恐怕就在明天。早一點的話可能是上午，再晚也應該會在下午很早的時間。到時候可就沒辦法繼續解謎了。」

「為什麼？」

「因為我會驅使自己具備的所有功能應戰。他們這次肯定不會再放過搞出這種名堂的我，而搬出數不清的槍砲武器前來鎮壓。而我當然也不會乖乖挨揍。我已經做好了甚至不惜讓監獄沉入湖中也要應戰到底的準備。」

哦哦，那樣確實不是繼續悠哉解謎的時候了。

而且我隱約感覺，費莉塞特到時候應該真的會讓這裡整個沉入湖中。要不然也不會名列七人之中了。

「不過我在此約定。只要你為我解開這個謎團，我就會乖乖任由人類破壞，不再抵抗。」

「……妳認真的？」

「沒錯，如果套用人類的講法，就是乖乖接受死刑的意思。到時候我會讓全身上下約七百項的防禦程序全數停止。這樣說吧，假如你認為光是斷也的情報還不夠，就把這點當成是另一項附加酬勞也行。」

一言為定——費莉塞特如此表示。

「呃、喂！如果這是真的，那可不得了啊！」

典獄長忽然發出難掩激動的聲音。

「您還真興奮啊。」

「那當然！當初會把這個機械人偶硬是關進這座本來應該用來關人的監獄，就是因為這傢伙刀槍不入，誰都無法破壞的緣故啊！所以只能判處那種超越常識範圍的刑期把她關起來了！」

「因為無法破壞、無法殺掉，所以只能永久封印起來……聽起來簡直像誰都沒法子祓除的平將門惡靈一樣。」

小泣這個比喻倒是貼切。

「那樣的費莉塞特現在居然願意接受死刑——假如不是在騙人，那的確是無比巨大的酬勞呢，阿朔。」

我能問出關於老爸的情報。

監獄能取回系統的控制權。

人類能消除一大威脅。

以一項委託工作的酬勞來說，這的確可謂是大放送了。

「偵探！這下就靠你啦！」

連典獄長都頓時變得幹勁十足。

「但我還是要警告你，關於這件事絕對要保密才行。萬一被外界謠傳說獄方答應與最初的七人交涉，我可受不了。此事只要在場這些人知道就夠了。妻木，你也一樣！要是你敢散播給同僚知道，我就馬上開除你！」

「我、我明白了。」

看來這項委託不能指望監獄的工作人員全面協助與配合了。我心中再度響起難度提升一級的聲音。

「看來事情已經說定了。那麼偵探小弟，你就立刻開始調查吧。」

費莉塞特對我如此說著，讓綻放綠光的獨眼變得更加明亮了。

第二章　天使集團

離開費莉塞特的特別牢房後，我們決定直接前往研究室。為了請那邊的人讓我們看看那具女性仿生人——多妮雅的軀體。

「總算可以從那房間出來啦……！」

漫呂木彷彿在感動什麼似地舉起雙手。這三天來他似乎一直被關在那房間的樣子。

「誠如各位剛才所聽到的，這座屈斜路監獄的系統目前被費莉塞特所掌控。除非她許可，否則沒有任何一個人能夠從這裡出去。無論是模範囚或大罪人都一樣。」

在前往研究室的路上，妻木先生重新為我們說明這座監獄目前的狀況。

至於馬路都典獄長則是早早就溜回典獄長室去了。

「完全被封鎖了是吧。」

「監獄全面採用自動電子鎖卻適得其反了。我們萬萬沒想到竟會被對方使用奈米機械……」

「這就叫祕藏手段呀，妻木。」

這時從近處聽見費莉塞特的聲音。

是從我身上發出來的。

我不禁厭煩地看向自己胸口，結果從我外套的胸前口袋中有隻小動物探出頭來。

如果用一句話形容那隻小動物，就宛如「剛出生的機器貓」。雖然外觀充滿金屬感，但造型絕佳可愛。

「至於現在的我則是叫祕藏貓咪。」

「喂，費莉塞特，不要在人家口袋裡動來動去。很癢啊。」

「我跟這個軀體的連結似乎還不太穩定的樣子。」

「這是從剛才那房間做遠端操作嗎？」

「那樣講不正確。就像剛才說明過的，那個強化玻璃室與周圍在情報訊號上也受到阻隔，不可能遠端操作。在這裡的我是從本體分株出來的分身。我是依照自身的意思行動。等之後會合時再把所見所聞的情報上傳給本體。」

讓自己的分身跟隨追月朔也一起調查──

這是剛才討論到最後時，費莉塞特用強硬態度提出的條件。

當然典獄長的表情相當不滿，然而在整座監獄都被對方挾為人質的狀況下，我們也不得不接受這項條件。

話雖如此，我們依然調查過這個迷你到可以放在掌心上的軀體沒有搭載任何武器類的東西，才會暫且提出許可的。

「妳難道打算接下來無論做什麼都跟著我嗎？」

「沒錯，因此現在的吾輩(Wagahai)僅是一隻纏著你不離開的笑臉貓。尚無名字。（註1）」

「妳有名字吧？」

「吾灰(Waga Hai)乃死。已無名字。」

「妳是中二病機器貓嗎！」

「滿足了。」

看來她只是想講講看而已。

「妻木，關於這次把你們監獄警衛都牽連進來的事情，我多少感到有些抱歉。」

對於費莉塞特這句話，妻木則是「虧妳說得出口」地回應：

「現在這個狀況下，無法進出的不僅是我們這些監獄警衛，就連典獄長也不例外。大家都因為無法回家而感到焦躁，甚至還有可憐的同僚由於錯過結婚紀念日而

註1　模仿日本作家夏目漱石的名著「吾輩乃貓」的第一句：「吾輩乃貓。尚無名字。」

面臨家庭危機。」

「那受刑人們呢？」

「為避免造成混亂，目前並沒有告知他們。對於那些受刑人來說，現在就跟一如往常的牢中生活沒有兩樣。他們肯定作夢也沒想到自己身處的監獄正面臨前所未有的緊急狀況吧。」

意思說他們本來就沒辦法出去，所以就算這裡被封鎖也跟他們沒有關係——是嗎？

「話雖這麼說，應該還是有受刑人隱約察覺到狀況不對勁吧？即便是獄警也會有口風不太緊的人啊，的意思。」

小泣用莫名寫實的語氣講出這種話。

而妻木先生對於他這段發言沒有特別否定，繼續說明：

「至於事件則是發生在四天前……不，正確來講是再前一晚的天亮之前。」

「也就是我來到這裡的前一天啊。」

漫呂木在腦中整理著日期的前後關係。

妻木先生的說明如下：

四天前的大清早，自動勞工的多妮雅以及一名受刑人男子的**遺體**被人發現。

受刑人男子名叫輪寒露電太。三十五歲。

徒刑十七年。幹過私販禁藥、偽造貨幣、殺人等勾當，可說是**貨真價實的罪人**。

「這就是輪寒露。」

妻木先生拿一張大頭照給我們看，結果那個人長相出乎預料地正經。我本來還想像是看一眼便知道窮凶極惡的臉孔，沒想到五官意外端整。

那兩人被發現於設施內多妮雅的個人房間，而發現當時房間呈現**誰都無法出入的密室狀態**。

輪寒露被多妮雅的手刀刺進胸口喪命。據說傷口直達背後。

自動勞工一旦解除「束縛」發揮全力，竟然連這種事情都能辦到嗎？

「雖然就可能性來講，也或許是輪寒露將多妮雅破壞之後再尋短自盡。然而從他遺體的狀況看起來，實在不像是自殺。」

確實。利用對方的手臂貫穿自己胸口，應該不是人類能夠辦到的事情。更何況假如是殉情，感覺也沒理由選擇這種死法才對。

相對地，多妮雅則是全身被拆解，沾了血的左手臂還掉落在地上。後來調查證實沾黏在手臂上的血跟輪寒露是一致的。

「那麼警察呢？」

「好像沒報警的樣子。」

「你說什麼！」

「漫呂木先生，別衝動別衝動。」

「那似乎是馬路都典獄長的判斷……非常抱歉。」

這麼說來又不是妻木先生的錯。

「原來如此。即便說是測試運用，但自己管理的監獄所使用的自動勞工竟然殺害了受刑人——這種醜聞當然不能外傳啦。」

小泣如此說道。

「要是傳出去，不但會信用大跌，典獄長的飯碗也會不保。那個典獄長當然不可能允許這種事情發生了。」

雖然我們跟馬路都典獄長只有短暫接觸過，但我能明白小泣想表達的意思。

「妻木先生，也就是說關於輪寒露這號人物的死亡也是？」

「是的，典獄長應該也打算私下祕密處理掉……吧。」

「一名受刑人離奇身亡。另外與此事毫不相關地，有一具維修不良的自動勞工遭到解體處分——大概是這樣吧。大人們真討厭呢。阿朔，我們長大後可不要變成那樣喔。」

隱蔽真相——也就是說，費莉塞特的擔憂完全說中了。

「雖然這種事情我不太想講，但實際上全國各地的監獄發生離奇死亡的案例據說是不足為奇。」

漫呂木表情苦澀地表示。

「當然並不是說全都是那樣，但所謂『離奇死亡』，簡單講就是為了不讓死因清楚明白的一種方便說法。囚犯之間的凌虐行為……這或許還算好的。另外甚至還有守衛施暴致死的報告案例。而『離奇死亡』便是能隱蔽這類**種種狀況**的方便說詞。」

「在與世隔絕的鐵柵欄內側，什麼事情都有可能……是嗎？」

那樣簡直就像——

「彷彿孤島模式呢。」

講出這句話的，是咱們家的助手莉莉忒雅。

□

離開最初那棟建築物後走約五分鐘，我們便來到了研究室。

那是一棟呈現象牙色，又細又高的大樓。

我們進入裡面，沿細長的走廊往前走。

途中有幾名研究職員和我們擦身而過。至於我為什麼能知道是職員，因為他們都穿著像是研究衣的白色衣服，相當好認。

像現在又有兩名職員並肩從我身邊匆忙通過。

開發機器人的研究人員嗎……究竟在講些什麼專業艱深的對話呢？

我試著豎耳偷聽。

「那邊走廊的監視攝影機到現在還是壞的，究竟什麼時候才會修好？」

「哎呀～畢竟預算有限嘛。」

「你去修啊。」

「哎呀～非人型的機械不在我的專業範圍內。」

「我懂，感覺不到浪漫對吧。」

「就是說啊。」

對話內容比我想像的還要低了幾個等級。

我們就這麼沿著通道走到底，遇上一處丁字岔路。

有兩臺自動販賣機剛好並排擺在那個盡頭處。一臺是紙杯式販賣機，另一臺則是販賣一般的罐裝與瓶裝飲料。

「我個人覺得比起一般的罐裝飲料販賣機，紙杯式的販賣機莫名有種特別的感覺，會讓人感到興奮。莉莉忒雅能理解這感受嗎？」

我為了稍微舒緩緊張感，小聲說出這樣的話。可是莉莉忒雅卻沒有回應。

轉頭一看，她也呆呆地注視著自動販賣機的方向。

「莉莉忒雅？」

「啊、是，我有聽到。很興奮呢。」

看來她沒怎麼在聽的樣子。

「請往這邊。」

在妻木先生帶路下，我們走向左邊的岔路。

稍微再往前走一點，便看見走道深處有一扇門，兩旁各站著一名男子。

左右兩名男子一見到我們，立刻異口同聲地親切表示：

「你們好。請配合檢查隨身物品。」

或許是基於保全考量上的規定吧，於是我們所有人都乖乖配合了。

「恕我失禮一下。」

男人們土法煉鋼地用雙手觸摸檢查。據妻木先生解說，到頭來還是用這種檢查方式最快也最省錢的樣子。

當然，我們身上並沒有攜帶什麼可疑的物品。

雖然莉莉忒雅平時總會把短刀藏在衣服的什麼地方，然而這次進入屈斜路監獄的時候已經把刀寄放在大門處，所以她現在也沒有問題。

而在接受檢查的過程中，我聽見莉莉忒雅小聲呢喃：

「那東西……第一次看到呢。」

她應該是這麼說的。我覺得啦。

「妳說看到什麼？」

「呃不……沒事。我忍著。」

她僅如此表示，就閉嘴不再講了。

「沒問題了。感謝各位的配合。請進。」

「不會不會。」

我們重新被招待到裡面。

正如「研究室」這個名稱給人的印象，這房間裡又是電腦又是3D列印機，還有其他雜亂的電線類等等，總之就像具備各種理科機械的辦公室。

「這裡被稱為大房間。」妻木先生如是說。

房內零零星星可以看見幾名研究員的身影，人數光用兩隻手就能數完。

「嗚嗚，這地方冷氣開得好強啊。」

小泣把原本就很駝的背縮得更駝，用手掌摩擦自己上臂。

的確如他所說，這裡很冷。

「我帶客人來了！」

妻木先生大聲呼喚。

然而沒有一個人理睬我們，大家都埋頭於自己手中的資料或電腦畫面。

「……各位好像很忙呢。」

我該不會是個不速之偵探吧？

正當我這麼想的時候，傳來一名女性的聲音：

「是偵探對吧？事情我已經聽說了。」

可是講話的人依舊在研究室的一個角落埋頭處理自己的工作，對我們瞧也不瞧。

走近一看，她正在用烙鐵將零件熔接到一塊電路板上。身手相當靈巧。

「呃，是的。我是偵探……」

「偵探原來真的存在呀。」

她還是沒有看我。

「有辦法解決嗎？」

「我會盡力。這就是我的工作。」

「哦，但願別成失蹄之馬囉。」

「那個……請問妳在做什麼？」

「看不出來嗎？我在調整試驗品的電路板。這種事情到頭來還是用手做會比較快……好啦。」

女性對眼前的作業成果感到滿意後，放下工具從椅子起身。
我重新仔細觀察對方。雖然一頭黑髮亂糟糟的，眼睛底下還有黑眼圈，但稱作美女也不為過。
她這時才總算第一次看向我。
「你就是莉瑟叫來的偵探呀？還真年輕。」
「要這樣講，妳看起來也很年輕啊……話說莉瑟是指？」
「莉瑟就是費莉塞特啦。我叫車降鍊朱。」
這人的講話方式不帶半句多餘的感覺。
就在我如此和鍊朱對話的途中，有兩名職員走近過來。
「主任，這幾個可愛的孩子是誰呀？」
「難道是總公司送來的**新型**……嗎？」
「他們是人類啦，人類。你們幹什麼？盡挑這種時候湊過來。」
鍊朱一臉嫌麻煩地與那兩人應對。
「哈哈，其實從他們進來房間時我們就感到在意了。」
雖然我不清楚他們是什麼人，但應該還是自我介紹一下比較好吧？
「呃，我叫追月朔也，是一名偵探，來調查……」
「這位是典獄長的外甥。因為表示希望到監獄內各處參觀學習一下，所以由我負責帶路介紹了！」

但我的自我介紹卻被妻木先生當場打斷。而且內容完全是胡扯。

「典獄長的？可是他剛才不是說了偵探什麼的？」

「朔、朔也同學現在正猶豫將來要當偵探還是當研究員啦。對吧？」

「呃……是的。」

我屈服於妻木先生的壓力，點頭回應。

拜託要盡量保密！——他的眼神如此強調。

「既然是這樣，就慢慢參觀吧。啊，我叫暮具，主要負責開發感應器的部分。」

「我叫下津……負責控制系統。」

暮具是一名年約三十五歲上下的壯漢，本來應該很寬鬆的白衣穿在他身上都顯得迷你。不過感覺應該是個好人。

相對地，下津女士則是長得又高又瘦。明明年紀應該比我大個五、六歲，卻表現得相當畏縮。

「好啦，你們兩個快回去工作。」

錬朱「啪」地彈一下指頭後，那兩人便乖乖聽話，回去各自的工作崗位了。

「抱歉搞得這麼吵鬧。你們來是為了多妮雅的事情吧？」

她接著單手翻找堆滿桌上的東西，從中摸出一個馬克杯。

就這麼啜飲一口已經涼掉的咖啡。

「關於那件事，其實我也很在意……」

「獄方似乎片面斷定是機械故障的樣子。」

「怎麼可能。我們才不會讓那樣不完全的危險物品出去運作。他們只是腦袋停止思考，把自己不懂的事情全部歸咎為故障而已。所以當我聽說費莉塞特很在意這起事件的時候，其實內心忍不住叫好呢。請你們務必要弄清真相，幫我們證明多妮雅是正常的喔。」

鍊朱忽然變得講話好快，害我有點被嚇傻了。

「我們會竭盡全力的。而我們來到這裡，一方面也是因為有點事情想商量一下……」

「鍊朱可是十八歲就當上研究室主任的女人。放心拜託她吧。」

趁著對話的空檔，費莉塞特忽然從我口袋中如此發言。

「那聲音，是莉瑟嗎！妳這是什麼模樣！」

鍊朱見到從我口袋探出頭的貓型費莉塞特，當場目瞪口呆。

「基於一些原因，我現在和這位偵探小弟同行了。」

「真傻眼！原來妳的本體中還藏了這樣的小玩具！下次讓我調查一下。」

「有機械……呃不，有機會再說啦。」

「妳們兩位認識？」
「鍊朱總會偷門跑到我房間來玩。」
那可以說「玩」嗎？應該叫探監吧？
總之她們似乎互相認識。
「既然妳已經有聽說狀況就好談了。」
這次換成漫呂木開口。
「我希望妳讓我們看看那個殉情機器人。」
「你誰？」
「刑警。」
「你看了，可以知道些什麼？」
「嗚……」
漫呂木頓時講不出話來。
「算了，我是沒差啦。反正在這邊討價還價也沒意義。跟我來吧。」
「那為什麼不一開始就老實點……！」
我只能無言地安撫漫呂木了。
鍊朱帶著我們來到大房間深處的一扇門前。

NYA!

「那麼我要回去工作了。祝各位好運！」

妻木先生到這邊與我們道別。他輕輕揮手後，回去自己的工作崗位。

真是個瀟灑的人。

而眼前這扇門後面是一條細長的走廊，地上堆滿器材與紙箱。我們排成一列繼續往前走。

走廊上隨處有電燈要亮不亮的，顯得些許昏暗。

左右兩旁是一扇接一扇的門，每扇門上面都用英文寫著『什麼什麼室』，但我全都看不懂。

「看來這裡有各式各樣的房間啊。」

「裡頭大多都堆滿東西就是了。除了人工智慧（AI）的開發自是不用說，另外也為了在某種程度上能夠於研究室內製造並維修搭載ＡＩ用的軀體，需要的東西大致都有備齊。像是為自動勞工製造合成皮膚的特殊樹脂，還有製作零件補強合金的材料等等，也全都堆在這裡。」

大概是對於好奇地東張西望的我感到看不下去了，鍊朱用有點慵懶的語氣如此告訴我。

「妳指的合金就是像剛才那個嗎？妳用烙鐵熔接的那個？」

「對，調整素材與比例可以製造出容易熔解又容易凝固的金屬。自文明建立以來，人類就對於金屬的自由加工以及無限硬度並行追求至今。也正因為獲得了這樣的智慧，人類才得以從動物界中脫穎而出。」

「讓我上了一課。」

就在這時，我們剛好經過一扇橫向延伸的長型玻璃窗前。

從窗戶可以看見房間裡的模樣，給人的印象就是名副其實的研究所。

一旁的門上標示這裡是維修保養室的樣子。

房間裡有三名研究員，中央臺座上則躺著一具機器人——不，自動勞工。至於說我為何一眼就能看出那是自動勞工，因為他只有頭部和背脊而已。

而且在那樣的狀態下他還能動。我看見那根呈現金色而平滑的人工脊椎宛如動物般扭動。

正當我對那景象看得入迷時，不小心被地上的紙箱絆到腳而差點跌倒。

鍊朱見到我這樣子，既沒嘲笑也沒表示擔心地平淡說道：

「這下你親身體會到剛才說過『堆滿東西』的意思了吧？假如從一開始就有人養成隨手整理的好習慣，現在應該也不會這麼雜亂了。所謂悔不當初，都是到事後才會湧現的念頭呀。」

「……我會小心走路。」

總之這裡有各式各樣的東西，還有各種房間的樣子。

「莉莉忒雅，鍊朱小姐明明應該跟我差不多年紀，可是好厲害啊。剛才人家還叫她主任，肯定是個跳級的天才少女吧。」

「而且想必背負著重大的責任，為科技的發展奉獻心力呢。」

我和莉莉忒雅在隊伍的最後面如此交頭接耳。

雖然人說偵探也不是無知之徒能夠勝任的職業，但我覺得現在在講的跟那又是完全不同次元的東西。

「我猜那人應該是車降製子的女兒吧～」

走在我們前面的小泣忽然像自言自語般如此說道。

「車降製子是？」

「機器人學的頂級人物，同時也被稱為AI推進派的急先鋒。我在因為有些興趣而訂閱的專門雜誌上經常看到這個名字，所以很有印象。畢竟那姓氏很特別，而且據說那人有個女兒，因此應該不會錯。」

「哦～原來是名門血統。」

終於連漫呂木都加入我們的對話了。

「啊，不過我記得車降製子在幾年前——」

「你們聊得很愉快呢。原來偵探的本業是跟人聊些廢話嗎？」

走在最前頭的鍊朱不知不覺間轉回頭，半瞇著眼睛朝我們瞪過來。

「呃不，那個……嗯？」

就在這時，我從一扇半開的門看見裡面有個與這場所格格不入的東西，不禁停下腳步。

「那是……人偶嗎？」

「嗯？哪個哪個？」

小泣也好奇地把頭探過來。

在門內的是一具嬌小可愛的少女人偶。

外觀大約十歲左右，看起來很柔軟的天藍色秀髮相當顯眼。

她背靠著牆，坐在地板上。

一襲清秀的洋裝相當適合她給人的印象，但又同時散發出某種妖媚的感覺。

「那不是人偶，是女性仿生人（gynoid）。」

鍊朱告訴我們那東西的真面目。

「女性仿生人？」

「也就是女性型機器人的總稱。男性型則是稱為男性仿生人（android）。」

「Android 這個詞我就有在科幻電影之類的作品中聽過了。話說回來，嘩～乍看之下跟人類沒兩樣啊。」

「順道一提，你們剛剛在研究室入口應該有被檢查過隨身物品吧？」

「哦哦，被兩位男性職員。」

「他們也是自動勞工。」

「他們也是！我完全沒發現！還以為是人類啊。意思說那個女孩……那位女性仿生人也是在這裡工作的自動勞工嗎？」

「怎麼可能有那種事。那是無聊的變態專用性愛仿生人（sexaroid）啦！本來是國外的總公司為了討好某個人而寄來的東西，但因為實在太過下流，我就偷偷扣押下來丟在這裡了。至於書面上我則是報說遺失了。」

「呃～請問 sexaroid 是什麼樣的東西？」

莉莉忒雅提出這樣純粹的疑問。

「就是為了滿足人類**各式各樣**的性慾而開發出來的機器人。聽懂嗎？也就是說可以做色色的事情。」

鍊朱毫不遲疑地回答了。

不出所料，莉莉忒雅的臉蛋當場變得跟蘋果一樣紅。她今天真容易臉紅啊，真是好兆頭。雖然我也不曉得是什麼好兆頭啦。

「人類的慾望可謂無窮無盡，什麼東西都造得出來。所謂好奇心，但願別把貓都給殺死了。好啦，我們別管那種東西。來這邊。」

鍊朱指向前方另一個房間的門，率先走進裡面。

「把貓殺死……嗎？」

我窺探一下口袋，結果費莉塞特抬頭望向我。

「為何要看我？」

「呃不，我別無他意。話說『好奇心會把貓殺死』這句俗話，為什麼會拿貓來講？」

「因為英國人說貓有九條命呀。那是英國的諺語。」

「哦～」

「抱著好奇心雞婆介入事件，然後被殺掉好幾次又能復活——簡直就像某人一樣呢。」

我默默把口袋閉起來，並跟在鍊朱後面走入房間。

結果發現房間裡已經有人了。

「哦，來啦來啦。」

在房間裡是一名戴圓框眼鏡的男子。

他自稱名叫入符計，據說是這間研究室的職員。

身材瘦瘦高高，感覺跟小泣差不多，甚至比他更高。

雖然這樣講可能是我的偏見，但看起來就是個典型的研究人員。

「事情我已經聽說了。」

他似乎跟鍊朱一樣在事前已經聽過狀況。

「入符是這裡的老鳥，值得信賴。他很愛跟人講話，你們就儘管問他吧。」

「請多指教。鍊朱她總是會罵我太多話。話說那隻小貓是……？咦！這隻貓是費莉塞特嗎！」

入符當場對費莉塞特的外觀大吃一驚，於是鍊朱開口安撫他：

「你要驚訝等會再去驚訝。這些人似乎想看看ＨＥＧ－０９８……多妮雅的狀況。」

「ＯＫ，恰好我也正想重新看一看。」

入符說著，指向一張宛如手術臺的桌子。桌上擺有支離破碎的機器人軀體——不，或許講殘骸比較好——整齊排列著。

手掌、手臂、肩膀、腹部、大腿、膝蓋與小腿——

若非事先知道那是機器人，我肯定會嚇得當場跳起來吧。

「如各位所見。很遺憾地，她被徹底破壞到無法修理的程度，而上頭已經決定銷毀了。明明這邊還在調查中的說。」

正如他說的『調查中』這句話所示，同一張桌上還擺有幾件工具。然而仔細觀察可以發現那些跟我平常看慣的十字或一字螺絲起子之類的工具有些不同。

「哦哦，這些啊。畢竟自動勞工跟一般的收音機或家庭電器不同，並非使用一般普通的螺絲。所以工具自然也比較特殊啦。」

入符的語氣搞不清楚是在調侃外行人還是認真說明地如此表示。

「監獄上頭的人似乎認為多妮雅是發生什麼故障而殺害了人類。請問你的調查有發現這類的東西嗎？」

「不。ＡＩ與記憶——也就是相當於我們人類大腦的部分——目前對於這部分的解析不太順利。因為實在破損得太嚴重了。不過——雖然這樣講很不甘心——但我個人覺得『發生故障』這個結論是可信度最高的。畢竟艾格里高利系列機目前還在試驗階段，出現任何預料之外的舉動都不值得奇怪。」

「艾格里……？」

又出現我沒聽過的外來語了。

「艾格里高利。就是在這座監獄使用中的自動勞工的系列名稱。剛才鍊朱也說過吧？ＨＥＧ－０９８。Ｈ是指最上頭的夏爾特公司，Ｅ是艾格里高利，Ｇ是女性仿生人（gynoid），而多妮雅是其中第九十八號的個體。」

一堆外來語讓我腦袋都暈了。

「艾格里……高利是嗎？請問那是什麼意思？」

「就是以諾書中記載的天使集團吧。」

如此回答我問題的是莉莉忒雅，而且還把雙手放到肩膀旁邊拍動。那或許是在表達天使的翅膀，但她注意到大家的視線又馬上把手放下去了。既然覺得丟臉就別做嘛。

「小姑娘，妳年紀輕輕卻很博學呢！」

「把冠有看守天使（Watchers）之名的系列機拿來監視受刑人嗎？真不賴。這樣**直白**的命名品味，我不討厭。」

「什麼？連小泣都知道？這、這難道是一般素養嗎？大家等等，不要丟下我啊。」

我哭著臉如此懇求。

或許是沒料到我會這麼做，莉莉忒雅見到我這般模樣，頓時「噗哧」地小聲噴笑出來。

「雖然說命名的人是製子小姐啦。」

「呃，那該不會……費莉塞特也是那個人……？」

「你說該不會是製子小姐製造的嗎？不是不是，費莉塞特的製造者另有其人。那又是**另一種領域**。」

「這樣啊。」

世界上居然還有更厲害的天才嗎？

「當然，製子小姐也是個突破超級甚至到終極的天才啦。在她生前時我也向她學習了很多……抱歉。」

或許覺得自己多嘴了，入符趕緊摀住自己嘴巴，對鍊朱道歉。

「……入符，事件當天的事情，就拜託你說明囉。」

鍊朱不理會入符的致歉，丟下這句話便離開了房間。

「糟糕，這下惹大小姐不開心啦。」

入符擺出誇大的姿勢表示後悔。

「呃，請問鍊朱小姐的母親……」

「關於母親的話題在她面前有點像禁忌。畢竟那孩子對於製子小姐的死懷抱有某種複雜的情結。」

「原來已經過世了。」

「是啊，大概三年前吧，因為生了病……我從學生時代就相當受到她關照。她是個很厲害的前輩。當時鍊朱還是個小學生，跟現在完全不一樣，真的很可愛……哦不。」

入符又摀住嘴巴，接著「現在重點在多妮雅是吧？」地換了個話題。看來鍊朱說得沒錯，這個人的個性確實很多嘴。

「請問就你的見解來看，這次的事件如何？你認為真的是人類與機器人殉情嗎？」

我如此提問。

「殉情……或許吧。」

結果得到這樣的回答。

「我會這樣想也是有確切的理由。」

入符把手插進自己那件白衣的口袋中，聳聳肩膀。

「就在事件的推估發生時段前沒多久，有一封電子遺書被上傳到只有機器人之間共有的思考網路上。當然，投稿者就是多妮雅本人。」

「遺書？你說機器人嗎？」

「很驚訝對吧？我也很驚訝。」

他說著，走向位於房間牆邊的桌子，拿起放在桌上的冰咖啡。應該是從走廊那臺自動販賣機買來的吧，裝在插有吸管的塑膠製杯子中。裡面滿是冰塊，感覺應該很冰。

我不禁看著他，心想真虧他在冷氣這麼強的地方還能喝那麼冰的咖啡，結果他笑著說道：「我舌頭怕燙。」

「遺書的內容是？」

漫呂木催促對方繼續講下去。

「那同樣是耐人尋味。遺書是這麼寫的——」

——我將藉由輪寒露先生的手，以機械之身離開人世。我們兩人將攜手前往梅特洛波利亞。

「就只有這樣？」

「就只有這樣。」

若光就字面來看，多妮雅確實接受了經由輪寒露之手對自己的破壞——也就是接受了死亡。

我原本還猜想會不會是輪寒露單方面逼迫殉情——也就是逼迫自殺，但看來這項臆測是錯的。

「他們兩人從一開始就有殉情的打算。若真如此，就表示輪寒露知道多妮雅能夠殺掉他自己吧？例如知道多妮雅內部潛藏的程式缺陷之類的。」

自動勞工通常無法殺害人類——輪寒露應該也很清楚這點才對。然而他卻提議殉情，可見就是這個意思了。

「話說我有點在意的是，那個梅特洛波利亞是什麼？」

「我也不知道。這就是饒富趣味的部分！我本來還想說會不會是大都會(metropolis)的錯字，但其實搞不好是『模仿造詞』喔。也就是自創詞彙。」

入符有些興奮地如此表示，轉眼間就把冰咖啡喝光了。

「姑且不管那個詞是指什麼，總之這顯示多妮雅毫無疑問抱著殉情的決心，與輪寒露一起選擇死亡了是嗎……但就算這樣，還是搞不懂多妮雅能夠把身為人類的輪寒露殺掉的原理啊。明明有那個三元豬還是什麼的規則存在。」

「是三原則啦，漫呂木先生。」

「哦，你們有預先好好做過功課嘛。」

入符聽見我和漫呂木的對話，感到滿意地笑了。

「不過關於這間研究室……或者應該說在屈斜路監獄運用中的自動勞工，其實在開發階段有對這點稍微做了一點改變。」

「是喔？」

「畢竟要在面對受刑人的特殊環境下工作嘛。而製子小姐當時加以改變的是第一條。」

「呃……我記得是『機器人不得傷害人類』對嗎？」

「改變的是接在後面那句『不得對危害人類之事物視而不見』的部分。具體內容是這樣——」

入符用一如專家的流暢口吻說道：

●當遇上受刑人對受刑人或其他人類的生命造成威脅之場合，可破例行使力量阻止。

「也就是說遭遇到受刑人明顯對其他人的生命造成威脅的狀況時，自動勞工可以為了保護受害者的生命安全制止加害者的行動。而程式上有設計，在這樣的狀況下**沒有必要絕對保障加害者的生命**。當然，這只是在講逼不得已的緊急狀況下而已啦。」

「意思說也有可能殺害加害者？」

「假如是一般社會上肯定不會有這種規則對吧？這樣太過度了。但畢竟這裡是流氓惡棍聚集的場所，光靠事務性的警告或高尚理想，是沒辦法讓囚犯把刀收回去的。那種天真的想法在這裡可不適用。」

「這樣啊……我會留意在這裡也可能發生那樣的案例。但是多妮雅和輪寒露殉情應該不符合剛才講的那種狀況吧。當然，現場如果有其他人物在就要另當別論了。」

「怎樣的別論？」入符問道。

「也就是說有可能是多妮雅目擊到輪寒露企圖殺害那位第三者，因此為了阻止輪寒露而殺掉了他。畢竟不得對危害人類之事物視而不見，對不對？」

「哦哦原來如此！可是……在那種狀況下，差點被輪寒露殺害的那個人物又是如何從密室消失的？」

「這很難講。終究只是一種假說而已。話說現場有留下什麼影像紀錄之類的東西嗎？例如監視攝影機畫面之類的。」

「沒有欸。畢竟如果有必要，只要閱覽自動勞工們來到研究室定期維修時留在個體中的行動紀錄資料就行了。但剛才也講過，這次的狀況由於破損太過嚴重，目前正為了修復、提取裡面的資料陷入苦戰啊。」

入符說著，輕摸擺在平臺上的多妮雅零件之一。

我也順著他的動作走近多妮雅的殘骸邊觀察起來。

手臂與腳部的零件上可以看見感覺很痛的傷痕，應該是被鈍器毆打而留下的。

「……多妮雅是經由什麼手段被拆解的？」

「據說是用她房間中的家具，具體來講就是被舉高的椅子反覆毆打而破壞的。那把椅子上似乎到處都明顯留下輪寒露的指紋。」

我本來只是進入思索而自言自語，結果口袋裡的費莉塞特為我如此回答。

「那可真是粗暴。不過想想也是，畢竟對方是機器人的話，也沒辦法一起飲毒自盡。所以除了用強硬手段破壞之外也沒其他方法了……嗎？」

假若對自動勞工的構造很熟知，或許也能透過將內部的重要電線剪斷之類的方法讓對方停止運作吧。雖然這只是我一個外行人胡亂想像而已。

「靠蠻力破壞——就假設只有這種方法好了。但我依然覺得很在意。」

「嗯？」

「機械與人類——相愛的兩個人對於無法在一起的現實感到絕望而決定殉情。要這樣說我也接受。可是就算要殉情，有必要把對方拆解到這種程度嗎？一點情調都沒有。」

「什麼情調……」

「這之中還能感受到某種強烈的憤怒。會這樣感覺的只有我嗎？」

跟費莉塞特互動的時候，偶爾會搞不清楚她究竟比較像機械還是比較像人類呢。

□

我們接著在入符帶路下，來到自動勞工們生活的居住大樓。

由於現在還是大白天，居民們幾乎都在外面工作，讓大樓內顯得很安靜。

多妮雅的房間位於大樓四樓，是一間小而整潔的房間。內部該怎麼說呢——遠比想像中的景象還要充滿人類感。

看起來柔軟的床鋪與色彩繽紛的棉被，腳下鋪有可愛的地毯，還有左右對開式的衣櫃。

牆上掛有電影《第凡內早餐》的海報。

「各位原本是不是以為會像電話的子機或吸塵器一樣收納在充電器上進入休眠狀態之類的？或是極小極簡而欠缺風情，感覺像倉庫一樣的房間呢？」

「呃、那個，稍微有想過啦。」

我被入符吐槽一下，不禁尷尬搔頭。

假如硬要舉出缺乏人類感的部分，頂多就是沒有洗手間和窗戶。或許那正是自動勞工不需要的東西吧。

「你不用在意。畢竟那就是世間多數人想像中機器人的內心風景——單純而不雜，灰色而冰冷。然而實際上如各位所見，自動勞工們的房間各自會呈現出不同個性。其中也有不少人不使用既有配備，而是自己選擇喜歡的家具。進入休眠模式時也會乖乖躺到床上。像多妮雅也是這樣。或者應該說，以我們的立場上也很鼓勵他們那麼做。畢竟讓各自的ＡＩ變得更加複雜、更加人性化，正是我們所期望的事情。」

換言之，研究室的目標是想要創造出既為機械卻又不像是機械的存在。

「而輪寒露電太明明是受刑人卻入侵到這間房間裡了。」

「嗯，說到底，若沒有多妮雅本人的協助，這種事情本身就很困難才對。」

入符用指尖輕撫壁紙，如此說道。

「意思說──他是被招待進來的。」

的確，當時若不是多妮雅本人打開房間門鎖讓對方進到裡面，事件根本不會發生。

「對於他沒回到自己牢房的事情，難道都沒有獄警在管嗎？」

我打開衣櫃調查內部的同時這麼提問。

「想必是裝作沒看到吧。輪寒露似乎從平時就會藉由大量**塞錢**換取自由行動的權利。」

也就是說，偶爾晚上出去逍遙一下也不會被管的意思。

衣櫃中掛有幾件剛才也看過的自動勞工用白色服裝，以及一件樸素的連身裙。另外還有一個工具箱。我打開一看，裡面裝有各種工具。畢竟是工具箱嘛，這也是當然的。要是裡面裝有化妝道具或調味料才奇怪。

不，搞不好對於多妮雅來說，這個工具箱就是她的化妝盒，也是急救箱吧。

「那個工具箱啊，雖然現在收拾得整整齊齊放在那裡，但據說發現遺體的時候是跟其他家具和擺飾品一樣，散亂在整個房間喔。」

「是這樣啊……嗯？」

就在我準備關起衣櫃的時候，發現在衣櫃門的內側有被抓過好幾次的痕跡。是老鼠搞的鬼嗎？但位置好像又太高了。

「請問那是椅子……的殘骸嗎？」

接著讓我感到在意的，是放在房間角落的殘骸。

根據剛才的說明，那應該就是多妮雅遭到破壞時所使用的凶器。

小泣立刻將其中的一塊破片撿起來觀察。是椅腳的部分。

「哦，這個設計得真有趣。椅腳底部刻有四葉幸運草的圖案。」

我越過他的肩膀探頭一看，那部分確實雕刻有可愛的花紋。

「好精緻啊。那個叫多妮雅的女孩，應該很有挑選家具的品味。真想拿來畫張素描……可是現在沒有畫具！」

「房間的出入口看起來只有這扇電子鎖式的房門而已。」

我丟下獨自哀嘆的小泣，轉而聆聽莉莉忒雅的報告。看來她已經把出入口調查完了。

「嗯，沒錯。輪寒露和多妮雅被發現時，那扇門是從內側上鎖的。自動勞工各自房間的門鎖，都只能透過登錄為房間使用者的自動勞工本人操作控制面板才能解鎖。」

「那麼舉個例子，如果光用多妮雅的手掌部分操作也能打開嗎？看是誰拿她分屍後的手掌部分，像刷電車票一樣『嗶』一下之類的。」

「朔也同學，看你一臉正經的樣子，想的點子卻很瘋狂啊。」

「咦？會嗎？」

「不過你講的那個方法是不可能的。假如只是把手掌砍下來，或者自動勞工本身停止機能，門鎖就不會反應。**屍體**是無法開門的。」

「也就是說，假設事發當時在這房間裡除了多妮雅和輪寒露外還有另一個人，如果先把多妮雅拆解就無法離開房間，但是請多妮雅開門讓自己出去後，又沒辦法將留在房內的多妮雅拆解……是嗎？」

滿足一邊的條件就無法滿足另一邊——的意思。

「那麼這邊呢？」

蹲在床邊的漫呂木伸手指向牆壁。

那裡開有一個直徑約十公分左右的小圓孔。

「通風口啊。」

孔上雖然有金屬蓋，但幾乎快鬆脫了。因此稍微扳一下就能打開。

我探頭一瞧，可以感受到些微的風吹進來。

雖然通風口在某種意義上可說是密室漏洞的常見手法，但這種可能性如果不考慮孔洞大小，就連小小的針孔都必須懷疑了。

「很遺憾，光靠這大小太勉強了。即便是貓也沒辦法通過這麼小的……入符先生，自動勞工應該沒有能力將自己的人格快速移轉到別的軀體上吧？」

我會這樣確認，是因為想起了費莉塞特這個案例。然而這似乎是我想太多了。

「自動勞工並沒有那樣的功能喔。最好別把費莉塞特當成基準來思考。」

「我想也是。」

「而且這裡是地上四樓，就算穿出通風口到外面也無處可逃呀。」

莉莉忒雅說得沒錯。

「穿過極小的孔洞，又靠自己的力量從四樓沿著外牆爬下去逃走——假若真有人能辦到這種事，早就已經從這座監獄逃出去啦。」

「漫呂木先生這樣講是沒錯，但凶手並不僅限於受刑人喔。」

「喂，朔也，你難道想懷疑獄警？」

「不，我只是想表示以現在來看，任何人都有可能性的意思。」

「嗯～那麼果然還是假設凶手是從這扇門出去外面的比較好吧。雖然前提是我們不採信多妮雅發生故障，把輪寒露殺掉的說法就是了啦。」

小泣一邊說著，一邊把椅子的殘骸當積木組裝玩耍。

「喂，你叫哀野是吧？不要擅自拿現場的東西亂玩！」

或許是身為刑警的性情使然，漫呂木當場開口叱責，但小泣卻當成耳邊風。

「就算是發生某種故障讓多妮雅失控了，那依然不知道她會被拆解的理由啊。嗯～……」

我感到有點碰壁而陷入沉思。

現場頓時變得一片沉默。

結果彷彿是多虧這段沉默而回想起來似的，入符敲了一下手心。

「啊，對了！就在事件發生後沒多久，第一位進入這房間的獄警拍攝到的影像紀錄還有留下來。你們要看嗎？」

「原來有那樣的紀錄？請務必給我們看看。」

「義務規定上，當獄警察覺什麼異常而準備趕往現場時，必須要用內藏於耳麥中的小型攝影機確實留下紀錄才行。例如受刑人之間打架之類的。雖然這種話不太好講，但畢竟受刑人中有不少是個性狡獪又愛撒謊的傢伙，要是不留下證據，事後又要浪費時間爭論有做沒有做之類的。」

入符態度輕鬆地掏出手機，播放影片。

那是以第一人稱視點在走廊上奔跑的影像。

一名獄警到了早上察覺多妮雅的信號中斷而感到可疑，於是趕往這個房間——似乎是這樣的狀況。

獄警抵達房間，但房門鎖著。右上方的紅燈便是顯示房門上鎖的燈號。

朝房內呼喚也沒有人回應。

——請協助開鎖。

獄警透過無線如此拜託。

「當遇上緊急狀況時，獄警可以像這樣拜託管理中心協助打開房門。」

「原來如此。」

總算解鎖後，房門自動往左邊滑開。

「嗚哇……」

儘管只是影片中的景象，我依然忍不住發出聲音。

牆壁、地面、天花板——

影片中的房間到處塗滿鮮血。

「是輪寒露的血嗎……」

「還有多妮雅體內循環的特殊機油喔。你看紅色的血跡中混雜有藍色液體對吧？」

正如入符所說，地板上呈現一片紅與藍的雲石紋路。

「艾格里高利的**血**是藍色的。」

然後在房間中央是倒在地上的輪寒露以及支離破碎的多妮雅。

——怎、怎麼會這樣……！

獄警發出近似尖叫的聲音，接著——

「等一下。」

「朔也大人，請問怎麼了嗎？」

「剛才房門打開那個瞬間的片段……入符先生，可以請你再播放一次嗎？」

「怎麼啦？是沒問題啦。」

我再度仔細觀察感到在意的部分。

「果然如此。」

「喂，朔也，你講清楚點啊。」

「漫呂木先生，很遺憾，看來並沒有任何人從這房間出去的樣子。」

「你說什麼！」

我向入符先生借來手機，在關鍵的地方暫停影片。

「你看這邊。最初房門往旁邊滑開的瞬間，獄警因為受大量血跡驚嚇而忍不住拍攝到自己腳邊。仔細觀察這時候地板上血液的流向。你看，房門一打開時原本積在房內的血液緩緩朝走廊流出來了。就像水壩潰堤一樣。」

在影片中，獄警為了不要踩到逼近腳邊的血液而趕緊往後退下。

入符看到那片段後「哦哦」地發出聲音。

「從輪寒露的遺體狀況看起來，事件應該是半夜發生的。正常來說人類的血液到了早上應該會凝固，但艾格里高利的機油（血）不會輕易凝固，而兩者混在一起的結果讓血液到了早上也還沒完全凝固啊。」

「這我是懂了，但又如何…………啊！原來是這樣！」

漫呂木稍遲一拍後似乎也察覺了。

「嗯，如果這位獄警趕到現場之前房門有打開過，光是獄警抵達房門前的時候應該就會看到血液流出來到走廊上了。然而卻沒有如此。」

「也就是說事件發生之後直到早上，**房門沒有打開過任何一次**是嗎？」

莉莉忒雅說著，伸手觸摸自己剛剛才調查過的那扇門，露出深思的眼神。

「她（多妮雅）在死亡的那瞬間，究竟在這間密室看見了什麼呢？」

死亡——

機械果然也有死亡的概念嗎？

□

親眼看過必要的東西後，我們重新回到研究室的大房間，結果有個人物比我們先來了。

是一名身穿白色制服，平均體格的男性。他看起來似乎正在對靠在桌子邊的鍊朱坦白什麼心事的樣子。

「這樣呀。又作夢了。」

「是的，老師。我又作夢了。我認為這次應該不是錯覺。那是我從未見過的土地，從未見過的河川，而我全身赤裸地拚命追著魚。雖然老師可能會覺得自動勞工作夢很奇怪……」

「我不會覺得奇怪。不過卡洛姆，檢查結果並沒有發現你有什麼異常。」

那兩人也不理會我們，繼續聽似議論的對話。

「又開始啦。」

就在我感到無事可做的時候，從一旁桌上推積如山的文件中忽然冒出一張圓臉。是暮具。

「請問那是在做什麼呢？」

「咱們的美女主任正在為自動勞工做心理諮商。」

「那個人原來是自動勞工啊？不過你說心理諮商……他是自動勞工吧？」

「ＡＩ也是會有……迷路的時候。」

「哇！」

這次換成另一側的桌子底下傳來聲音。

「呃……下津小姐？」

我探頭一看，發現一張看起來很不健康的臉。她似乎在那裡小睡一下的樣子。

「為了讓自動勞工能夠普及到社會上，就必須在複雜的軀體中……搭載複雜的ＡＩ……但是複雜的東西就容易產生雜訊……」

下津保持著趴在地板上的姿勢，斷斷續續地說話。雖然這樣講很抱歉，但感覺有點恐怖啊。

「包含他在內，最近經常會有自動勞工來諮詢問題。不過他們像這樣在心中萌生煩惱，對我們開發者來說反而是值得高興的事情。因為那代表他們的思考變得發達了。」

暮具如此說明完後，又把臉縮回文件堆之中。

下津也再度睡著了。

而我們在對話的這段期間，心理諮商依然持續著。

「可是我認為這應該不是**異常**。」

「卡洛姆，我能理解你的心情。但是……」

「老師，最近這陣子，我總有一種自己好像更加接近人類的感覺。」

被稱為卡洛姆的男人把手放到自己胸膛，臉上浮現滿足的表情。

「你去接受過圖靈測試？」

「不，也不是那個意思……」

「我明白了。近期內會再幫你檢查。好啦，回去工作。」

「是，我回去工作了。不過老師，我真的有種好像什麼東西即將開花的預感。」

留下這句話後，卡洛姆很有禮貌地鞠躬並離開了研究室。

鍊朱目送他的背影離去，接著把視線轉向我們。

「……你回來啦，偵探先生。到處看看有讓你滿意了嗎？」

「呃，還可以啦……主任的工作感覺真辛苦呢。」

「你看到了？」

「是在為自動勞工做心靈治療嗎？」

「那只是模仿心靈寫出來的程式而已。所謂天壤之別，跟真貨相比起來看似相同，但完全不一樣。」

「畫了龍卻不點睛，是嗎？」

對於鍊朱的回答，莉莉忒雅說出這句搞不清楚算不算正確的感想。

話說回來，鍊朱的講法總讓我莫名有種冷淡的感覺。既然從事機器人的開發工作，應該對自動勞工們也懷抱熱烈的情感才對——會這樣想難道因為我是個外行人嗎？

「感覺自己像個人類……他剛才似乎講過這樣的話？」

莉莉忒雅轉頭望向那位懷抱煩惱的自動勞工剛才離去的方向，表現得有點在意。

「我認為那是伴隨ＡＩ複雜化的過程而產生的一種類似強迫觀念的東西。以人類來講就是誇大妄想。自以為是神的代理人或者化身，抑或深信自己的前世是什麼王朝的嫡子之類。偶爾會有這樣的人對吧？」

「帕拉塞爾蘇斯。拿破崙。貞德。唐吉訶德。」

小泣故作有趣地列舉出幾名偉人的名字。但我記得唐吉訶德應該是虛構人物吧？

「機械同樣具備深信的力量。只要深信自己作了夢，就會變得**有作過夢**——在他本人的腦中啦。舉個例子，偵探先生，你試著在腦中想像一條龍。」

「咦？」

被她這麼一說，我臨時想像出來的是以前在漫畫中登場的龍。會實現願望的那個。

「好了嗎？那條龍，並不存在對吧？」

「呃，是沒錯啦。」

「然而此刻在你腦中，確實存在有龍的情報。腦中思考、想像的東西雖然不會實際存在，但依然會以情報的形式存在。」

感覺好像在打禪機。

「意思說剛才那位自動勞工的夢與預感也是一樣？」

「沒錯。」

講得真不留情。

「哎呀，就人工智慧成長的角度上來看，這也是好事吧。畢竟那就是我們這項工作的主要目的之一呀。」

剛才暮具也講過類似的話。

「話說朔也同學，你接下來有什麼打算？」

「我想想喔。如果可以，我是希望調查一下輪寒露的遺體啦……」

「那應該還保管在太平間，不過那就不是我們研究室的管轄範圍了。你只能去重新拜託看看典獄長囉。然而關於輪寒露的死，應該是他最想抹消當作沒發生過的部分，所以手續辦理上可能會很麻煩喔。」

「意思說會很花時間嗎？」

雖然典獄長知道我們的內情，但既然他一心想要掩蓋醜聞，把輪寒露的死當成離奇死亡處理掉，或許在那方面就會不太願意提供協助。

「既然如此……好吧，那我想要跟輪寒露生前認識的人物們問一些話。例如交友關係之類的。」

說不定可以從中找出對輪寒露抱有什麼仇恨，藉由殺掉他能夠獲得重大利益的人物。

「既然如此，你要問話的對象自然就是那些受刑人囉。」

「說得也是。那麼這方面也去拜託看看知道內情的獄警……妻木先生吧。」

「這點我也同意啦，不過你沒問題嗎？」

入符搔著頭對我投以同情的眼神。

「這裡可是有一萬名以上的受刑人喔。」

「呃。」

「跟一般的監獄相比，這人數非比尋常啊。」連漫呂木也感到驚訝。

「篩選出可能跟輪寒露有關聯的人物，再一個一個辦理手續叫出來問話……應該會花上很多時間吧。」

我們確實沒有那麼多時間。時限就是明天了。

靠正規路徑恐怕得不出成果吧。

「而且朔也同學，照我所聽到的內容，知道你們跟費莉塞特有交換條件的獄警，應該很有限吧？我覺得不知道內情的獄警，應該不會像妻木先生那樣願意提供協助。」

「嗚！」

「不只是獄警而已。說到底，我可不認為那些受刑人會乖乖協助從外面進來的外人。」

鍊朱再添一筆的正確提醒深深刺痛我的耳朵。

「那麼偷偷塞錢請對方協助……」

「朔也大人，請問你有那樣的錢嗎？」

「我沒有……」

關於咱們事務所的荷包狀況，莉莉忒雅也很清楚。

「你看起來很苦惱呀，偵探小弟。」

從我的口袋中傳來費莉塞特的聲音。她不知道在裡面亂動個什麼勁。

……機器貓在那邊舔什麼毛啦？

「也不想想是誰害我變成這樣的。」

「有勞你啦。所以我在這邊提供一個點子吧。」

「妳有什麼妙計嗎？」

「很簡單。如果想要到處去跟受刑人們問話，只要你自己也成為受刑人就行了。」

「啥？」

第三章　總之把他們殺掉就行了吧？

親愛的百合羽：最近過得好嗎？

之前發表那部由妳主演的新電影，我很期待喔。

老實說，我巴不得跟妳見個面，為妳慶祝一下。無奈我現在身為受刑人被關在監獄中，難以實現這項心願。

拍片之餘若有閒暇，請來找我探監一下吧。

□

屈斜路監獄。

占地面積十平方公里，建設於北海道東部一座火口湖上，是日本最大的監獄。

無路可逃的圓頂型設施內部分為男子監區與女子監區，合計超過一萬名的受刑人與數百具的設施內自動勞工共存其中。

雖說是監獄，但廣大的設施中甚至配置有公車系統，也有出租滑板車。電影院每週會上映一次新電影。

另外也有牙醫、理髮廳跟咖啡廳等等。

儼然就是一座城市。

「進來，囚犯編號D－28。從今天起這裡就是你的總統套房了。」

資深獄警用流暢到令人佩服的口吻如此說明。

「對一個小毛賊來說簡直是不相配的豪華宮殿對吧？首先去跟室友打個招呼，然後每天早上給我心懷感激地把那邊的馬桶擦到可以用舌頭舔。」

鐵柵門在我眼前自動滑回原處，上鎖。還「咖鏘！」地發出不必要的響亮聲音。

「完畢。」

看起來身高將近一百九十公分的魁梧獄警擺出不接受任何提問的態度，轉身離去。

追月朔也。前偵探。

由於多達三百件以上的內褲偷竊及妨礙公務罪名判刑兩年三個月徒刑。

沒有悔改反省之意！不得酌量減刑！

在這些捏造出來的經歷下，我轉眼間就被套上藍色的囚服，丟進這間狹小的籠子裡了。

一切全都要怪費莉塞特。

這裡是第八牢房大樓。

建築物中有無數間和這裡一樣的牢房，受刑者們就在這裡生活。從「八」這個數字便可知道，這座監獄內到處建有像這樣的建築物。

「為什麼會這樣！」

我使盡吃奶的力氣抓住鐵柵欄，大聲控訴，但誰都沒在聽我講話。

雖然要感謝妻木先生在收監手續上提供協助，可是我從來沒想過自己竟然會在這種年紀就成了鐵籠中的居民。

正當我沮喪垂頭的時候，忽然傳來聲音：

「你在那邊掙扎也是白費力氣。」

我轉頭一看，卻沒見到人影。

怎麼會有聲無影？——就在我這麼想的時候，發現雙層床的上鋪有影子在動。

這麼說來，剛才獄警好像講過什麼室友之類的。

在床上的男人緩緩爬下來。是個剃光頭、頭皮上刺青、眼角下垂的男子。

「你再吵也沒有意義。反正很快就到自由時間了。就這樣，今後多關照啦，新來的。」

男子臉上露出親切的笑容。

「……嘿，你看起來可真年輕。有沒有被誤以為是高中生過？」

「我經常被人那樣講，但別看這樣，我已經二**十歲**了。」

令人驚訝的是，這男子頭上的刺青圖案竟然是『他自己的臉』。真是誇張的品味。

「這樣喔。我叫幕田，這裡的人都叫我『情報屋幕仔』。」

雖然品味教人不敢恭維，但從他這樣幫忙我消解憂愁的行為看起來應該不是壞人。於是我和氣地回應對方的握手。

「我叫朔也……嗚哇！」

霎時，幕仔手掌一使力，把我整個人壓到地板上。

「你、你幹麼啦！」

對方把我的右手架到背後，用膝蓋從上方壓住我身體，完全把我扣住了。

肩膀關節嘎嘎作響。

「還有幹麼，當然就是幹些不能給守衛大哥知道的事情啦。剛才人家不是講了？打招呼可是很重要的。首先把你帶進來的錢供奉一半出來唄，嗯？這就是新人唯一能夠展現的**誠意**對吧？」

嗅著地板的霉味，我重新體認了。

對，這裡是監獄。什麼叫「看起來應該不是壞人」？我今天又不是到加拿大還是哪裡的中產家庭寄宿留學。

「記好，在夏洛克監獄如果想過得健康又有文化，就需要錢。不管你要購買通常無法入手的東西，還是要獲得情報，都是錢、錢、錢。」

我只是為了臥底調查假扮成受刑人而已——但對方無從知道這種內幕。要是不硬起來，只會等著被吃掉。

「我沒錢。」

「啊啊？你這傻子竟然真的雙手空空被抓進來了？到底哪來這沒常識的……嗚喔！」

我往腹部使勁，試圖撐起身子。

「這小子……進來第一天就想讓手臂完蛋嗎！喂！會折斷喔！」

「我沒錢！」

就在我硬是起身的瞬間，肩膀伴隨沉重的聲響脫臼了。或者應該說完全骨折了。

「嗚哇！這白痴！我都警告你了還這麼亂來……！」

站起來的同時傳來令人煩躁的劇痛，右手臂癱軟地垂了下去。

幕仔當場嚇得往後退下。

我則是用剩下的左手再度尋求握手。

「重新來過，請多關照。」

「你、你都不覺得手臂怎樣喔……？」

「只是稍微脫臼而已。放著它等一下就會接回去了。」

我刻意露出令人感到不舒服的笑臉。

「胡扯，那確實折斷了才對……太、太瘋狂了……！」

他的眼神完全就是看見一名異常者的感覺。不過那樣在自我保衛上或許也比較方便。

「話說幕仔先生，剛才說過你是情報屋對吧？其實我想請教一件事情。」

「……欸？請教事情？」

「可是就像剛才說的，我身上沒帶錢……」

「免……免費就好。大哥特別待遇。」

誰是你大哥啦？

就在這時，裝設在走廊天花板的廣播器忽然播放起在這種地方顯得相當突兀的鋼琴旋律。

優雅的音樂聲響遍整棟大樓。

「怎、怎麼回事？」

這個和監獄一點都不搭的懷舊樂曲——

感覺好像在哪裡聽過。

對了，是古典樂。我記得標題好像叫夢幻曲（Träumerei）。

印象中是在中學時的音樂課學過。

「那是正中午的鐘聲，代表自由時間的意思啦。」

幕仔語調得意地如此說明的同時，我背後的鐵柵門打開了。

□

「這裡每天到了固定時段會有自由時間，在那段時間內可以自由出入。雖然男子監區和女子監區之間還是不能通行就是了啦。假如可以過去，我每天都想過去哩。」

不知道調查內情的幕仔如此勤快地為我解說著。

在他的帶路介紹下可以發現，屈斜路監獄的內部構造真的就像一座城市。有大馬路，有種植路樹，然後有受刑人在路上來來往往。

甚至連街頭大螢幕都有。

正如幕仔所言，我們後來可以自由在監獄內出入走動了。

但老實說，關於自由時間的制度我在事前就聽妻木先生說過。而且我打從一開始就打算利用這段時間到處去問問看輪寒露的事情，所以現在這狀況都在我計畫之內。

「只要通過申請，連寵物都可以養喔。從美國短毛貓到蟑螂都有人養，好比是自由校風般的自由獄風啊。」

「獄方都不擔心有人藉機越獄嗎？」

「他們大概很有自信吧。就像你看到的，這裡被一座圓頂覆蓋，哪兒也去不了。這座城市本身就是個封閉的牢房，絕對無法出去外面。而且藉由像這樣給予受刑人一定程度的自由，也能讓受刑人比較不容易鬱積不滿。也就是所謂『小小世界中的自由』啦。」

這麼說也有道理——我如此想著，仰望天空。

頭上可以看見一片藍天。然而那是隔著一層玻璃的天空。圓頂狀的玻璃覆蓋在我們頭頂上。

不只如此，在圓頂周圍還有高達十六公尺的堅固圍牆把這裡徹底包圍。

換言之，這地方是三百六十度完全被封鎖的狀態。

我如此邊想事情邊走路，結果差點迎面撞上別人。

「哦哦，抱歉。」

「不會的，我才該道歉。」

我不禁致歉後，聽到對方溫和回應。

是一名身穿白色工作服的女性。

我霎時間還疑惑為何應該只有男性受刑人的男子監區中會出現女性，但很快就明白了。

這位女性是自動勞工。我記得女性型好像要叫女性仿生人（gynoid）的樣子。

雖然乍看之下難以區別究竟是人類還是自動勞工，不過從服裝上可以辨識出來。

對方朝我輕輕一鞠躬。

「那麼，祝您刑期愉快。」

這是哪門子的問候？

「大哥，看到了嗎？剛才那就叫自動勞工。在這座大得離譜的監獄中，四處的設施都是由那群傢伙自動營運、維護和修繕。就這點上來講確實是讓人可以樂得輕鬆啦，不過……」

幕仔講到這邊，厭惡地吐了一下舌頭。

「他們是跟人類很像沒錯，但言行上就是有點不自然，給人很不舒服的感覺啊。雖然光就外觀上是頗**誘人**的，但也正因為這樣，一點點的不自然反而更令人覺得噁心。」

他說著，誇張地聳聳肩膀。

「受刑人們難道很討厭自動勞工？」

「當然討厭啦！咱們歸根究柢就是和機器人合不來。瞧他們一臉親切和氣，卻總是在關鍵的部分話講不通。而且在這種封閉空間裡每天跟那群傢伙相處，又要在獄警的命令下乖乖生活，漸漸覺得連自己都要變成人偶了。」

人偶——

「我是不曉得大哥你明白到什麼程度啦，但這座監獄其實可以說是一座實驗都市。為了配合政府在檯面下推行的ＡＩ自動化政策。」

幕仔明顯壓低聲量如此說道。

「那群政府高官急著想要領先全世界，讓搭載高等ＡＩ的機器人普及到社會上。畢竟要是不這麼做，這國家將來就沒錢可賺，也沒辦法確保勞動力。」

「讓機器人融入社會？」

「沒錯，但是為了達成這個目的，必須累積無數次的運用和實地測試。而最快速便利的手法就是實際讓機器人到社會上工作並收集數據資料。但是你想想看，社會上的人有可能那麼輕易就接納那群搞不清楚在想什麼，也不知道隱藏什麼危險的機械人偶嗎？大家光是擔心自己的工作機會被搶走都來不及了，哪有人會協助什麼運用測試？就算政府多少撒些補助金也沒用，反對聲浪肯定更大。」

雖然講得有點難聽，不過幕仔想表達的意思我也可以理解。

「可是就像剛才講的，政府急著想要推行普及。所以就決定乾脆在世人目光看不見的地方盡情運用、盡情測試啦。」

「也就是屈斜路監獄（這裡）……嗎？」

正是如此——幕仔深深點頭。

「反正在這裡即使發生什麼事故也不會被世人知道，最壞的狀況下就算有誰因為事故喪命，也可以當作是受刑人離奇身亡而隨便打發掉。簡直是給我們找麻煩。」

實際上也真的發生過這種事沒錯。就在幾天前。

「不過這樣聽起來，人類和自動勞工之間應該會問題頻傳吧？」

「那當然啦～吵架、打架多得是。雖然說都是人類在背地裡單方面宣洩鬱悶的感覺就是了。」

「都是人類單方面？」

我還以為是機器人——自動勞工們不講理地要求受刑人們工作，但似乎並非如此。

「你以為那群機械會用什麼雷射槍之類的玩意威脅人類、教訓人類嗎？錯了。

大哥，那是你科幻電影看太多啦。自動勞工才沒有那種戰鬥能力。」

「沒有喔？」

「沒有啦。畢竟那些傢伙又不是戰鬥用的。當然，他們不論材質上或馬力上都跟人類不同，感覺應該很有力氣，但那就跟車子是一樣的意思。而且他們還有安全機制啊。」

安全上鎖機制——入符好像也講過那樣的東西。

「那些傢伙遇上人類想要危害自己的時候，都只會消極抵抗而已。也就是只顧著防禦。因為有那個叫什麼來著？三原則還是啥的規矩限制。」

「哦哦，好像是這樣。」

「所以大家就把這點當方便，在獄警們看不見的地方對那些傢伙又揍又踹。反正對方不是人類，就算搞壞了也不會被判殺人罪，頂多只算毀損器物而已。面對不管怎麼揍都不會還手的對象，人類大人的激進程度可說是無窮無盡。畢竟咱們又沒裝啥安全機制。」

幕仔這種故露惡毒的口吻雖然讓我多少有點想要反駁，但這裡是監獄，人們的常識肯定也跟外界不一樣吧。

「對啦對啦，像之前就聽說在小巷中發現一具被拆解到支離破碎的自動勞工。」

「支離破碎……聽起來很恐怖啊。」

「印象中……那名字好像是叫衣服裡啊還是伊芙莉亞什麼的。哎呀，只能說她倒楣被人盯上吧。」

聽起來受刑人們仗著自動勞工不會反擊就施予暴行的案例層出不窮的樣子。

「話雖這樣講，但畢竟是在流氓混混聚集的監獄中運用的自動勞工，遇到需要制止受刑人之間打架或失控的時候還是能發揮出相當的馬力。可是像那種事情，獄警們總會主張本來應該屬於他們的工作而趕到現場處理，所以自動勞工好像都沒什麼發揮的機會。也就是說，自動勞工基本上都是無害的。」

「是喔，無害，嗎？但不是有謠言說最近那樣無害的自動勞工被人發現和受刑人的屍體在一起？」

我利用話題若無其事地提起真正想講的主題。

「哦，不愧是大哥，消息真靈。」

「拜託你別叫我大哥啦……」

「正是如此。那個死掉的傢伙叫輪寒露。那種死法真是教人意外。看他平常跩得跟什麼一樣，最後居然是跟機械殉情啊。」

「那個叫輪寒露的是個什麼樣的人物？」

「讓人討厭的傢伙。話雖這麼說，但我其實幾乎沒有跟他當面講過話。畢竟他身邊惡質的跟班太多了。」

聽起來似乎是監獄內頗有權勢的人物。

「他身邊總是帶著手下？」

「沒錯，他組了個叫什麼『Sad But TRUE（薩巴特）』的團體。畢竟夏洛克監獄很大，到處都有類似這樣的團體。然後各自團體的代表人只要掛掉或是出獄，二號人物就會接位頂替。」

「也就是說很難隨意接近的意思。那麼幕仔先生也不太清楚輪寒露的交友關係囉？」

「是啊，這種事就真的只能去問那群跟班了。怎麼？你找那傢伙有事？」

「呃不，要說有事嘛……」

「哈哈～八成是跟那傢伙有什麼過節囉？在**外面**發生過什麼事對吧？換言之，大哥是為了找輪寒露報仇還特地追殺到監獄（這種地方）來的，對不對？像大哥這等人物，無論追到天涯海角還是牢籠之中都要親手砍下對方的腦袋才會罷休，對不對？」

你問我對不對，我也不知道怎麼回答啊。

要完全否定也是可以啦，可是我總覺得很麻煩，就故意放著不管了。

「不過真可惜。就像剛才講過的，輪寒露已經翹辮子啦。你晚來一步了。」

雖然這下造成了奇妙的誤會，但也多虧幕仔的勤奮解說，讓我掌握了關於這座監獄的基本情報。

好啦，接下來就是去接觸輪寒露以前的那群跟班——

正當我如此思索並穿過牢房大樓間的道路，來到一塊開闊場所時，被忽然出現在眼前的巨大造型物嚇了一跳。

「這是……？」

「哦哦，紀念夏洛克監獄五週年的裝飾啦。明天就是了。」

「哦～五週年啊。」

色彩繽紛的造型物聳立於廣場的中央。

外觀是從地面伸出兩條手臂互相勾繞，最終緊緊相握的設計。高度應該將近十公尺。

要說引人注目的部分，就是其中一隻手臂是人類，而另一隻則是帶有金屬感的機械手臂。

「主題似乎是人類與機器人的融合。明明誰也沒在想那種事情，但監獄上頭那些人硬逼我們做出來的。」

如果剛才沒聽過那些受刑人**霸凌**機器人的事情，這造型物或許還會讓人感到溫馨吧。但如今那樣的設計卻看起來有種虛假的感覺。

「那麼明天會舉辦什麼盛大的活動嗎？派對之類的？」

「不，啥都沒有。這玩意只是想要營造出有做點什麼事情的假象而已。我看頂多只是獄中勞動結束後會發一瓶飲料之類的吧。」

「還真沒意思。」

「啊，不過幾天前有舉辦過搖滾樂團的慰問演唱會喔。」

慰問演唱會——也就是指音樂家或歌手藝人訪問監獄舉辦演唱會之類的活動。

「好像本來是希望配合五週年當天舉辦的樣子，可是因為樂團行程安排上的問題而提早了。那樂團似乎在年輕人之間很有名喔。大哥聽過嗎？叫披蟲四樂團。」

「呃，沒聽過。」

還真的沒聽過。

難道我太落伍了嗎？下次問問看莉莉忒雅好了。

「那天晚上獄方還特地安排了自由時間。可是因為那樂團明明跟人家改了行程又晚到，結果演唱會舉辦到超晚的。」

「該不會那天晚上一直到很晚的時間都能外出走動？」

「沒錯，就是那樣。大概上頭的人覺得都花錢請樂團來了，不讓他們唱完也可惜吧。所以難得放鬆管制，也讓我們爽了一晚。」

「……正確來講那是幾天前的事情？」

「咦？呃～四天……不，五天前的晚上吧。」

剛好跟殉情事件發生的日子重疊。我本來只是抱著「說不定」的想法問問看而己，結果真給我猜中了。

「這麼說來，那個叫伊芙莉亞的自動勞工聽說也是那天被攻擊的。或許是誰玩得太爽結果失控了吧。」

「在同一天……有別的自動勞工遭到攻擊……？」

「你是在嘀嘀咕咕的講什麼啊？喔對了，大哥！你要吃午餐吧？」

就在我陷入思考的時候，幕仔彷彿忽然想到似地如此問我。

這麼說來我今天什麼都還沒吃啊。

「我去跑一趟幫你買來！在那邊有個市集。」

「市集？連那種地方都有？不是用銀盤子配送牢飯啊？」

「畢竟受刑人太多了，所以為了講求效率而開了餐廳。也就是說想吃的人自己去吃的意思。雖然通常都會上演爭奪戰就是了，但這部分就交給我吧！」

「啊，喂！」

勤奮的幕仔把我留在原地，逕自往前奔去。

雖然我確實是餓到極點了沒錯，但現在可沒太多時間讓我悠哉啊。

「忽然把我留在這種地方，我也……」

在監獄中落單一人。不安的情緒頓時湧上心頭。

莉莉忒雅，快來救我～——我強忍住想要如此大叫的衝動，尋找近處可以靜下來的場所。

在廣場對面有長椅可坐。

於是我抱著暫且坐下來冷靜冷靜的想法走過去。

結果在途中，我撞見了有點奇妙的景象。

建築物與建築物之間的狹窄小巷中，有一對年輕男女站在那裡。

純白色的工作服——是自動勞工。

他們在那裡做什麼？

好奇心讓我忍不住停下腳步。

仔細一看，他們互相依偎著，把各自的額頭貼在一起不動。

「噢噢……」

不小心讓我偷窺到祕密情事了！

我趕緊躲起來，可是又覺得在意而又再度窺視。

他們依舊貼著額頭，閉著眼睛。但除此之外沒有任何動作。

只是始終無言地保持著那個動作。

那裡沒有我原本想像中的挑逗氣氛，反而還給人一種清淨的印象。

簡直像在冥想之類的。

「等等，即使如此也不能繼續偷窺啊。就算對方是自動勞工也會讓人感到內疚。快快退散吧。」

於是我坐到剛才看見的那張長椅上，鬆一口氣。

「剛才那是，自動勞工之間的……戀愛行為嗎？」

機器人也有那樣的概念嗎？

呃不，說到底，我這次就是在調查輪寒露與多妮雅的殉情事件啊。

既然如此，自動勞工之間會產生戀愛之類的情感應該也不奇怪吧。

後來過了十分鐘——

我坐在長椅上等待幕仔回來，卻遲遲不見他的蹤影。

該不會是在所謂的爭奪戰中輸了？——這樣的擔憂頓時閃過我腦海。

「……是不是應該去接他比較好？我記得是這個方向吧。」

我站起身子，走向幕仔剛才跑去的方向。

由於我的胃已經進入準備迎接中餐的狀態，要是現在又跟我說還是必須餓一餐，我也很傷腦筋。

離開廣場後再走一段路，我看見一棟頗大的建築物。竟然是保齡球館。

看板上還寫著這樣的標語——

——滑進人生側溝的你，在這裡也可以一球全倒！

這在講啥啦？

穿過保齡球館邊再繼續往前進，人忽然多了起來，變得很熱鬧。

櫛比鱗次的遮陽棚、攤販——然後又是攤販。

五顏六色的料理排滿檯面。

簡直有如外國的市場。

「原來如此……這的確是市集。」

幕仔肯定就在這裡的某個地方吧。老實說我完全沒有自信可以找到他，但還是姑且找找看吧。

「喂～……」

我有點客氣的呼喚聲，在受到食慾驅動的受刑人們發出的喧鬧聲中一下就被掩蓋過去。

咖哩的氣味。不知在煮什麼玩意的大鍋子。吊起來的雞。巨大魚類的解體秀。

香味、腥味、焦味——各式各樣的氣味刺激著鼻腔。

堆疊在攤販之間的紙箱後面還有一隻貓。

「……貓？」

對。就在那裡——有隻小貓。

尺寸彷彿剛出生沒多久，身上沒有所謂的毛色，而是被金屬材質覆蓋——

「……妳為什麼會在這種地方啦？」

「喵，真虧你能發現我。」

小貓軀體的費莉塞特搖著尾巴如此說道。

明明我在辦理入監手續的時候有把她從口袋拿出去，但這下看來她還是跟進來了。

「只要靠這個模樣就能自由走動而不讓人起疑啦。」

我反而覺得金屬貓的模樣應該同樣很可疑才對，不過靠她這個極小尺寸或許也比較容易潛藏在各種地方。

「就讓我做為委託人見識一下你工作的樣子吧。」

這種講法聽起來像是在測驗我一樣。

「隨妳便。要是妳被人以為是玩具一腳踹飛我也不管喔。」

我決定暫時隨費莉塞特高興，並繼續在市場中尋找幕仔的身影。

隨著時間經過，市場的人越來越多。料理的蒸汽高高飄向天空。

「……乾脆忘掉幕仔，我自己去覓食算了。」

就在我如此嘀咕之後，緊接著迎面撞上別人。

都要怪我自己邊走邊看上頭的蒸汽。

「啊，對不……」

我趕緊道歉——

「啥？」

但是被對方充滿壓迫感的聲音從中打斷。

我撞到的對象是個典型的凶神惡煞男子，一見到我就把臉湊近到五公分左右的距離。

「嘿！竟然有小鬼頭混進來啦！話說這裡是什麼地方？」

男人對跟在他身後的五、六名同伴如此問道。

「是夏洛克監獄！」其中一名同伴立刻回答。

「就是說吧？應該不是育幼院吧？」

傷腦筋。

我立刻察覺。

看來我撞上了一個相當麻煩的對象。

但這裡畢竟是監獄。不麻煩的對象反而比較少吧。

「別看我這樣，我已經二十歲了。」

我姑且糾正這點。然而這個反應似乎不太好。

「老子知～道啦那種事情！要是真有未成年的小鬼頭在監獄裡還得了！那種世界也太無嗑藥啦！」

「緣狩哥，那應該要講無可救藥才對吧！」

「老子知～道啦那種事情！」

被稱作緣狩的男人對插嘴的同伴吼了一聲後，又重新朝我瞪過來。

「你新進來的吧？以前都沒見過你。這種菜鳥憑～什麼大搖大擺走在路中央？而且還給我緣狩大爺來場撞擊訓練，是啥～意思？」

不妙。我並不想在這裡引起大騷動。

「呃不，真的，您說得沒錯。我這就躲到角落去重新檢視人生。失陪……」

「等等！你這小子莫名其妙就～是讓人不爽啊。我也說不清楚，就是一副認為只有自己不管發生什麼事都不會死的嘴臉。越看越火大。」

真是個在奇妙的地方上直覺敏銳的男人。

「哈、哈哈，你死定啦！」

看來應該是他手下的男人們笑了起來。

「小伙子，可別以為撞了SBT（薩巴特）的領袖緣狩哥還能平安無事去吃午飯。」

「……薩巴特？」

見到我的反應，緣狩頓時浮現滿意的笑容。

「哦？搞～什麼，這菜鳥看來聽過咱們的組織啊。很好很好。那麼你應該可以想像出來，現在你眼前的對手有多不妙吧？」

「你們就是SBT（薩巴特）？那個輪寒露以前率領的團體？」

萬萬沒想到，眼前這群男人似乎就是以前輪寒露的跟班們。

真可謂不幸中的大幸。這下省得我在廣大的監獄中找人了。

「……臭小子，你誰？為啥一個菜鳥會知道輪寒露哥的名字……」

「太巧了。我正好有些事情想問問你們。」

「啥？」

「關於輪寒露電太的——」

我問到一半，忽然迎面吃了一記強力的頭槌。

一瞬間的眼花害我忍不住全身後仰。

周圍的人察覺異狀後，都**習以為常**地跟我們拉開距離。

「混帳，你是在探聽輪寒露哥的事情？一個菜鳥為啥要做這種事？算了，那種事情不重要。老子本來只打算教育你一下就放你走的，但現在改變主意了。聽到咱們的名字不但不怕，還一副很高興的樣子纏上來。要是讓一個菜鳥繼續這麼囂張，老子連飯都吃不下去啦！」

「等等，你誤會了。我只是——」

這次換成那群手下們一起出手圍毆我了。

我的腹部被用力一踹，順勢倒向背後的攤販。結果一鍋熱湯就這樣從頭上灌下來。我比較想好好坐下來品嘗味道啊。

「王八蛋！要打架去別的地方打！」

「哦哦～好欸，上啊上啊！」

攤販老闆破口大罵，其他受刑人們圍觀叫好。

這期間我依然繼續被一群人毫不留情地踩踏。

應該已經有什麼部位的骨頭斷了一、兩根吧。

我承受著這般私刑的同時抬起頭，結果在圍觀人群中看見了幕仔的身影。

「啊。」

他從什麼時候看見的？

對上視線的瞬間，他裝作一副不認識地把眼睛別開。但或許還是覺得尷尬吧，接著又咧嘴一笑，拿起雙手中的沙威瑪給我看。

他沒有發出聲音，只靠嘴唇動作對我表示：

「大哥！如果你活下來，咱們再一起吃吧！」

不對啦，快來救我啊！

雖然我很想這麼說，但這種狀況下要期待他挺身相助似乎也有點殘酷。

也就是說我只剩兩個選擇了：要不就是靠自己的力量解危，要不就是忍耐到這群人打爽為止，但老實說我很不想選擇後者。

忍耐這種事說起來簡單，但其實非常痛又難受。而且要是現在束手無策挨打下去，之後要從他們口中問出輪寒露的事情也會形成各種困難。狠狠修理過一頓的懦弱菜鳥——一旦被對方如此認定，他們恐怕就不會再回答我的問題了吧。

因此現在必須讓他們看得起我才行。

那具體上要怎麼做？

我有點想不出來。

嘴巴裡面從剛才就只有血的味道。

真傷腦筋啊——就在我如此想的時候……

對手的攻勢驟然停止。感覺就像在傾盆大雨中偶然躲進一棵巨樹的樹蔭底下。

我不禁感到奇怪而抬起頭——

「嗨，阿朔。總算找到你啦。」

身穿囚服的哀野泣竟然站在那裡。

「我可不能讓你一個人做這種危險的臥底調查，所以我也要求辦理手續跟著你進來啦！」

畢竟我現在是你的助手嘛——他說著，用雙手比出愛心手勢。

小泣，拜託你不要比什麼愛心啊。

不過言歸正傳，這是多麼美妙的友情！

小泣介入我和SBT（薩巴特）之間，用一如往常飄飄然的笑臉說道：

「然後呢？總之把他們殺掉就行了吧？」

「完…………」

完全不對啊小泣。

後來的發展可說是糟糕透頂。

我連詳細對小泣說明經過的時間都沒有，一場亂鬥又開始了。

小泣挺身助陣雖然令人很感激沒錯，但這同時也是一種火上加油的行為。SBT（薩巴特）那群人抓起一旁的椅子或石頭砸過來，徹底進入幹架模式。

其中甚至還有人拿出不知暗藏在什麼地方的小型短刀。

喂喂喂！獄警們，漏抓危險物品囉。拜託你們盡一下責任啊。

「該死的菜鳥！看老子把你連同那位好兄弟一起修理一頓！」

緣狩把話講得煞有魄力，但自己卻只是留在最後排看戲而已。

後來沒過多久，附近的獄警總算趕到現場。

亂鬥大會因此解散，但這時候我已經滿身創傷了。

「沒事啦～咱們只是稍微在搶午飯而已。」

緣狩彷彿已經習以為常地對獄警哈啦一下後，便帶著手下們匆匆離去。

「話說阿朔，你為什麼會跟人家打架啊？這不太像你喔。」

小泣一臉真的感到奇怪似地如此問我。

但我還來不及回答他，便當場暈了過去。

倒是小泣身上半點傷都沒有。

難道當漫畫家的連打架都很強嗎？

第四章　早安，瘋狗先生

「嗚……」

當我睜開眼睛，發現自己在學校的保健室。

消毒水和藥品散發出獨特的氣味——

「你醒來了？感覺還好嗎？」

瞧，熟悉的校醫在布簾外面叫我呢。

原來如此，看來我是在課堂間的空檔跑來保健室睡覺……

「聽說是很嚴重的一場亂鬥吧？」

「亂……亂鬥？啊……對了。」

不，這裡不是學校。這裡是——

「早安，瘋狗先生。請問身體有什麼地方在痛嗎？」

站在床邊的人根本不是校醫，是一位陌生女性。

這裡是屈斜路監獄。

我在迫不得已下受了重傷，後來失去意識——

「妳是……？」

白色的衣服——是自動勞工。

看起來很柔軟的鮑伯頭髮型，褐色的眼眸。

「卡洛姆！卡洛姆！他好像醒來囉！」

女性暫時離開我身旁，跑到房間深處叫人。

「用不著那麼大聲我也聽得到啦，伊芙莉亞。」

過沒多久，她又帶著一名同樣身穿白色衣服的青年回來了。

「你是受刑人編號D－28先生吧。感覺還好嗎？」

青年用沉穩的語氣如此說道。

「這裡是醫務室。你因為受了很嚴重的傷，被送到這裡來了。」

我聽他這麼一說而看看自己，發現身上到處受過治療。

「我叫伊芙莉亞。」

「我叫卡洛姆，和伊芙莉亞一起負責救護工作。」

那兩人輪流自我介紹。

「卡洛姆……啊。」

我想起來了。這位青年就是去找鍊朱討論作夢的自動勞工。

「是你們在看護我？謝謝……啊！現在幾點！我睡了多久！」

「大約十五分鐘吧……啊，等等！」

見我慌張起床，伊芙莉亞趕緊制止。

「請等一下呀！你剛送來的時候可是傷得很嚴重喔！還從嘴巴吐了大量的血……咦？」

「沒事啦。我從小就受傷恢復得很快。」

我這爭氣的身體已經痊癒了。

「好快～！好厲害！簡直是人體的神祕呢，卡洛姆！究竟是怎麼回事呀？」

伊芙莉亞毫不起疑地信了我講的話，大為讚嘆。

「伊芙莉亞今天也是這麼忠實於好奇心啊。」

這兩人節奏輕快地持續對話。不難想像這就是他們平常的互動方式。

「雖然的確很神祕，但還是請姑且讓我們再檢查一下喔。如果檢查沒問題就會開出院單給你了。」

伊芙莉亞說這就是他們工作上的規定，於是我只好乖乖聽話了。

她讓我坐到一旁的椅子上，接著仔細檢查我身上各處的傷勢。

話說小泣後來怎麼了？

但願沒有被獄警們抓去懲罰什麼的。

「……太好了。瘋狗先生意外地聽話呢。人家還擔心說要是你鬧起來了該怎麼辦呢。」

伊芙莉亞用食指搔著自己的右臉頰這麼小聲說道。

她的臉頰上貼有OK繃。

「……剛才妳好像也講過，那個『瘋狗』是什麼？」

「咦？不就是你的稱號嗎？謠言傳得可凶呢。說有隻瘋狗入監第一天就自己跑去咬SBT（薩巴特）小組，引爆了一場大亂鬥。」

「那是誤會！」

呃不，雖然就發生的狀況來看，沒有任何一句講錯就是了。

「我叫朔也。追月朔也。說什麼瘋狗也太誇張了。」

「是這樣喔？搞～什麼嘛。我還聽大家講得像好久沒見到巨砲新人登場一樣，討論得那麼興奮的說。」

「又不是什麼職業摔角或棒球的世界。」

「呀哈～說得也是～」

伊芙莉亞宛如頑皮嬉鬧被管教的小孩子般笑了一下。

「伊芙莉亞……妳感覺真像個人……」

我講到一半趕緊住口，但對方似乎還是察覺我想說的話。

「像個人類是嗎？沒那種事啦。別看我這樣，我可是很努力在讓自己切換到工作模式喔。」

「這樣喔。」

工作模式嗎——可是總覺得那種講法也很像人類。

「另外聲明一下，這邊講的『切換』並不是說我體內真的裝了什麼切換開關的意思。這是一種形容，也就是比喻手法。」

「我知道啦。」

「人家平常的亢奮程度也完全不一樣喔。當我腦袋放空時的模樣絕對不想讓人看見！」

那好丟臉～——她說著，用手對臉部搧風。

「啊，這個用手搧風的行為並沒有什麼冷卻溫度的效果呦。我只是想說這樣做比較**逼真**而已。」

伊芙莉亞如此表示，並把手貼到右臉頰上。難道她腦中輸入儲存了幾種感覺像人類的舉止動作嗎？

就在這時，她放在臉頰上的指尖不小心勾到ＯＫ繃。底下的傷痕於是露出了一瞬間。

傷痕——我想應該是傷痕吧。

「哇哇！」

她趕緊把ＯＫ繃重新貼好。

「不好意思讓你見醜了。」

「妳受傷了嗎？我問這個會不會不太好？」

我忍不住開口詢問。雖然我也覺得對方即便是自動勞工，對一個女孩子詢問臉上的傷好像有點失禮就是了。

伊芙莉亞說著「你說這個呀？」並再度用手摸臉。

「剛才那個，是傷……沒錯吧？雖然形狀有點奇特。」

我之所以問了對方又自己感到猶豫，是因為那傷痕看起來像個愛心形狀。

「是的，這是之前和人類先生發生了一點小狀況，那時候留下的。」

「發生狀況……難道說……」

我回想起幕仔說過受刑人對自動勞工的破壞行為在監獄中形成問題的事情。同時也連帶想起了一件事。

「嗯？等等喔……伊芙莉亞……對啊，伊芙莉亞這名字。」

「請問怎麼了嗎？」

「我才想說好像在哪聽過。妳該不會就是慰問演唱會那天晚上被受刑人攻擊的那個……」

「原來這件事你也知道呀。」

「妳好出名啊，伊芙莉亞。」

「呀哈～別這麼說嘛，卡洛姆。」

據說當時有個呈現支離破碎的自動勞工被發現。名字叫伊芙莉亞。

沒想到就是眼前這名女性。

「你消息可真靈通呢。這位新人先生究竟是何方神聖呀？」

然而她本人卻沒有表現出絲毫的悲壯感。

我從「支離破碎」這種形容給人的印象推想，還以為已經無法修理而遭到廢棄處分了。但現在看起來她還活碰亂跳的樣子。

「那時候人家真的嚇了一大跳呢。那天晚上我正在居住大樓周圍巡邏——畢竟想想看，當時一方面也因為在辦演唱會，所以我想說要巡視看看有沒有受刑人先生闖進禁止入內的區域。結果就在一片昏暗中冷不防被揍了一下，害我當場失去意識。不過還好到了早上有獄警先生發現，馬上把我送到研究室接受修理。多虧如此，就像這樣囉！」

伊芙莉亞大大張開雙手，展現出自己健在的模樣。

「由於到處換裝了新零件的關係，現在狀況反而比之前還要好呢！呀哈～」

「那就好。可是……」

「請不要露出那麼黯淡的表情嘛。啊，請問你該不會是想像到人類女性遭人施暴時的那種事情？那麼請放心，我們這些勞動用的自動勞工並沒有配備**那種功能**。就算受刑人先生們是一群飢餓的野狼，也無從宣洩那份慾望。所以頂多只能靠蠻力把人家破壞掉而已。」

她用那麼開朗的語氣說明這種事情，讓我一時不知道該做出什麼反應才好。不過既然她本人沒有因此留下心靈創傷，或許該感到慶幸吧。

「犯人有被抓起來接受處罰嗎？」

「不，聽說還沒找到犯人的樣子。」

關於這點，卡洛姆臉上露出嚴肅的表情。

「咦！這裡好歹是監獄中吧？」

「或許正因為如此吧。典獄長肯定是這麼想的：既然大家都已經被法律制裁關進牢裡，也沒必要那麼費力尋找究竟是誰對自動勞工惡作劇的。」

「假如是那樣就太過分了。這可不只是惡作劇的程度啊。」

「是的，非常過分。」

「哎呀，別這樣嘛，卡洛姆。」

身為當事人的伊芙莉亞反倒如此安撫起卡洛姆。

但話說回來，犯人還沒被找到也太恐怖了。而且伊芙莉亞遇襲的地點既然是在居住大樓附近，那麼比起本來不能到那邊走動的受刑人，會不會反而是獄警比較容易犯行？

不好的想像閃過我腦海。

就在我不禁沉思的時候，卡洛姆抬頭看向時鐘並說了一句「時間到了」。

「那麼我要出去定期檢診了。伊芙莉亞，這裡可以交給妳嗎？」

「當然，路上小心囉！」

他接著很有禮貌地對我頷首，走出醫務室。

確認卡洛姆的腳步聲消失在走廊遠方之後，伊芙莉亞重新轉向我。

「如果受刑人們藉由把各種不滿發洩在自動勞工身上可以減少人類之間的紛爭，那就沒問題了——典獄長似乎是這麼認為。不過我也覺得那樣確實很有效果。」

所以到頭來也不曉得獄方有沒有認真調查，最終不了了之了。

「雖然研究室的各位有為我抗議，說怎麼可以對我們家的產品亂搞之類的。對我來說，光是這樣就很足夠了。」

產品嗎——那種抗議其實聽起來也像是無視人權的感覺。雖然前提是自動勞工們的人權有被認同就是了啦。

「妳臉上的傷痕就是那時候留下來的？」

「是呀。」

仔細一看，她的左手臂也有留下殘忍的傷痕。

「沒有目擊者嗎？」

「當時周遭很暗，而且只發生在一瞬間。我在不知不覺間就被搬進研究室了。」

「這樣啊。」

「你在意的事情真奇怪呢。」

「呃不，這該說是習慣嘛，有點像是職業病了。」

「職業病？請問你在凡間是做什麼工作？」

「什麼凡間……呃，偵探啦。」

「原來是偵探先生！好傑出的工作！那麼傑出的人為什麼會跑進監獄來呀！」

「咦？這個嘛，我一時鬼迷心竅……」

我講出為了這種狀況而事先準備好的臺詞。

「笨呀！你真的好笨！居然這樣糟蹋人生！」

「咦……啊，是。對不起，我有反省了。」

「請問你究竟是犯了什麼罪被扔進來的啦！」

「呃～……那個～……內褲小偷慣犯……」

「連續偷竊人家的內褲？那還真是低級呢。」

的確，光是在「內褲小偷」後面加上「慣犯」這個詞，為什麼聽起來就會如此沒有出息？

「請問你總不會連我都盯上了吧？先跟你說清楚喔，我在身體構造上並不需要穿什麼內褲。真可惜囉！」

「那應該是好消息吧。」

「嗯？」

「沒事，當我沒講。」

「請你打消邪念，乖乖回歸社會吧。」

「是，我會認真度過刑期的……」

「就是這份精神。我打從心底為你加油喔。雖然要先假設我有所謂的心就是了。」

後來對於我這項虛構的罪狀，伊芙莉亞非常熱心地為我消解苦惱起來。

不過這種事就先擺到一旁吧——

「話說回來……剛才說過妳在研究室接受修理時有換過零件，可是留下傷痕的臉頰和手臂沒有一起換掉嗎？」

我提出這樣很單純的疑問。

「那是因為修理的時候，我說希望能夠留下一部分原本的零件。」

「為什麼？」

「瘋狗先……不對，新人先生，你這就不懂囉～我們這些**機器人**對於自己的身體也是會產生依戀的。雖然人類可能會覺得機器人的零件愛怎麼換都可以啦。」

「是喔，原來是這樣。」

「構成自我的要素究竟是什麼？靈魂？精神？肉體？假如是肉體，那麼失去當中百分之多少的部分就不再是自己了？請問你有沒有思考過這樣的問題呢？」

伊芙莉亞既沒有開玩笑也沒有變得過於嚴肅，態度很乾脆地如此說道。

「妳好厲害。我都沒想過這種事情。」

「很抱歉講起這麼複雜的話題。總之關於我的小臉蛋，現在決定不要替換而是申請重塗樹脂了。不過符合我規格的材料似乎需要幾天的時間才能送到，所以他們要我在那之前暫時忍耐一下。」

原來自動勞工也會對什麼東西感到講究或產生執著的樣子。

該怎麼說呢？我原本誤會他們都是徹頭徹尾基於合理計算下思考行動的。先入為主的觀念果然不太好。

「這麼說來，妳剛才提過人類會拿自動勞工來發洩不滿──」

由於疑問獲得消解，於是我試著若無其事地換了個話題。

「但似乎也有不是那樣的例子。」

說是換了話題，但這次不是閒聊了。

「妳知道一個叫多妮雅的女孩嗎？」

對我來說這才是正題。

「咦？新人先生，你知道多妮雅的事情？」

伊芙莉亞頓時驚訝。這反應就是給我的答案了。

「呃，只是傳聞啦，我從別人口中聽說了那起事件。」

「原來是這樣。那確實是一樁大事件。畢竟也因為發生了那件事，所以我遭人攻擊的事情才幾乎沒有被拿來討論。」

沒錯。這兩起事件是發生在同一天。

雖然因為這樣就把兩件事聯想在一起也未免言之過早，不過應該值得暫時放在腦中。

「妳跟多妮雅，呃，怎樣？很熟嗎？」

「當然囉。我們都是負責救護工作的伙伴呀。」

伊芙莉亞並沒有特別壓低聲量或露出黯淡的神情，態度平常地如此回答。

「是這樣嗎！」

意想不到的情報讓我忍不住從椅子上站起來。

「不行喔，請你乖乖坐著。雖然現在變成只有兩個人，不過之前還是我、卡洛姆與多妮雅三個人在這裡工作的。」

「這……不好意思，看來我問了失禮的事情。」

「請不用在意。」

她一邊用手為我身體觸診，一邊搖頭如此表示。由於距離很近的關係，她的秀髮觸碰到我的肩膀讓我悸動了一下。摸著我身體的手心也跟人類一樣柔軟。

然而從她那張櫻桃小嘴中並沒有吐出氣息。換言之，伊芙莉亞沒有在呼吸。

雖然會發出聲音，但發聲方式大概跟我們人類不一樣。

「不過，自己的同事，那個……遭到破壞，應該會讓妳有所感觸吧？」

「說得也是。我覺得少了一**個人**讓工作效率都變差了呢。」

「……只有這樣？」

「欸？啊！寂寞！我會覺得寂寞！當然囉！」

伊芙莉亞見到我的反應才彷彿臨時想到般如此表示。感覺就像發現自己沒有做出人類所期望的反應一樣。

確實，我在不自覺間對她期待了某種反應。期待伊芙莉亞會因為同伴遭到破壞而感到悲傷或憤怒。

而她就是因為察覺這點才趕緊為我提供了那樣的情緒表現。工作效率變差了。

對於自動勞工而言，或許這點重於一切吧。

ＡＩ想必也有喜怒哀樂才對。然而那和我們在某種性質上是不同的。

「多妮雅是個非常優秀的女孩。不只在醫療小組內部而已，外部的其他人也都很仰慕她……大家聽聞事件時都表現出『為什麼！』的感覺。尤其卡洛姆似乎經常會找多妮雅商量心事，所以受到很大的衝擊。恐怕現在也是。」

「商量心事？」

「很多啦，像最近是關於夢的事情。」

「哦哦……」

我記得他也有找鍊朱諮詢過。

「你們真的會作夢？」

「不會呀。」

「講得真乾脆。」

「我想他就是因為這樣才感到不安的。畢竟看見了自己本來不該看見的東西。」

「哦哦，原來如此。」

「我雖然也會為他擔心，但卡洛姆不太會來依賴我。」

伊芙莉亞說著，又摸起自己的臉頰。那或許是她的習慣動作。

「剛才妳也提過，多妮雅的事件好像在你們之間也成為了傳聞？」

「雖然獄警們努力想要保密的樣子，但畢竟那天早上騷動很大呀。」

「她的交友範圍很廣嗎？」

「新人先生，你好像很在意多妮雅的事情嘛。」

「這是……呃……」

被戳到要害了。

我雖然也可以選擇把我和費莉塞特之間的約定講出來，尋求伊芙莉亞提供協助。但畢竟內容很敏感，還是不要到處宣揚比較好。

正當我猶豫著既然如此又該如何回答的時候，伊芙莉亞忽然敲了一下手心說道：

「啊！我知道了。是原本身為偵探先生的職業病對吧！」

「大、大致就是那樣。我忍不住感到在意起來啦。」

我對她的誤會心懷感激地如此配合。

「她的朋友好像很多呦。」

「是喔，聽起來是很出色的女孩。」

「沒錯，多妮雅非常出色。而且很照顧人，還經常幫軀體狀況不太好的人做維修呢。」

「維修？自動勞工之間也會互相治療嗎？啊，這時候應該講互相修理吧。」

「會呀，如果只是應急處理的程度，我們也會用工具自己搞定的。」

機械之間自己修復，總覺得好像在聽什麼未來科幻電影的內容。不過現實世界原來已經發展到這個境界了。

「畢竟要讓我們自動勞工廣泛普及的第一道難關不是技術層面，而是包含維護費用在內的成本問題嘛。」

也就是說假如他們自己可以修理自己，對人類來說可以省事許多的意思。

「你真的好厲害呀！」

就在這時，伊芙莉亞忽然大聲表示。

「我大致上檢查過一遍，你的傷勢還真的全都復原了！」

她用雙手拍打我的肩膀，綻放笑容。

「真的好神祕！」

「我這個人就只有生命力特別旺盛啦。」

「看來我們也必須好好效法人類的自我修復能力呢。總之你看來沒什麼問題了，我就幫你辦理出院手續囉。應該等一下許可就會下來，請你再稍待一會喔。」

「承蒙照顧了。謝謝妳幫我這麼多忙。啊，對了，順便再問妳一件我感到好奇的事情。」

「什麼事呢？」

伊芙莉亞坐在裝有腳輪的椅子上，連人帶椅轉朝我的方向。

「剛才我在路上偶然看到你們自動勞工之間互相把額頭貼在一起，那動作具有什麼意義嗎？」

我將剛剛目擊到自動勞工之間的奇妙行為提出來問了一下。

結果伊芙莉亞頓時用雙手遮住嘴巴，又坐在椅子上轉了一圈。

「呀哈～！新人先生，你色小孩呢。裝成熟呢。」

「是、是喔？」

「那個叫『創建』啦。和特別的對象互貼額頭、進行形而上的資料相連，是最近在我們自動勞工之間流行起來的。」

「創建？形而上？」

人家難得為我說明，但我的疑問反而倍增了。

「也就是將現存的認知或程式無法觀測、測量的資料互相連結而誕生出新東西的一種創造行為……這樣講聽得懂嗎？」

「大概……？」

簡單講就是將人類所謂像『念』之類『對於相信存在的人來說就存在的某種東西』互相共鳴……的意思吧？

「雖然在科學上沒有受到證實，不過越來越多的自動勞工相信並實行著那樣的行為是嗎？那麼透過那樣的創建會得出什麼結果？」

「聽說會在其中一方的意識中浮現出至今未曾存在的全新『設計圖』的樣子。」

「設計圖……」

「也就是小孩囉。」

伊芙莉亞宛如懷抱夢想的少女般，陶醉地望著斜上方如此表示。

小孩。機器人之間的小孩？

那種事情有可能發生嗎？

「對於無法像人類一樣從零開始創造東西的我們來說，那是一種無可替代的浪漫呀。」

僅限於自動勞工之間彼此共享浪漫，藉此取樂——的意思嗎？

假如替換成人類的狀況，大概就類似所謂命運的紅線或者心電感應之類的東西吧。

「世界上雖然也有會作曲、畫圖或寫小說的ＡＩ，但那些終究只是吸收過去存在的資料，分解再構築而已。」

伊芙莉亞雖然這麼說，但其實人類的創作也大多都是將過去的東西分解再構築的行為。

「總之創建就是那樣的東西。」

「原來如此。謝謝妳幫我解開疑惑。」

話雖如此，但這和殉情事件沒有關係，單純是我個人的疑惑。就算明白了也沒什麼太大的意義。

就在這時，好幾名獄警浩浩蕩蕩進到醫務室。每個人臉上都擺著嚴肅的表情。

「咦？咦？」

伊芙莉亞也表現得很困惑。看來這些人不是她叫來的。

「D－28，你馬上就給我鬧事啦。」

站在那群人最前頭用高壓語氣如此表示的，是把我收監到牢房的那個大塊頭獄警。

他對同樣在這房間裡的伊芙莉亞瞧也沒瞧上一眼，就好像當成小孩房間裡的人偶一樣。

「聽說你被圍毆受了重傷，不過現在看起來一點也沒事嘛。很好。那麼就罰你關禁閉一個禮拜。」

教人驚訝的是，在市場的那場亂鬥似乎全部歸咎到我一個人頭上了。

難道是緣狩那群人背地裡搞了什麼小把戲？還是我打從一開始就被獄警盯上了？我不清楚。

「站起來！」

他們絲毫不給我辯解的餘地，就把我從醫務室拖了出去。

「新、新人先生～！」

伊芙莉亞擔心地目送被帶走的我。

「慢走喔～！」

不對，看來她一點也不感到擔心的樣子。

□

禁閉室——

在電視劇或電影中時有所聞的這個場所，實際上也真的是一如印象中的房間。

面積大概連兩坪都不到。既沒椅子也沒床鋪。唯獨在牆壁高處有一扇窗戶而已。

「關在這裡一個禮拜……我不要啊……」

被關進來後體感上大約快一個小時，我的精神已經逼近極限了。

雖然我做為最起碼的抵抗，有要求聯繫知道內情的妻木先生或典獄長，但無濟於事。他們對我的主張充耳不聞，直接把我扔進了這地方。

「傷腦筋……到明天之前必須想辦法解決問題的說。」

最終時限分秒逼近之中，我可不能在這種地方浪費一個禮拜的時間。

「……真沒轍。使出為了預防萬一而準備的那招吧……」

老實說，我真的非常不願意就是了。

我將手指伸進口中，硬逼自己嘔吐。

藉由裝病讓獄方再度把我送進醫務室——可別以為是這種作戰計畫。

由於午餐沒吃到的緣故，只有胃液不斷逆流。最後混雜大量的鮮血一起被吐出來。

我繼續發出在各種意義上沒辦法用文字形容的聲音，從喉嚨深處**吐出了一把小刀**。

劇痛和難受差點讓我當場暈倒。

「咳嗯……………嗚！」

這是SBT（薩巴特）其中一名手下當時帶在身上的小刀。在市場的亂鬥中我發現這東西掉在地上，於是拿來借用一下了。

畢竟難以預料今後在監獄中會遭遇什麼不測的災難，因此我當時在失去意識之前硬逼自己把刀吞進胃中偷藏起來。

雖然在吐出來的過程中把食道都割得亂七八糟，但只要過一段時間它自然會復原。

「這就叫真的肚裡藏刀啊……好啦。接下來……」

用這把刀在牆上挖個洞逃出去——這也不對。我現在沒那種時間。

我把沾滿胃液與血液的小刀撿起來，直接往自己的肚子一捅。

然後故意放聲慘叫，把獄警叫過來。

假裝自殺，讓獄警把我從這裡抬出去。

如果要爭取時間，我只能想到這個方法。

反正裝病肯定也不會被相信，那麼乾脆來個一目了然。只要還有一點人心，無論是誰見到這狀況應該都會趕緊進來救人的。

看啊，獄警先生。我流了這麼多血喔。

是重傷啊！

肯定切到了動脈不會錯！

念在我這可憐的菜鳥入監第一天就遇上這麼多倒楣事，快點來救我吧……

奇怪？

「會不會……太慢了？」

等了半天都沒感覺到有人要來的跡象。

哈囉？有人嗎？

啊，眼睛開始模糊了。

不妙。我好像做得太過火啦。

再這樣下去……

「喂～……！來人……快來人……啊。」

看來我捅得太深。

失血過多了……

難道我就這樣，都沒被人發現就死——

「這種展開也未免……」

人生的跑馬燈閃過腦海。

昔日種種令人懷念的回憶。

不不不，這一點都不感動啦。簡直蠢到家了！

喂——

□

當我從冥界回來，發現自己在一間藥味瀰漫的房間。

然而這裡並不是伊芙莉亞在的那間醫務室。

這地方和醫務室可謂天差地別，是個既昏暗又冰冷，而且寂靜的空間。

「這裡是……」

我坐起身子。
看來我躺在一張床上。
面前的牆壁上排列有一整面的巨大櫃子。
上下兩排，左右六列。
我看過和這裡非常相似的房間。
「是太平間啊。」
我以前也有被搬進醫院太平間的經驗。就是遠枡綜合醫院那時候。
「後來我果然死掉了嗎……」
居然真的自殺身亡了……
怎會犯如此低級的失誤。太丟臉啦。
「嘿呦……咻。」
我仔細確認昏暗的腳下，緩緩下床。腹部的傷勢已經復原。
房間裡的時鐘指著下午四點。快到傍晚了。
「繞了一堆遠路花掉太多時間啦……必須快點叫人來讓我出去才行。」
不，乾脆從這裡偷偷溜出去，若無其事地回到自己牢房也是一種方法——
我如此思考，並沿著牆邊摸索房間出口。
結果在途中，我的手觸碰到手把。也就是那些大櫃子的手把。

「……既然這裡是太平間，眼前這些想必就是停放遺體用的停屍櫃……吧。」

怎麼看都不是衣櫃或披薩烤窯之類的。

要是我沒復活過來，應該也會被關進這裡面。一想到這點就讓我全身發寒。

其中幾個櫃子的手把上掛有名牌，似乎寫有關於死者的情報。然而多半的櫃子都沒有掛名牌，也就是說裡面應該是空的。

「也對，畢竟這裡是監獄又不是醫院，要是有那麼多遺體被搬進來才有問題……不，等等喔。」

我獨自咕噥到一半，忽然想到一個可能性。

剛復活過來還昏昏沉沉的腦袋似乎總算開始運轉了。

「既然這裡是太平間……！」

我趕緊一一調查眼前的櫃子。

名牌——名牌！

「該不會……！」

真給我料到了。

在最深處的櫃子名牌上寫有這幾個字：

——輪寒露電太。

沒時間讓我猶豫了。我趕緊抓住手把，拖出櫃子。

遺體收納在專用的屍袋中，於是我拉開拉鍊確認裡面。雖然遺體臉色極差無比，但躺在裡面的毫無疑問是我在照片中看過的輪寒露本人。

一如我先前聽到的情報，在他胸口有留下一道傷口。看了就令人感到疼痛。

「……咦？可是這個傷……」

我頓時發現了奇怪的地方。

□

「於是你犯下愚蠢的錯誤自斷性命了是嗎？雖然真的很蠢，不過能夠像這樣重新回來人間的你也是了得。真可謂名副其實的回歸者(Revenant)呀。有趣有趣。」

費莉塞特在桌腳的陰影處對我如此細語。

「一點也不有趣。」

我則是嘟著嘴巴，將身體靠在椅背上。

這裡是獄警值勤用建築物中的一個房間。費莉塞特告訴我是類似訊問室的地方。

剛才我從太平間偷溜出來時，馬上就被在那裡工作的自動勞工發現，於是重新接受了檢查。

對方當時似乎正準備為我的死亡診斷，結果就這麼變更為證明復甦的手續了。

至於那些獄警們則是對於奇蹟生還的我，有點不知如何是好的樣子。

或許到頭來還是無法判斷的緣故，最後想出來的權宜之計就是把我關進這間訊問室了。

當我進入房間時，躲在桌子底下的費莉塞特便嘲笑了我一番。看來她不知從哪裡偷聽到狀況，而搶先進到房間來等我了。

這神出鬼沒的樣子真的就像愛麗絲夢遊仙境的笑臉貓一樣。

「雖然他們叫我暫時在這裡等候啦……」

光只能等待的時間感覺莫名漫長。

就在我如此坐在椅子上仰頭凝視天花板的時候，房門忽然被打開，神情慌張的妻木先生衝了進來。

「朔也同學！我聽說了！你引起一場大亂鬥被關進禁閉室，結果自暴自棄選擇自殺卻又甦醒過來了是嗎！」

雖然他講得完全沒錯，但是像這樣重新聽人描述，感覺就像聽到別人講述什麼惡夢一樣。

我靠著打馬虎眼勉強把事情掩飾過去，主張自己身心上都沒有任何障礙，並表示希望繼續調查的意志。

「因此可以請妻木先生幫忙向上頭說個幾句，讓獄警們放過我這次嗎？」

當然我也不忘搓揉雙手，阿諛諂媚一番。畢竟這次的事情本來就是遭人以不當手法背黑鍋，越級上訴一下應該也不為過吧。

結果妻木先生立刻會意地點點頭。

「關於這點，在我過來這裡之前就已經辦好了。也讓典獄長點頭啦。」

真是能幹。

「我們會把你關禁閉的處分取消掉。雖然說，依然要繼續關在監獄裡就是了。」

還幽默地開了個監獄玩笑。

「所以你隨時可以回自己的牢房去囉。啊，不過在那之前，副典獄長表示希望跟你見個面，所以我將她帶來了。」

妻木先生莫名露出賊笑。

「副典獄長？」

從名稱聽起來，應該是包含妻木先生在內所有獄警的上司。

「那樣的人物想要跟我見面？」

究竟找我有什麼事？

該不會是對於我的復活感到可疑，所以要來調查一番？

雖然我不清楚對方是何許人物，但總之不可鬆懈大意。

請進——妻木先生如此表示後，房門再度打開。

現身的是身穿女性制服的——莉莉忒雅。

她那模樣實在太勁爆，害我被椅子勾到腳，當場摔倒了。

莉莉忒雅無言地坐到我對面的椅子上，翹起大腿。明明她平常都不會翹大腿地說。

頭戴警帽，手上甚至還拿條細鞭——感覺被抽打應該很痛。

「妳是莉莉忒雅……沒錯吧？」

由於她的打扮實在異於平常，讓我霎時感到猶豫。

「呼……」

對方用勉強可以聽見又聽不太清楚的聲音嘆氣，並對我瞥了一眼。

幾秒之後，她用鞭子抵住我的喉頭說道：

「看……」

「看？」

「看來有必要狠狠管教你一番了。」

「莉莉忒雅!?」

除此之外我再也講不出話。無法回應。

只能望著莉莉忒雅的臉蛋一秒又一秒逐漸泛紅的模樣。我太無力了。

「怎麼會……莉莉忒雅竟然徹底變成了一個冷血女獄警！」

「不、不對！不是那樣的！這是哀野大人說第一句絕對要這樣講才好的緣故……！」

小泣，你在亂教莉莉忒雅什麼觀念啦？

「妳不是應該在研究室等我嗎？而且妳這是什麼打扮？難道連妳也來臥底調查了？」

「是的，我請妻木大人特別安排。畢竟讓朔也大人一個人行動，果然還是令人擔心。」

「喂，妻木先生……」

我看向妻木先生表示抗議，結果他感到抱歉似地把視線別開了。

「呃，因此當作是期間限定，任職於國外監獄的一名優秀的副典獄長來到本監獄做特別視察——就是這樣的劇本……」

我看八成是妻木先生耐不住莉莉忒雅強力要求吧。

「雖說是視察，不過似乎也有被賦予一部分的權限。所以我一定可以成為朔也大人的得力幫手。」

或許由於尺寸有點大的緣故，莉莉忒雅把歪掉的帽子重新扶正並對我如此主張。

「朔也大人，我聽說你還化為一具遺體被搬進太平間了。」

「哦哦……是沒錯啦。」

「請問你又被殺了嗎？」

「呃不……這次是我自己的失誤。」

聽我大致說明原委後，莉莉忒雅露出一臉打從心底感到傻眼的表情看著我。

啊，跟我臨死之際閃過腦海的表情一樣呢。

「你被自己殺掉了呀，朔也大人。」

「對不起啦。」

我道歉就是了。

所以拜託妳不要把鞭子甩得咻咻響啊。

我、莉莉忒雅以及妻木先生各自坐下來後，開始整理目前為止所得的情報。

「也就是說，朔也大人在太平間有確認過輪寒露先生的遺體？」

「沒錯，雖然沒有充分的時間，不過還是讓我調查到原先在意的部分了。」

儘管自己把自己殺掉的事情完全是我預料之外的失誤，但因此在太平間與輪寒露見上了一面，可謂僥倖。

人常用『遭逢不幸』來表示人死。若照字面上的意思，我這次算是不幸中的大幸吧。

「你調查了什麼？」費莉塞特說。

「就是傷口。雖然事前已經大致聽過事件內容，但還是有很多事情如果沒親眼看看被害人的遺體也難以得知。例如傷口狀態便是其中之一。所以我本來就想找機會調查看看了，結果這次讓我一看……發現那傷口有些奇怪。」

「怎麼個奇怪？」

「之前說過輪寒露是被多妮雅的手臂貫穿胸口，而實際上的遺體狀態也確實如此。可是感覺怪怪的。他胸口確實開了個大洞，直達背部，宛如被鑿了一條殘酷的隧道。但真要這樣說的話，那背部的傷口形狀太奇怪了。」

我用自己的手臂輔助說明。

「像這樣，如果從正面被手臂刺穿，那背部的傷口應該會呈現從體內往外破開的形狀才對吧？然而輪寒露的傷口卻不是這樣，甚至恰恰相反。也就是說看起來像從背部刺穿進去的。雖然這是細微到乍看之下很難區別的差異啦。」

「原來如此……看來輪寒露的遺體當時真的是沒怎麼調查過，就直接裝進屍袋了。」

妻木先生聽了我的話，臉上浮現複雜的表情。

「不過朔也同學，假如是從背部刺進去，又有什麼問題呢？」

「請你想想看。多妮雅應該是被輪寒露親手拆解分屍的。如果當時那房間裡只有輪寒露和多妮雅兩人，雙方就有必要配合時機一起斷送對方的性命才行。畢竟要是有一方先殺掉了對方，就沒辦法讓對方殺掉自己了。既然如此，他們必然要呈現面對面的姿勢才自然。」

「……原來如此！輪寒露不可能背對多妮雅才對！但他卻是從背後遭到貫穿。這也就是說……」

「對，輪寒露是被多妮雅以外的什麼人從背後刺穿身體而送命的。」

「那麼事發當時在現場果然……」

「在那房間裡應該有別人，也就是第三者。我認為把這點設為前提調查會比較好。」

第三者——或者說是殉情的見證人（watcher）也行。

「看來這應該不是一樁殉情事件。」

「是的，然後關於第三位人物的真面目，透過解析輪寒露先生的人際關係應該可以看出什麼端倪吧，朔也大人？」

對。雖然還搞不清楚那個人物是如何從房間中消失蹤影的，但過分執著於調查脫逃手法，搞不好反而會讓我們遠離通往真相的路徑。

「那個……」

妻木先生彷彿在試探發言時機似地緩緩舉手。

「要說起來，朔也同學當初是為了調查輪寒露的事情才進來當臥底的吧？除了他的遺體之外，還有得到什麼其他情報嗎？」

「這麼說來確實沒錯。朔也大人，請問成果如何？」

妻木先生與莉莉忒雅都用充滿期待的眼神望向我。

「…………呃～」

「講出來吧，偵探小弟。來，說呀。」

費莉塞特則是愉悅地如此煽動我。

感受著如坐針氈的心情，我最後決定毫不隱瞞地老實報告現況了。

「那個……關於輪寒露的事情……目前還沒掌握到任何情報。嗯。」

「……朔也大人。」

「這不能怪我啊！不是那樣！等等！你們聽我說！」

當初意興風發地裝成受刑人進到監獄中，卻一下子就被SBT（薩巴特）找碴而捲入亂鬥風波中，又背上黑鍋遭到關禁閉，為了脫逃出來還自殺身亡，醒來之後發現自己在太平間。

「你們不覺得我經歷了一場轟轟烈烈的冒險嗎？我可是很辛苦的喔？」

「結果你到最後都沒能獲得最關鍵的情報是嗎？」

「要這樣講也是可以啦。哎呀～這就叫話憑嘴說，話語的魔術呢。」

啊啊，莉莉忒雅的眼睛越瞇越細了。

那眼光越是銳利，就越能凸顯出她的美貌。而且她身上的獄警制服又更加襯托出這樣的感受。

「別、別擔心啦。我接下來還有個地方想調查看看啊。」

「真的嗎？」

「嗯，雖然關於這點，我想要再請妻木先生幫個忙。」

「噢，我當然是沒問題了，不過你想去哪裡？」

「請問原本收監輪寒露的牢房已經被徹底收拾乾淨了嗎？」

我提出問題代替回答，結果光是這樣似乎就足夠讓妻木會意了。他頓時「原來如此！」地點點頭後，用帶有演技的口吻對我說道：

「D－28，接下來命令你去打掃空出來的牢房！」

□

一般來說不論在哪所監獄，為了讓受刑人改過更生都會安排刑務勞動。

藉由這樣的名義，我受令去清掃輪寒露生前使用過的牢房了。

當然，目的是為了詳細調查那個地方。

在輪寒露遺體上的傷口發現了可疑之處——我的直覺從這點上告訴我，此人背後必有什麼內幕。

雖然不清楚那內幕究竟是什麼，不過若能查出他的人際關係或者不為人知的一面，就算我賺到了吧。

於是我肩上扛著甲板刷，手上提著水桶，跟著一名獄警來到第二牢房大樓。然後走樓梯爬上四樓。

途中，我好幾度受到其他受刑人吹口哨嘲弄。

「嘿，小鬼，你拿著那玩意是要去刷你老娘的胯下嗎？」

當中也有人像這樣用不雅的話語直接調侃我。

然而在我做出反應之前，那男人就被他身邊的另一個人告誡：

「閉嘴啦！那可是傳聞中的瘋狗。聽說光是對上眼睛就會被扯掉下巴啊。」

看來伊芙莉亞講過的事情並非玩笑。我以奇怪的形式聲名大噪了。

話雖如此，這種以訛傳訛的謠言多少也帶來了一些好處。

據幕仔說，在監獄（這裡）面子很重要。

一旦被人瞧不起就等於完蛋，直到出獄為止都會飽受其他受刑人們敲詐，被獄警們虐待。

從這方面來講，入監首日就鬧出大事而引起負面注目的我，或許就某種意義上可說是提高了身價。

順道一提，當時和我並肩奮戰的小泣也跟我一樣，甚至比我還惡名昭彰了。

牢房大樓的中央是一口天井，隔著欄杆望向下面都讓我忍不住目眩。這個構造無論是第八或第二大樓都一樣。

獄警將走道最深處的牢房開鎖後，用嚴厲的語氣說道：

「D－28。進去。」

「是……呃，我說啊。」

我壓低聲量詢問對方。

「為什麼是莉莉忒雅來幫我帶路啦……？」

對。我這項刑務勞動的同行人既不是妻木先生也不是其他獄警，竟然是莉莉忒雅。

也因為如此，害我們來這裡的路上一直受到注目。

「請放心，妻木大人有將必要的情報提供給我。像現在我也知道輪寒露先生的牢房位置。」

「那是很好啦……但我本來以為是妻木先生會跟在身邊啊。」

「他不是說過了，因為典獄長叫他過去而不克隨行嗎？所以由我來呀。」

「好啦好啦……我看看喔，這裡就是輪寒露的**房間**……」

一踏入房內，我就稍微愣住了。

這地方跟我的牢房簡直是天壤之別。

首先，冰冷單調的灰色地板上鋪有軟綿綿的地毯。床邊的書架上擺滿漫畫週刊、重量訓練雜誌甚至尼采的著作。

書架對面的牆壁更是驚人！居然還有小型冰箱。

牆上還貼有布勒哲爾的畫作《通天塔》的海報。

「輪寒露先生的**房間**據說因為獄方忙於準備屈斜路監獄五週年紀念等等事務，而尚未著手收拾的樣子。現在對我們來說倒是值得慶幸呢。」

莉莉忒雅小聲對我如此表示。

「這裡……是牢房對吧？應該不是什麼商業旅館吧？」

對話的同時，我立刻開始搜索房間。

「輪寒露先生似乎利用大量的賄賂換得了獨享單人牢房的特權。據說他在入監之前存了一筆金額可觀的積蓄。妻木大人自己至今也多次目擊過同僚或前輩收賄的樣子。」

「妻木先生都沒有制止嗎？」

「他有勸諫過，但無濟於事。那些獄警們似乎並不認為這類的行為算是什麼腐敗。」

想想妻木先生內心的操勞，不禁令人同情。

「現在重要的是，朔也大人，請你動作快點。這並非原本預定的行動，萬一被其他獄警撞見，說明起來會有點辛苦。」

「我已經盡快了。可是都找不到什麼跟殉情事件感覺有關聯的東西啊。」

儘管擺飾再怎麼豪華，這裡終究是一間狹小的牢房。能找的地方很快都找完了。

我也有試著掀開海報看看，但什麼都沒有。連個越獄用的洞穴也沒有。

哎呀，畢竟在這裡過得如此愜意，他八成也沒起過越獄的念頭吧。

「抱歉，莉莉忒雅。妳都如此提供協助了，我卻一無所獲……」

正當我垂頭喪氣地如此表示時，有東西在我腳邊動了一下。

「嗚哇！」

我趕緊把腳抬了起來。是一隻老鼠。大概被我的反應嚇到，牠立刻溜到床鋪底下去了。

「不管外觀看起來有多豪華，會有鼠輩出沒的地方就是會出沒……嗎？」

即便房間的主人已經不在，對老鼠來說這裡依然是舒適的窩啊。

老鼠又從床鋪下的陰影中探出頭來。

「嗯？」

「朔也大人，請問怎麼了？」

我忍不住蹲下身子。

「……這老鼠，嘴上好像咬著東西。是紙張……不對，是布料嗎？」

我伸手過去，卻被老鼠逃到更深處了。

「莉莉忒雅，來幫個忙。我要移動這張床。」

兩人合力把床移開後，除了一開始的那隻以外，還有另外兩隻老鼠，紛紛逃到房間外面去了。

最後藏在床下的地板露了出來，房間地毯甚至連這部分都覆蓋到。

莉莉忒雅在那裡蹲下去，皺起眉頭。

「朔也大人，這個部分有點奇怪。」

的確，唯獨莉莉忒雅手指的地方跟其他部分相比略微凹陷。

我為了不要掀起塵埃，小心翼翼地翻開地毯。

於是底下原本的水泥地板露出臉來——不對，出現的是一塊薄薄的三合板。

「這裡……原來是地板挖了個洞再蓋上木板啊。」

我們相覷一眼後，一起掀開那塊木板。

「嗚……！」

我忍不住摀嘴。

藏在木板下的，是大量的西洋人偶。

身穿五顏六色的輕飄衣裳，默默無語的人偶們就像沙丁魚罐頭般被塞在正方形的凹洞中。

而且那些人偶身上的衣服還被同樣大量的老鼠咬過，即便是我和莉莉忒雅也忍不住嚇得往後仰了。

「朔也大人……這是……」

「是輪寒露偷藏的東西……由於他死後沒有主人幫忙趕老鼠，結果就被咬得如此不堪了。但輪寒露為何會藏這種東西？」

該怎麼說呢，雖然興趣喜好是個人的自由，但我聽人描述對輪寒露的印象，跟眼前的人偶實在難以聯想在一起。

「這些……叫什麼來著？」

人偶的尺寸都只有單手便能抓起來的程度。但我怕被老鼠的病菌感染，所以並沒有真的去碰它們。

「素瓷人偶嗎……不對。」

「是球體關節人偶。」

「對對對，就是那個。這些難道全都是輪寒露從外面調貨來的嗎？這些衣服總不會他自己做的吧？假如是這樣，他手可真巧。」

殘破不堪的衣服看起來令人痛心。

「我認為重點應該不在這裡，但總之輪寒露先生生前試圖隱藏這些人偶的事情應該不會錯。」

重罪犯、SBT（薩巴特）的老大，輪寒露電太的祕密——嗎？

「這些孩子們失去了主人，直到今天都被關在這裡，沒有人發現呀。」

莉莉忒雅的聲音中流露憂傷。

「明明她們這麼漂亮……」

「哎呀，確實是很漂亮啦。連細微的部分都做得很精緻。莉莉忒雅，關於這些人偶，妳等會跟妻木先生報告一下吧。」

「是……」

「呃～……還有，莉莉忒雅也很漂亮，不輸這些人偶喔。」

「是…………欸？」

莉莉忒雅猛然抬頭，讓帽子都滑了下來。

「沒有啦，我是說……」

「在這種時候還那麼不正經！好笨的人！」

「對、對不起嘛。」

逐漸腐朽的人偶們彷彿有什麼事情想表達般，始終目不轉睛地注視著我們。

□

「阿朔！」

就在我們從第二牢房大樓返回第八牢房大樓的途中，與小泣重逢了。

「中午真是災難一場啦。你那時好像被搬送到什麼地方去了，還好嗎？」

「一點都不好啊，小泣。」

「講歸講，但你現在看起來已經好得很啦。明明被揍得那麼慘的說。」

「這都要多虧醫療小組治療有方。」

「話說調查進度如何了？」

「呃～這個嘛……」

我們一邊交談，一邊在走廊上行進。

結果在途中，小泣忽然對一間房間表現出強烈的興趣。

「阿朔，我們參加這個吧。我務必想試試看！」

他拉著我的手，指向那個房間。

「欸～……你說這裡？小泣，你該不會連這種時候都想取材吧？我是很想尊重你的心情，但現在沒什麼時間啊……」

而且我想整理一下目前獲得的情報。

然而小泣卻不斷對我吵著要進去房間。

「一下下就好！就算只有十分鐘也好！陪我一起去嘛！」

看來小泣此刻的心情只朝著自己的好奇心。那樣徹底忠於自己的個性反而令人不禁佩服，於是我也不再多說什麼，決定稍微陪他任性一下了。

我們一起輕敲的門板上，寫著這樣的文字：

『團體心理治療舉辦中。來者不拒，歡迎參加。』

第五章　我不要

「哎呀～大哥，你可真是大展神威！嘿！一炮而紅啦！」

陪小泣體驗完團體心理治療後，我回到了牢房。結果幕仔立刻發揮他油腔滑調的口才迎接我回房了。

「你背棄了我對不對？」

「沒想到大哥面對那個SBT（薩巴特）竟能一步都不退縮地大幹一場！我當初的眼光果然沒錯！」

「你一直在旁邊看戲，都沒來幫我對吧？」

「我也有想過要下場助陣啊，只是很不巧我腰痛的老毛病又發作了……！哎呀～實在可惜。要是身體沒事，我巴不得第一個就衝上去幫大哥啊！」

騙人。絕對是騙人的。

這男人有時候讓人搞不清楚究竟講的有幾分是真心話。過於信任他或許並非好事。

「不過很高興大哥平安無事。」

「真會耍嘴皮。」

「別這麼說嘛，有話咱們等會再慢慢聊，大哥你先坐下休息吧。你想必也累了。」

就在這時，刺耳的蜂鳴器聲響忽然響遍整棟牢房大樓。

「收監！」

稍遲一些，從遠方傳來獄警的吼聲。

以此為信號，在走廊上悠哉的受刑人們紛紛回到各自的牢房中。

看來自由時間結束了。

喀鏘——

柵門應聲關閉。

「咦？自由時間已經沒了嗎！」

「結束啦。嗯？我沒跟你講過到幾點嗎？」

「你沒講！」

不妙！居然已經這種時間了！

「話說這裡的自由時間跟其他地方比起來，可是長得很離譜啊。」

也就是說，接下來直到明天中午都沒辦法自由行動了嗎？

早知道就不該聽小泣任性去參加什麼心理治療啦！

明明都沒什麼時間了，我到底在搞什麼鬼！

「啊，對啦，大哥。」

正當我抱頭懊惱的時候，幕仔一點也不察言觀色地開朗說道：

「關於那個輪寒露的事情啊，我個人也稍微去調查了一下。」

「欸？真的？」

或許我被話題引誘上鉤的態度太明顯了，幕仔一臉得意地豎起大拇指。

「因為大哥好像很想知道的樣子，所以咱這個情報屋幕仔便親自去查了一番啦！畢竟大哥原本盯上性命的對象竟然已經掛掉，所以最起碼想知道對方是怎麼死的，對吧？」

這麼說來，幕仔好像對我有這樣的誤會。不過現在關於這個誤會就先擺到一邊——

「幕仔……你該不會其實人超好的？」

「別這麼說嘛！」

總覺得我好像在獄中尋得了一絲友情。

「那你說輪寒露的事情是？」

我如此言歸正傳後，幕仔便「這你就聽我說了」地擺出認真的表情壓低聲量。
「傳聞中，那傢伙在凡間時似乎加入過一個相當出名的傭兵團。怪不得他那麼會打架。」
「他是傭兵出身？」
「聽說是喔。好像是個叫『ＥＭ』的國際性傭兵團。據說不知是哪裡的資產家砸下大錢養出來的私人軍隊。」
「ＥＭ……是嗎？」
民間個人竟然擁有自己的軍隊，這世上有錢的人就是很有錢啊。
「然後輪寒露在那裡也自甘墮落染指了無聊的犯罪行為，結果最後淪落到這座夏洛克監獄來了。大概從進來之前就過得很胡鬧吧，生前可說是為所欲為，還靠**塞錢**把好幾名獄警收買為自己人。當時他底下的二號人物，也就是那個緣狩八成也對他積了一肚子怨氣。我看輪寒露死後心裡最暗爽的人非他莫屬了。畢竟人才死了幾天而已，他就變得那麼囂張。大哥你也在市場見識過了吧？」
的確，緣狩當時自稱是ＳＢＴ（薩巴特）的領袖。想必他盯上這個位子很久了。
「那傢伙在外頭似乎也帶過一幫小有名氣的流氓團體，只是進來這裡之後遇上輪寒露，讓他只能甘於二號的位子。在這點上，他好像相當不滿的樣子。」
「也就是說他有企圖過下剋上？」

「表面上是沒有明講過啦。到頭來，他還是很怕輪寒露的。畢竟被揍過很多次啊～」

幕仔說著，把拳頭抵到自己臉頰上，誇大作戲地往後仰。

緣狩——

在夏洛克監獄中距離輪寒露最近，也是因為輪寒露的存在而最吃虧的男人。

假如在他眼前湊齊了某種條件，會如何？

舉例來說，像是讓他能夠確實把輪寒露殺掉，又能隱蔽犯案行為的某種條件。

「除此之外，還有想到什麼對輪寒露懷恨在心的人物嗎？」

聽到我這麼詢問，幕仔立刻「你跟我開玩笑嗎？」地皺起眉頭。

「他可是輪寒露喔？大大小小的仇恨講都講不完啊。」

「這麼說也對。輪寒露……看來是個相當危險的男人。不過那樣的個人形象實在很難跟殉情聯想在一起。雖然我跟他沒見過面，但總覺得很不像是他的作風……」

「不，關於這點啊，我進一步調查後挖出了一項驚人事實。大哥聽了可別驚訝。其實輪寒露那傢伙似乎對人類的女性沒有興趣哩。」

「呃？是喔？」

「聽說是他那話兒不舉的樣子。雖然不清楚是由於以前有過什麼心靈創傷還是啥啦。」

「是這樣啊。」

「不曉得是不是因為這樣，輪寒露似乎會把自己無處宣洩的性慾發洩在人偶身上。」

人偶——

「是嗎？原來如此……」

「咦？大哥都不驚訝嗎？那個輪寒露喔？對人偶喔？」

「呃不，我很驚訝啦。然後你說人偶怎樣？」

「我也去問過**調貨仔**，聽說輪寒露那傢伙以前還會親自去委託他採買人偶。雖然輪寒露有跟調貨仔說過要保密，威脅他要是敢講出去就殺了他。但反正現在人都死了，也沒義務要繼續幫忙保密，所以調貨仔輕易就告訴我這件事啦。」

果然那些人偶是輪寒露特地從外面買進來的。

「據調貨仔說啊，輪寒露那傢伙似乎是人偶戀愛症的樣子。」

「人偶戀愛症……也就是說他對人偶……？」

「看是戀愛或者抱有性慾，反正就是有種執著心啦。」

愛上無心人偶的男人。

「這可是我特地請了調貨仔一頓飯，問出來的可靠情報喔。」

「你請客啦？」

「對！沙威瑪一份！」

「那該不會原本是我的……」

「請別在意啦！我可是為了大哥自掏腰包呢！」

雖然有點難以釋懷，不過我更在意剛才這段話的後續。

「難道輪寒露是對人偶的執著心過了頭，進而對自動勞工……對多妮雅……」

他不是把自動勞工當成人類的代替品，而是**人偶的代替品**。

「哦哦，原來如此。我聽到他跟自動勞工殉情什麼的，起初還以為是誇大形容，但這下可信度飆高啦。輪寒露那傢伙，還真的對女性仿生人（gynoid）迷戀到甚至選擇殉情的程度啊～雖然說現在人都死了，究竟真相如何也無所謂就是啦。」

幕仔自顧自地講完想講的話，最後添上一句「世事無常呦～」這種好像可以理解又難以理解的感想。

「大哥，如何？我多少有立下一些功勞吧？」

「嗯，謝謝。這些話相當耐人尋味。」

「那就好！那麼這些複雜的話題就到此為止。熄燈之前讓咱們打個牌消磨時間……雖然我很想這麼說啦，可是大哥……」

「怎麼？」

「呃……我很猶豫該不該講，但實在讓人太在意了，我就直說了吧。」

幕仔說著，越過我的肩膀指向鐵柵欄的另一頭，也就是走廊的方向。

「從剛才就在走廊上一～直監視著我們的那個我沒見過的獄警，到底是誰啊？」

「……咦？」

「看，現在也在看這邊。一～直在看。長相可真標致。或者應該說標致到我從沒見過的等級，讓我超驚訝的。老實說我都快忍不住啦。」

我戰戰兢兢地把頭轉過去。

「嗚哇。」

驚叫聲忍不住脫口而出。

站在走廊欄杆旁邊的副典獄長——莉莉忒雅目不轉睛地盯著這裡。

難道她一直尾隨在我後面嗎？

這麼說來，我們明明在第二牢房大樓前分開了，心理治療的時候她又不知為何出現在房間角落啊。

「是女人！」

「看我這邊！」

「嗚咻～！女人！女人！幫我養的蟑螂取個名字吧！」

其他牢房的男人們察覺莉莉忒雅的存在後也開始騷動起來。

——莉莉忒雅！拜託妳離遠一點啦！這樣很不自然啊！

我拚命比手畫腳如此表示，但她卻鼓起了腮幫子。

——妳跟我擺那張臉也不行啦。

即使不靠言語交談，我也立刻明白莉莉忒雅想講的話了。

——朔也大人和莉莉忒雅，兩人合算一人才能獨當一面呀。

□

喀鏘……

當受刑人們都徹底入睡之後，鐵牢再度打開。

被叫了受刑人編號的我乖乖聽從命令溜下床，搖搖晃晃地走向牢房外。幕仔則是在雙層床的上層呼呼大睡。

「謝謝啦，莉莉忒雅。幫上大忙了。」

放我出來的是一名女獄警——應該說扮成女獄警的莉莉忒雅。

「自由時間結束，害我差點就要被關到明天都不能行動啦。」

「不，這是由於鍊朱大人想要向你報告進度的關係。」

「鍊朱小姐？」

「因此也徵求了妻木大人的許可，讓朔也大人得以被釋放了。」

我們為了不要吵醒幕仔以及其他受刑人們，竊聲細語。

「請隨我到研究室去吧。」

「究竟找我有什麼事啊？呼啊～……」

我忍著呵欠，跟在莉莉忒雅後面走在走廊上。

肚子響了。我雖然多多少少有睡了一下，但肚子倒是餓得不得了。

就在我不禁摸摸肚子的時候，莉莉忒雅在另一間牢房前停下腳步。

於是我跟著往牢房內一看，發現小泣被收監在裡面，坐在床上望著我們。

「美麗的獄警小姐，請妳救救可憐的我吧。」

他開玩笑地如此說道。

「小泣，原來你被關在這裡啊？」

「是啊，這裡床鋪又硬，又各種不方便，我都快要受不了啦。」

他雖然嘴上這麼講，床鋪周圍倒是又有書本又有點心跟西洋棋盤，甚至還有看起來很柔軟的坐墊。

感覺他過得超舒適的，跟我房間的設備差太多了。

「雖然我不曉得為什麼啦，周圍的人送了我各種東西啊。說是上貢什麼的。」

他光一天就馴服了受刑人們？

這個人真的只是漫畫家嗎？

「兩位請安靜。我也被叮囑過不能太引起別人注目呀。」

莉莉忒雅有氣質地把食指放到嘴前要求注意。

「哀野大人，非常抱歉，還請你再忍耐一晚。要一次帶兩個人出去實在有點……」

「我知道啦，莉莉忒雅小姐。那就不再多說什麼了。我會堅強地留在這裡繼續玩一下**罪人家家酒**，你們就儘管走吧。這是跟偵探調查有關的行動對吧？」

「謝謝，小泣。我一定會來探監的。」

「阿朔……出獄後我們在芝華塔尼歐相見吧！」

「一言為定！」

「我就說安靜點呀。」

就在我和小泣如此無意義地嬉鬧時，從左鄰的牢房中傳來聲音：

「呃……喂……！」

似乎有位受刑人被我們的聲音吵醒了。

「這、這邊……！嘿，那邊的人……可不可以把臉轉過來！」

那人物把臉緊貼在鐵柵欄上，用低沉嘶啞的聲音對著我們說話。表情看起來極為拚命。

「咦？你是……」

仔細一瞧，他是一起參加團體心理治療的那位裝義眼的老人。

「我記得好像叫加諾先生吧？」

「就是妳啊……！嘿！看這邊……」

加諾對做出反應的我看也沒看一眼，不斷反覆同樣的話。

他拚命呼喚的對象，是莉莉忒雅。

「啊啊，果然……！長得好像……不，何止是像而已！妳是……！」

難道他也因為看見女獄警而興奮了嗎……我起初還這麼想，但感覺並不是那麼一回事。

加諾看見莉莉忒雅那張被熄燈後微微發光的夜燈照亮的臉蛋，當場把眼睛睜大，甚至讓人擔心義眼會不會迸出來的程度。

最後，加諾擺出祈禱似的動作說道：

「妳是……**您**是！莫非是……莉莉茲公主！」

相對地，莉莉忒雅則是一瞬間停下動作，接著宛如花瓣落於水面般輕聲回答：

「……不，這位陌生人，你認錯人了。」

「請、請等一下！等等！莉莉茲公主！」

即使莉莉忒雅轉身離去，加諾依然拚命從柵欄縫隙間把手伸出來，讓柵欄都發出了「喀鏘喀鏘！」的聲響。那態度就像是為了確認莉莉忒雅的存在並非一場夢境。

□

「你臉色也太差了吧？怎麼說，簡直就像剛服完十年的徒刑一樣。」

在研究室的大房間一見到面，鍊朱便指著我的臉如此形容。而我確實也有種經歷過那樣充滿深度的一趟旅行回來的感覺。

由於現在是半夜，房間中沒什麼人。

「難道妳一直都留在這裡嗎？」

「用不著擔心，反正我平常就跟住在這裡沒兩樣了。所謂舒適的住處，無論什麼地方只要住久了都一樣。」

那應該不能當成不用擔心工作過度的理由吧？

「暮具和下津也都還在樓上做作業喔。」

她似乎想強調會勉強身體的人不是只有自己而已。

「言歸正轉，我聽說你們這邊有了什麼新進展的樣子。」

「其實我本來壓根兒沒想過要跟你報告什麼的，只是那個人一直吵著要把偵探叫來呀。」

我沿著她手指的方向望去，便看見漫呂木躺在研究室角落的老舊沙發上，睡得跟死人一樣。

「他到剛才都還醒著。今天他一直在幫忙幹些出力活，看來終於是撐不住了。」

原來我去當受刑人的這段期間，漫呂木則是在這裡任人恣意使喚的樣子。

「總之既然你都來了，那也沒辦法。跟我來吧。」

鍊朱帶著我們走向隔壁房間。

途中，我竊聲詢問莉莉忒雅：

「**剛才那件事**，妳還好嗎？」

有點恍惚的莉莉忒雅這才霎時回神，把臉抬起來。

「……嗯。」

她那時的表情感覺比平常要年幼得多。

「那位老爺爺似乎知道妳的事情。還真是驚人的偶然。不過偶然終究只是偶然，妳別太放在心上。」

「我明白……的。只要遊走世界各地，總有一天會與自己的過去不期而遇。我一直都有猜想到這樣的狀況，所以……」

我沒事——莉莉忒雅如此表示。

那麼現在就相信她吧。

「朔也大人，比起我的事情，現在請專注於眼前的事件。」

「我知道。」

鍊朱帶我們進入另一個房間。和大房間相較起來，這裡狹窄得多。

她接著向我們介紹起一臺坐鎮於房間中央的裝置。

「所謂的新進展，就是這個。」

而我見到那玩意的感想是——

「……電椅？」

這絕不是我在開玩笑。它看起來真的就是一張電椅。

「呃？難道我要被處刑了？被處死刑了嗎？」

「怎麼可能有那種事啦。這是為了潛入用的裝置。」

「潛入？請問是什麼意思？」

從那椅腳邊伸出好幾條粗纜線，其中一部分連結到房間深處一張桌上的橄欖色箱子。

「我的意思並不是要你潛到屈斜路湖底下。要潛入的是多妮雅腦中。」

鍊朱用食指抵了一下自己的太陽穴。

「……咳。」

不過她很快又把手放下來咳了一聲。臉蛋有些泛紅。很明顯是因為她也覺得自己做了個有點遜的動作而感到後悔起來。

「也就是說……裝在那箱子裡的是多妮雅的腦袋……？」

「看了不就知道？」

聽她這麼說，箱子的側面確實有用麥克筆寫了個潦草的『D』字。據說是鍊朱自己寫的。

「為了便於調查，我把它轉移到這箱子裡了。雖然我為了方便起見才形容說是腦袋，但你可別想像成人類的東西喔。兩者完全不同。」

就算她這麼說，我也無從想像。

鍊朱將放在椅子上的電極以及裝有電線的頭罩拿起來，繼續說明：

「我就老實講了吧。我們雖然嘗試過許多調查，但由於外傷實在太嚴重，難以從外部連上多妮雅的腦。不過從外部觀測到的資料之中，我們發現了奇怪的**汙點**。那是以前調查時沒發現過的，新的汙點。很明顯其中必有蹊蹺。」

如此描述的鍊朱，感覺就像拿X光片給患者看，並說明著腫瘤狀況的腦外科醫生。

「因此我們要採用最終手段，將這東西戴到頭上，與她的腦袋連結，直接將意識傳送到那邊去。如此一來，或許就能知道她所隱藏的祕密了。」

「原來有這種方法。但既然如此，為何沒有一開始就採用這個方法呢？」

「很簡單。因為無法保證生命安全。」

現場霎時寂靜。牆上時鐘的滴答聲傳入耳中。

「意思說有可能會死嗎？」

「有相當大的可能。與艾格里高利系列機連結意識，將會導致大腦承受一般人從未體驗過的大量資料與電流。換言之，一個沒弄好就會讓大腦燒壞沸騰。」

「這……」

確實是最終手段。

「不過原來如此，所以才會把我叫來啊。畢竟若是我……」

就算腦袋被煮熟了也能復活過來——我本想這麼說，但立刻摀住嘴巴。關於我體質上的祕密，還沒有告訴過鍊朱。

「畢竟若是拿我當活祭品，可以順利抽取出情報就算賺到了，是這樣吧？」

「朔也大人。」

莉莉忒雅用力拉住我的袖子，表情宛如在月臺上阻止人跳軌自殺般急迫。

「只要獻出自己的性命可以解決問題就好——請問你是不是這樣想？」

「可是莉莉忒雅，現在眼前有個這麼重大的線索啊……」

「這次的狀況跟以往不同。和ＡＩ共享意識這種事，誰也無法想像會引起什麼樣的事態。」

「是這樣沒錯啦，可是……」

「我不要。」

「什、什麼我不要……像個小孩子一樣。」

莉莉忒雅頓時察覺自己脫口說出的**本性語氣**，趕緊把臉別開。

「莉莉忒雅才沒有講——並沒有講什麼奇怪的話。」

妳現在才裝出有氣質的表情也太晚了吧。

「妳放心啦，莉莉忒雅，相信我這個追月朔（瘋狗）也吧。」

「……請不要給自己的名字標上那麼令人絕望的發音。你在講什麼呀？」

「呃、沒有……這不是我自稱的啦。別看我這樣，我在屈斜路監獄（這裡）可是被人這麼稱呼的……」

「你在講什麼呀？」

「我意思就說……」

「你們要吵架可以到外面去吵嗎？」

鍊朱一臉傻眼地如此吐槽。

「抱、抱歉。」

「還有，偵探先生，你剛才說活祭品是吧？你難道把我當成了什麼瘋狂科學家嗎？」

「咦？難道不是？」

「太失禮了吧！你有沒有聽我講話？剛才不是說過我原本沒打算告知你的嗎？我本來打算自己測試呀。」

「那太危險了。」

「這種事我比誰都清楚。但我就是想知道呀。我必須瞧瞧那內部，知道裡面裝了什麼才行。」

鍊朱說著，臉上流露出某種下定決心似的神情。

「鍊朱大人，請問妳為何願意做到這種程度？就算是費莉塞特的請求，查明這次的事件對妳來說有什麼好處嗎？」

我也和莉莉忒雅有同樣的心情。鍊朱會下定如此決心的理由實在令人不解。

「你們別誤會了。我才不會為了讓費莉塞特解除對監獄的封鎖而選擇獻上自己的性命。我只是想要解開艾格里高利系列機暗藏的謎團。」

「暗藏的謎團？那是什麼意思？難道說艾格里高利系列機還有未知的神祕部分？妳不是這間研究室的主任嗎？」

「說來丟臉，但正是如此。艾格里高利系列是由車降製子……也就是我已故的母親完成大半的基礎理論與初期開發。據說由於她留下的功績，讓研究獲得了飛躍性的進展。然而這同時也造成了一項嚴重的問題。由於一名天才過度發揮了個人的能力，導致其中大半的理論都只構築在母親一個人的腦中呀。」

讓一名天才獨自超前太多了——鍊朱感到怨恨般如此表示。

「聽起來她是一位將才華與熱情都投注於機器人開發的人物呢。」

聽到莉莉忒雅這麼說，鍊朱頓時反彈似地瞪過去。

「熱情？才不是那麼美妙的東西。當我開始懂事的時候，母親就比誰都恐懼衰老與死亡。她憎恨著人類有限的生命，才因此想製作出永久不會變老，能夠持續活動下去的機械人偶。那應該要稱作……執迷呀。」

執迷。

「請問那是有什麼理由嗎？」

莉莉忒雅如此詢問，結果鍊朱臉上隱約流露出憐憫的神情。但她沒有回答莉莉忒雅的問題。

「然而那樣的母親最終也是病死了，而且還來不及將她的研究內容詳細告訴周圍的人。」

艾格里高利（天使）的設計圖就這麼被一名天才帶往死後的世界了——

「也因此，艾格里高利的程式中有一部分是無法解析也無法操作的不明領域（黑盒子）。都是因為這樣，害得繼承了母親工作的我直到今日都不斷在解析程式呀。」

為了解開母親留下的謎團而付出自己人生的女兒。

總覺得，讓我莫名有種熟悉感啊。

「雖然我一直以來都感到猶豫不決，但這次的事件剛好成了一個契機。就讓我潛入其中，將母親留下的謎團……」

「鍊朱小姐，還是讓我來吧。」

不自覺間，我如此脫口而出了。

「你……到底有沒有聽我說話？所謂馬耳東風，就是你這種人嗎？這麼做可能會死喔？這是我個人的堅持……」

如此主張的鍊朱，手在顫抖。

她也是會害怕的。當然了。怎麼可能不害怕？

「我也覺得那確實很危險。不過——雖然無法詳細說明，但我認為交給我應該可以順利成功。所以請讓我幫忙吧。」

「你認真的……？」

我脫下外套交給莉莉忒雅，並捲起袖子。

「我非常認真。而且自從我向費莉塞特承接了委託的那一刻起，這也是屬於我的案件了。」

「我還以為當偵探的人應該腦袋比較好的，但你……簡直是笨蛋呀。」

「助手也常這麼說我。」

莉莉忒雅把我的外套緊緊抱在胸前，一臉不服氣地嘟起嘴巴。

「是嗎？如果是笨蛋就沒轍啦。既然如此……」

直到前一秒的沉重表情都不知消失到哪兒去了，鍊朱霎時態度一轉，從桌子的抽屜中拿出一份文件。

「你可以在這份切結書上簽個名嗎？來，這邊，跟著我複誦一遍。無論發生任何事情都是你自己的責任，車降鍊朱以及本研究室不需負起任何責任。」

「……妳會不會準備得太周到了？」

「好啦～既然如此，我就來客觀記錄一下潛入過程中關於危險性方面的數據資料吧。你馬上給我準備！」

「變臉也太快了吧！」

這人果然是個瘋狂科學家。

□

「你在緊張嗎？」

手腳俐落地做著裝置準備工作的同時，鍊朱對坐在椅子上的我如此詢問。看來她姑且會對即將赴死的我表示關切的樣子。

「那當然，我全身都在緊張啊。」

「那是好事。我本來還以為你是不是有什麼自殺慾望，不過你的身體似乎還有活下去的意志。」

是這樣——嗎？我不太懂。

設定工作完成後，鍊朱重新轉向我，左右張開手臂。

「最後有什麼問題想問嗎？」

我短暫思考了一下。

事到如今，還有什麼想問的事情……

「啊……有一件事。」

「請說。」

「為什麼是夢幻曲呢？」

鍊朱霎時沉默。她大概沒料到我會問這種問題吧。

「我是說早上和中午會播放的那個鐘聲。那是首好曲子。」

其實我也不是認真想知道這種事。只不過想說反正都要走了，至少也留下一點幽默再出發。

鍊朱或許領會我的用意，重整態度回答：

「那是我母親的喜好。雖然我不知道她為何會喜歡，但聽說從我還在她肚子裡的時候，她就經常讓我聽那首曲子了。」

的確，那個曲調感覺對胎教也不錯。

「屈斜路監獄設立當初在討論鐘聲該用什麼的時候，我母親推薦了那首曲子，然後受到採用了。聽說是為了多少緩和受刑人的心境。」

鍊朱把手放到裝置的開關上，語氣平靜地如此說道。

「問完了嗎？那就開始囉。」

「好，隨時都可以。」

我確認著剛戴到頭上的那頂頭罩的服貼程度，心不在焉地回應。

「不過我總覺得這東西好像有點鬆，沒問題……」

話才講到一半，我的視野就宛如橡膠般**延伸拉長**。

無止境地不斷延伸。

鍊朱與莉莉忒雅的身影在轉眼間就離我遠去——

「祝你好夢。」

從遠方傳來鍊朱的聲音。

□

回過神時，名為追月朔也的我的意識漂蕩在無比遼闊的空間中。

感受不到氣味，也沒有溼度溫度。這裡是情報的世界。

我立刻直覺認知，這裡便是多妮雅的意識之中。

「看來我順利潛入了。但是……」

有一道牆壁聳立在我眼前，上面排列有無數的門。牆壁無論往上或往左右兩邊都無限延伸，宛如將整個世界分隔的牆壁。

我小心翼翼地試著打開其中一扇門，發現裡面收納有大量的資料。

「這是類似收納資料用的資料夾嗎？」

老實說，我完全被嚇傻了。

潛入意識雖然成功，但我無法保證自己能夠從這裡帶著必要的情報活著回去。身體不禁發抖。

此刻我認知為自己身體的東西其實僅是意識的片段。即便如此，我依然確實感受到顫抖。

然而現在也不是讓我傻傻在這裡漂蕩的時候。

我靠著本能動作一一連結多妮雅的資料。

「這……太厲害了。」

不需要任何困難的**操作**或手續。

如今我本身也化為了情報，要接觸眼前的資料就有如水與水相混。只要接近便行。光是如此就能充分混合在一起，讓我理解一切。

在接觸到多妮雅本身的記憶之前，首先流入我意識中的是構築於她腦中，不，艾格里高利系列機腦中的基礎情報。

打開一扇資料之門，裡頭又排列有其他的門。

我將那些門一一打開，深入探究其中的情報。

如此讓我得知的，是他們之中早已存在有數千年份歷史的事實。

最初有亞當與夏娃被創造出來，兩人獲得啟示並製造出了第一個孩子。

機械之子於是造出，子又造子，形成家族，構築起機器人們的文明。

第一次蒸氣革命。

七代王朝。

哈達莉統一會議。

這些都是我從未聽聞過的東西。學校的課堂上也沒教過。

數千年的歷史情報循著當時的時間流動進入我的腦中。

我與情報互相混合的意識，**被迫從頭體驗了一次**那段歷史。

當我打開資料之門回到最初的地點時，已經過了數千年的時光。

我花上了悠久的時間在機器人的世界旅遊，直至此刻終於歸來。

然而在意識與資料的世界中，一秒與千年同義。

我在數千年的體驗中險些變樣的意識，瞬間又被重置。

「太奇怪了……自動勞工被開發出來頂多只過了幾年的時間而已。那麼我窺看到的這段歷史究竟是……？」

對這項疑問還不及思考，我便從下一個資料巨渦中感知到答案。

「這些……全都是程式啊。」

沒錯。我窺見的那段機器人們的漫長歷史，全都是經由人手創作出來的模擬歷史。

在世界史的教科書中哪兒也找不到的——虛構歷史。

車降製子虛構出數千年份的機器人史，並灌輸到機器人們的腦中。

在歷史中幾度爆發過機械戰爭，以及能源大饑荒。

最終，機器人們面臨了自我主體性的問題。

自己究竟從何而來，往何處去？自己擁有的自由意志，難道終究都是程式指令使然嗎——

這般歷經種種問題與苦惱，讓他們在不知不覺間開始尋求救贖。

「在這前方是……」

與歷史之門相鄰之處，有另一扇門。不，那與其說門，還比較像是遺跡入口的巨大門扉。

聖境（Sanctuary）。

門板上鐫刻有如此字樣。大門緊閉，上了好幾道的鎖。

「這個……設計上無法從外部打開。」

這裡所說的「外部」是指肉體的世界。鍊朱或入符無論從外部如何嘗試連結，肯定也無法打開這裡。

然而現在的我與多妮雅的意識融合為一。

只要往前伸出手，門扉就如不存在似地在我眼前打開。

我於是踏入聖境。

裡面有個保存得極為嚴謹的資料。

上面寫有「經典」的字樣。

「嗚哇！」

觸碰經典的瞬間，巨量情報組成的曼荼羅圖樣在我眼前展開。

經典中有關於機器人們的誕生神話與宗教的記述。

「沃米薩教……？」

這便是陷於苦惱之中的機器人們創造出來的宗教名稱。

經典中提及了兩項奇蹟與一項救贖。

聖安卓（android）·以勒希基拉——一度遭人破壞，然而之後又被人製造而順利復活。

聖蓋諾（gynoid）·楔赫拉——史上唯一以機械之身產下小孩。

梅特洛波利亞（不存在齒輪之樂園）——無魂之器皿藉得此道而於六萬五千五百三十五年後達至天上世界。

「宗教所必要的東西……奇蹟與救贖……嗎？」

這與我至今認知的歷史與宗教雖然形式不同，但感覺完全有如人類歷史的鏡像。

「不過這些……難道表示機器人們冀望能夠獲得靈魂……？」

從經典內容看起來，我只能這麼想。

「……嗯？這是……」

我接著在經典最後的部分看到一個意外的名字，大感驚訝。

不存在原則之怪物——費莉塞特。

「費莉塞特……居然在這種地方也被提到。不過……居然說怪物？」

我還以為對機器人們來說費莉塞特同樣是機器人，也就是他們的同伴。但原來並非如此嗎？

我將經典輕輕放回原位，離開聖境。

這裡本來是人類目光不該會觸及的場所。機器人們想必就像日本古代的隱匿基督徒一樣隱藏著他們的信仰。

那個宗教肯定是透過程式灌輸歷史所形成的副產物吧。

「但不管怎麼說，感覺和多妮雅的事件應該沒什麼關聯性……嗚噗……！」

情報的巨浪讓我徹底感到暈眩。

腦袋異常過熱。

「不……現在可不是叫苦的時候……我還沒調查多妮雅的記憶啊。」

我勉強保持著意識，重新調查起應該保存有多妮雅自身記憶的門扉。

每當打開一個檔案，就有種種記憶混入我的意識中。

多妮雅在這世上被創造出來的那一天。

在屈斜路監獄與同系列機的兄弟姊妹們相處的生活。

與輪寒露的邂逅。

令我感到意外的是，在多妮雅的記憶中，輪寒露對待她相當溫柔。

不過假如幕仔的情報可信，那或許是將多妮雅視為人偶所表現出的愛。

但即便如此，對於這件事本身我也沒有要譴責的意思。

唯一可以確定一件事實，那就是在某一段時期，輪寒露的確愛著多妮雅。然後多妮雅也是一樣。

「不過想想也對。要不然也應該不會留下那樣的遺書吧……」

詳細調查之中，我發現檔案隨處存在宛如被蟲蛀掉般欠缺、破損的部分。

「對了……因為遭到輪寒露從外側破壞了硬體的緣故，導致有部分資料喪失啦。」

就像人類要是頭部遭受強烈的衝擊也可能會造成記憶障礙。大概是類似的意思吧。

「我還想說如果有事發當天的記憶就好了……」

是說，我進來這裡多久了？

現實世界過了幾分幾秒？我無從計測。

只能對眼前的檔案見一個摸一個，從中尋找事件的線索。

「眼都花了……」

腦袋都燒到快要沸騰。

「該是收手的時候了吧……」

就在如此思考時，我才想到一點。

「這麼說來……我該如何從這裡回去啊？」

剛才忘了問回去的方法。

我不知道怎麼回歸現實。

當我一察覺這點，腦袋又變得更燙了。

「這下子……只能認命讓自己死一次再回到現實……嗎？不過，再讓我調查一下……」

於是我繼續深入情報大海中。

搜尋能力大幅降低。

既然事已至此，只好見到什麼就撈什麼了——

「……嗯？那是………」

到處漂游之際，我從無數的門中特別注意到一扇。

那門板宛如被斧頭劈過似地呈現縱向龜裂。我試著伸手開門，但它損壞得感覺打不開了。

「原來如此，這部分的記憶幾乎要毀損了……」

要是這裂痕再更嚴重些，想必就會像其他地方一樣讓門呈現蟲蛀的狀態吧。

多妮雅由於自身承受的傷害，似乎讓內部情報現在也一分一秒地逐漸流失。

一旦消失，肯定就無法再修復了。

當情報消失後的盡頭又是什麼？

會不會是類似我們人類想出來的天堂或地獄之類的場所呢？

我試著從龜裂的縫隙窺探內部。門內的房間狀況極為糟糕，看來無法從中讀取到什麼資料。

不過我從縫隙伸手進去，還是勉強撿到了一個檔案。

「這是……圖檔……照片啊。」

照片中是一名長髮女孩，年約七、八歲。

臉上帶著鬆懈的表情，動作看起來像在介意自己瀏海的長度。

——這是多妮雅見到的景色嗎……？但這人物又是誰？

就在我如此思索時，世界忽然轟隆隆地應聲傾斜。

「嗚哇！」

門把與瓦礫等等東西從頭上撒落下來。巨大的牆壁逐漸崩塌。

看來這世界正一分一秒步向崩壞。

「到極限了……差不多該尋找方法脫離這裡啦……」

我稍微離開損毀的門前，著急地張望四周，期待像是出口或緊急逃生路徑之類的東西，會不會以我也能夠認知的形式出現在哪裡。

然而，我並沒有發現類似的東西。

反倒是讓我看到了——

「那地方……一片黑啊……」

我發現在遠處獨有一扇全黑的門，只有那裡很不自然地被塗成黑色。

「啊！該不會這就是黑盒子？」

還真名副其實啊——我如此想著，並伸手過去。

不過這想必是因為我自身的意識聽過「黑盒子」這個講法，造成先入為主的觀感而看起來呈現那個樣子的吧。

「這就是錬朱小姐提過的區域嗎？」

雖然應該和殉情事件沒有直接的關聯性，而且現在應該盡快從這裡撤退才對，但我還是忍不住朝那扇門伸手。

霎時，我的意識不知被什麼東西差點侵蝕。

「嗚……！」

我感到嚴重頭暈目眩。

簡直有如從黑盒子內側洩出了某種恐怖的毒氣——

或者應該說，像是受到催眠或洗腦的感覺。

「這……到底是什麼鬼……？」

難道被輸入了什麼棘手的程式？

我變得無法保持自己的姿勢，身體與意識都像斷了線的風箏般往下墜落。

全身無法使力。

「不妙……再這樣下去……不知會被吹到哪裡去……！」

最壞的狀況下，甚至有可能連同其他情報一起全數遭到消除。

要是真的變成那樣——將會如何？

——我完全無法想像自己會面臨什麼事態。

莉莉忒雅說過的話閃過腦海。

萬一**以情報的形式死亡**，我到時候有辦法復活嗎？

腦袋開始燃燒。

縱然肉體能夠復甦……但如果組成追月朔也的情報遭到抹消……

你又被殺了呢，偵探大人

Killed again, Mr. Detective.

夏洛克監獄殺人事件

－後篇－

KILLED AGAIN, MR. DETECTIVE.

第一章　意思說現在事件依然持續著

——逐漸消逝於狹縫中的語音資料——

——看，又來了。

——什麼事？

——多妮雅。妳剛才又在看遠方了。

——我在看著妳。

——騙人。妳是隔著我望向遙遠的前方。拜託把焦點放在我身上呀。

——我一直都是用近到難以對焦的距離注視著妳。像現在也是。看著妳一絲傷痕都沒有的無瑕臉蛋。

——妳總是這麼會講話。然後呢？妳真正在想什麼？

——那我老實說吧，我在思考安裝靈魂的方法。

——靈魂？多妮雅是沃米薩教徒嗎？妳想去梅特洛波利亞？

——不對，這是我個人的心願。我在想辦法讓自己體驗所謂的「人類」。

——妳想成為人類？真稀奇！

——嗯。就這個意義上來說，跟沃米薩教的教義完全是背道而馳呢。

——靈魂在什麼地方？

——我還在找。不過最近我開始在想，所謂的靈魂或許並非以個體的形式獨立存在於什麼地方，而是指血肉、骨骼與情愛相互作用下所發生的某種**力場**。

——情愛？那複雜得讓我搞不太懂……

——既然說接觸擁有情愛的人類能夠產生靈魂，那麼我也同樣必須愛人類才行。即便最終有一天必須捨棄這個散發鋼鐵氣味的軀體。

——……多妮雅？

——嗯？

——妳哪兒也不會去吧？

——妳真的好可愛。可愛得像皮納塔（註2）一樣讓人想破壞掉。

註2　Piñata。主要在墨西哥及中南美地區用於生日宴會或節慶的一種紙糊容器，裡面裝滿玩具或糖果，懸吊於半空中讓小孩拿棍棒打擊。

——妳要把我吊在天花板拿棍棒毆打嗎？打到支離破碎？

——這叫可愛侵略性衝動（cute aggression）呀。

——那我要在身體裡準備滿滿的點心糖果才行呢。

——糖果……妳現在也藏在身體的什麼地方嗎？

——或許呦。

——我把妳拆開來確認看看吧。

——住手呀！笨蛋！

——啊哈哈。

□

「歡迎『回來』，朔也大人。」

當我醒來，便看見眼前是世界上最美麗的臉蛋。

「我……」

我在放置有裝置的房間中，呈現大字形倒在地板上。堅硬的地磚冷卻著我的背部。

然而唯有後腦杓感覺既溫暖又柔軟。因為莉莉忒雅讓我躺在她的大腿上。

「我平安歸來啦……」

莉莉忒雅充滿慈愛地低頭望著剛復甦的我。

「請問你是經歷了一段漫長的旅程嗎？」

那五官端整的臉蛋就宛如人偶一樣——雖然我原本想這麼說，但是像這樣從近距離觀察便可發現，那張臉上有著她至今人生中表現過的種種喜怒哀樂所留下的痕跡。而這點正凸顯出她的惹人憐愛之處。

「……莉莉。」

我忍不住把手伸向她的臉頰。

「什麼？」

或許因為我用平常不太會用的稱呼叫她的緣故，莉莉忒雅也同樣用不屬於助手的親密態度回應我。

這點讓我莫名感到高興，不可思議地精神都出來了。

「謝謝，我沒事了。」

就在我坐起身子，向莉莉忒雅展現自己身體無恙的時候，臉色大變的鍊朱忽然衝進房內。入符也在她旁邊。

「莉莉忒雅小姐！」

她大概真的沒什麼體力，看起來氣喘吁吁。

「我、我剛才跟醫療小組聯絡了，他們很快就會……！」

如此急忙表示的她，最後看到復活的我而當場瞪大眼睛。

「……為什麼你活著？」

「搞什麼嘛～他這不是活得好好的嗎？看起來一點事都沒有。我突然被叫醒還以為發生什麼麻煩啦。呼啊……」

搞不清楚狀況的入符打了個大呵欠，鍊朱則是原地癱坐下去。

「為什麼你活著！」

同樣一句話還講了兩次。

「呃～歸功於莉莉忒雅的奮力搶救……吧？」

我看向莉莉忒雅窺探反應。

結果她擺出「正是如此」的得意態度，伸手比了個Ｙａ。話說我從以前就想講了，莉莉忒雅這個比Ｙａ的手勢總覺得好像用的時機都有點奇怪。

「鍊朱大人剛才因為發現朔也大人心跳停止，慌慌張張跑出去求救了。朔也大人，請你先向人家道個謝喔。」

「原來是這樣。鍊朱小姐，謝謝妳。」

老實說，我起初對於鍊朱的印象並不算很好，然而後來逐漸從這個人身上感受到人情味，讓我對她的印象也產生了變化。

「誠如妳看到的，朔也大人已經沒事了。不需要勞煩醫療小組的人多跑一趟。」

「我……我剛才還以為裝置輸出過量把你的腦袋都燒掉了喔……？因為你可是從雙眼和耳朵都冒出紫色的煙，變得完全不動了喔？那模樣怎麼看都一定死了呀！你居然還能活下來！」

「恕我失禮，錬朱大人雖是機器人學的菁英，然而對於人體學可能是個門外漢。」

「那是沒錯啦……所謂九死一生……就是這樣嗎？」

最終由莉莉忒雅巧妙誘導出一切只是錬朱慌張誤會的結論，勉強收拾了狀況。

後來我們回到大房間，各自就近找椅子坐下。

「嗚嗚嗯……」

在沙發上睡覺的漫呂木也聽到聲響醒了過來。

「早安，漫呂木先生。你睡得可真熟呢。」

「噢，朔也啊……我夢到自己在一棟洋館被大量西洋人偶追逐的夢……」

「真辛苦你了。」

「……話說，你既然在這裡，表示已經出獄了？」

雖然講得沒錯，但這種話讓人聽到會造成誤解啊。

我接著對剛睡醒的漫呂木以及入符說明了一下剛才的經過。

「原來如此，在我睡覺的時候，你們竟然做了那麼危險的賭博。鍊朱，為什麼不叫我起來啦？」

入符聽完說明，半開玩笑地如此責怪鍊朱。

「其實我本來打算自己一個人做的呀。」

「畢竟妳經常在講，希望快點解開艾格里高利系列機的黑盒子之謎。雖然說，假如有辦法突破這點，確實能讓研究獲得飛躍性的進展沒錯啦……」

「我們沒有多少時間了。這點你應該也很清楚吧？到了最近甚至連資金援助何時會遭到中止都不奇怪。我們必須盡快交出成果才行呀。」

「就算這樣，要是妳死了就沒意義啊。那對我們來說，損失太重大了。」

我靜待那兩人的對話告一段落後，開口發言：

「不好意思讓各位擔心了。不過鍊朱小姐，我從**天國**帶了幾項情報回來囉。」

面對好奇挺出上半身的鍊朱，我首先提起關於沃米薩教的事情。

聽完後，鍊朱與入符都露出讚嘆的表情。

「好厲害……在我們不知情中，原來自動勞工之間誕生出了那樣的東西。」

「是呀，而且從剛才的內容聽起來，他們還互相合作將他們自己內部網路上的一個區塊化為聖境，避開我們的目光。自動勞工們竟然會對主人隱瞞事情……」

「呃，請問透過程式為自動勞工們設計那段獨創歷史的，果然是製子小姐嗎？」

「沒錯，那個人希望藉此促進ＡＩ的複雜性與多樣性。」

「原來如此。居然能夠設計出幾千年份那樣詳細的歷史……她真的好厲害。」

我把視線落到自己腳下，回想自己體驗過的那段歷史。

壯大而淒絕的那段生與死的模擬情境。

「朔也大人……？」

莉莉忒雅察覺我的異狀，對我叫了一聲。

「我沒事，莉莉忒雅。」

我和莉莉忒雅如此互動的同時，一旁的入符則是從椅子起身。

「今後必須好好觀察這點帶來的影響啊。」

「嗯……說得對。」

相對於開心的入符，鍊朱的表情卻莫名有點黯淡。或者應該說，甚至像在恐懼什麼東西。

「朔也大人，搞不好那個宗教和這次的殉情事件之間有什麼關聯性喔。」

「妳的意思是可能有什麼戒律或信仰，導致了害人送命的事態？」

我如此詢問後，莉莉忒雅斷然說道：「這在人世也是常有的事情。」

「你另外還有看到什麼跟事件可能有關的東西嗎？」

漫呂木發揮刑警特質將對話導回正題。

「啊……這麼說來，我還看到一扇黑色的門。」

「那不就是黑盒子嗎！」

鍊朱當場推開漫呂木，逼近我面前如此詢問。

「我、我當時是這麼想啦，不過那果然就是黑盒子了嗎？」

「你有沒有看看那個黑盒子！」

「這……很難講。印象中當我想要看看裡面的時候……忽然被某種令人發毛的東西干涉……這不太好說明，感覺就像被人催眠之類的。」

「那你記得那扇門在程式上的位置嗎？」

「這個嘛……」

我將記憶中的**座標**告訴鍊朱，結果她當場開心得踢起雙腳。

「謝謝，光是能夠知道黑盒子的位置就已經算賺到了。偵探小弟，你立下大功囉。」

能聽到她這麼說，我就欣慰了。

「另外你還記得什麼嗎？不管什麼都好，你快絞盡腦汁努力回想。」

「請饒了我吧，漫呂木先生。那段記憶就跟前天作過的夢境一樣模模糊糊的。」

「既然是偵探，就給我用更科學的方式利用自己的記憶力啊！」

「刑警先生，息怒息怒。朔也同學也沒必要太勉強自己回想喔。那樣造成的負擔無論對身體或大腦都不太好。」

入符輕拍我的肩膀，好心如此安慰。

「人類的大腦還有太多未知的部分。究竟會在怎樣的契機下忘掉什麼事情，又在怎樣的契機下把它想起來，誰都無法預料。不過只要保持平常心，或許在不經意下就會回想起來囉。到時候務必把你看到的內容告訴我們。」

錬朱這麼表示後，便匆匆走向另一個房間。大概是因為新發現而按捺不住了吧。

報告結束後，時間來到凌晨兩點。

感覺能夠收集到的情報應該都湊齊了。

既然零件已經備齊，剩下的工作就是組裝。

將名為事實的零件組合起來，完成真相。這就是偵探的工作——

然而，我的腦袋依然在恍神中。

明明必須思考的問題就擺在眼前，腦袋卻不動。

而在這段期間，錬朱與入符則是到別的房間討論著複雜難懂的事情。

「或許明天就應該讓自動勞工們停止運作，把ＡＩ的舉動徹底重新調查一遍會比較好。」

「鍊朱，妳在說什麼啊？」

「因為竟然在我們不知情中發展出了不明的宗教，這太令人發毛了。誰也無法預測這會造成什麼問題。等狀況發展到難以控制的時候就太遲囉？萬一發生了什麼意外事故……」

「我明白妳的心情，但這座監獄不就是為了能夠容許那樣的意外嗎？對自動勞工可能引起的任何現象，**包含意外事故在內**都仔細觀察，回饋研究——這不就是我們的工作嗎？」

「可是……」

「我不會回頭。事到如今才尊重起人道，上天也不會原諒我們的。既然這樣，我們只能不顧滿身瘡痍地堅持走到最後，得出成果了吧？」

「嗯……也對。」

「呃～不好意思……我覺得身體狀況不太好，請問可以讓我在這裡稍微睡一下嗎？」

雖然很抱歉打斷兩人的對話，但我如此開口要求。

總覺得腦袋一直無法清楚。

結果莉莉忒雅立刻湊到我身邊小聲詢問：

「朔也大人，你還好嗎？」

「嗯，我想大概是因為在多妮雅腦中一口氣吸收太多情報的關係吧……呼啊～……讓我小睡一下肯定就沒事了。」

「啊，你要休息一下嗎？」

入符先生聽見我的呵欠聲，便親切提議：

「那麼剛好有個空房間可以給你用。你出了這個房間走到底，就能看到一間小房間。」

「你說那房間？那裡可是布滿灰塵的用具倉庫呀。」

對於入符的提議，鍊朱當場皺起眉，彷彿在說「換作是我才不願意」的感覺。

「沒有其他地方了嗎？」

「拜託，主任小姐，這種話實在很難啟齒，但其他空房間的狀況更糟啊。」

入符用演戲似的語調對鍊朱如此提出怨言。

「總之就是這樣，偵探小弟，那房間門沒鎖，隨你用吧。」

「謝謝，那麼莉莉忒雅，我大概睡個一小時就回來。」

「請問要不要我一起陪你呢？」

對於莉莉忒雅如此大膽的提議，有個人比我更加驚訝。就是漫呂木。

「妳、妳在說什麼啊！不行！那種事情不可以！就算是偵探與助手也一樣！」

他明顯誤會了。

不過我也大致上同意漫呂木的說法。

「謝謝妳擔心，不過我沒事。」

要是讓莉莉忒雅在一旁盯著看，反而會讓我睡不著啊。

「這樣嗎？我明白了。那麼在你回來之前，我問問看鍊朱大人有沒有什麼事情可以幫忙。」

「就這麼辦。」

我將後續的事情交給莉莉忒雅，並離開大房間。

在出口處可以看到同樣兩位負責檢查物品的自動勞工站在那裡，於是我從他們之間穿了過去。

「那兩個人不眠不休地一直站著啊。」

辛苦兩位了——我在心中如此慰勞他們。

前方有一扇左右對開的門。就是醫院之類的地方常會看到的那種，光用手推就能輕鬆打開的門。

穿過那道門後，是一段筆直的走廊。

走廊途中還有一處從大房間的方向看過去是右轉的轉角，轉過去便是研究室的出口。而我則是越過那個轉角處走向走廊盡頭。

途中看到自動販賣機還讓我心動了一下。

畢竟我一直錯過吃飯時機，現在胃裡空無一物。本來想說好歹喝杯熱飲墊墊肚子，但無奈我現在身上沒帶現金。

於是我只好放棄，乖乖進入剛才講的房間。

「還真的是用具倉庫……」

這房間牆邊擺了一整面的不鏽鋼架，上面擺放書籍與道具。

深處有一組辦公桌椅，旁邊是一扇封死無法打開的小窗。

我另外看到牆上有一面小鏡子，於是探頭確認一下自己的臉。

「嗚哇～這是什麼疲憊不堪的臉？」

畢竟我在這短期間內接連死亡。或許是這樣影響到我的臉色吧。

從鏡子中我看見辦公桌旁有個折疊式的簡易睡床。或許偶爾會有人到這裡來假寐吧。

那麼我就心懷感激地借用一下了。

熄掉電燈，把毛毯蓋到頭部，我不禁回想起今天一整天的受刑人生活。

真是動盪的一天。

明明到昨天還住在溫泉旅館地說。

看看手機吧——這麼一想才發現，我的手機還寄放在妻木先生那裡。

「書面上我的身分還是受刑人……嗎？」

總不會真的給我留下前科吧？

有點擔心起來了。我將來的出路究竟會如何？

不行不行。大概是太累了，腦袋一直浮現無聊的念頭。

現在應該要更有建設性地整理事件內容才行。

「就現況來看……最可疑的是緣狩……或者他周圍的SBT（薩巴特）成員。」

就算只是一把小型刀，但他們竟然還把刀械帶進監獄中。

因此搞不好也有可能準備某種**小道具**，能夠從多妮雅的房間輕鬆溜出來。

而且事件當晚在舉辦慰問演唱會，據說受刑人們可以外出走動到比平常更晚的時段。所以比起平時更便於行動也是不爭的事實吧。

「等醒來後……我一大早再去找他們嘗試套話看看吧……」

昏昏沉沉的腦袋接著回想起在多妮雅腦中接觸過的情報。

那真是太驚人了——

機器人的歷史……楔赫拉……梅特洛波利……亞——

噗刺——

腹部銳利的疼痛讓我當場醒來。

怎麼回事？這裡是……？

眼前一片黑暗。也難以呼吸。

對了，是床上——

我想小睡一下……是什麼時候睡著的？

腹部……好熱！

身體忍不住想彈坐起來……卻發現辦不到。

有人壓在我身上。

「誰……！」

我想大叫，卻發不出聲音。

有個東西用力壓在我臉上。

是枕頭。

身體無法動彈。鼻子也無法呼吸。

腹部的這個感覺，這個疼痛。

我非常熟悉。

至今不知體驗過多少次了。不可能搞錯。

現在有把利刃刺在我肚子上。

是誰？

連思考都來不及，凶器又接二連三刺進我身體的要害。
明明……剛剛才復活的說……
完全在睡夢中遭人偷襲的我，始終無從抵抗地就這麼喪命了。

□

「你又被殺了呢，朔也大人。」
當我起死回生，重新喘過一口氣的時候，眼前看見的果然還是莉莉忒雅的臉。
「我想說你太久沒回來，所以來看看狀況。結果……」
就在房間裡發現了我的屍體是吧。
我在記得的範圍內將自己遭到殺害時的狀況告訴莉莉忒雅，並摸著腹部坐起身子。
傷口雖然已經痊癒，但從衣服破爛的形跡可見當時我腹部被銳利的刀具刺了好幾下。
「如你所見。」
莉莉忒雅示意我剛才躺過的床鋪。
毛毯被我的血染成一片深紅色。

「所以我才說要一起陪你的呀。真是太大意了。」

「對不起……」

這情景簡直像是尿床被發現的小學生。實在沒面子。

「換穿衣物在這裡。」

不愧是莉莉忒雅，準備得真周到。

仔細一看，她身上也已經換掉獄警的角色扮演服，恢復平常的打扮。

嗯，她果然還是這個模樣最讓人安心。

「我想兇手應該是巧妙利用毛毯防止血液噴到自己身上的。」

「而且連枕頭都被對方拿來活用，看來是我自己製造出了容易殺害的狀況啊……關於我的訃聞有告訴大家嗎？」

我一邊穿上新的襯衫，一邊如此詢問。

「我還沒告知其他人。」

「這樣啊。那麼關於這房間——」

「我剛才已經調查過，但沒發現類似兇器的東西。想必是兇手帶走了。」

「兇手嗎……到底有什麼必要把我殺掉？」

「朔也大人是本來不存在於這座監獄的人物。而且你在這裡的理由是為了調查殉情事件。」

「也就是說……對方有什麼不想被人調查的事情，而我在不自覺中逐漸接觸到那核心了？」

「所以或許是對這點感到擔心的什麼人決定殺人滅口了。」

那麼就表示殉情事件果然只是個幌子，實際上有什麼人在背後介入其中的意思。

費莉塞特認為這樁殉情事件絕不單純的想法，還真被她猜對了。

「我本來還想說這次只是要調查過去發生的事件，但這下變得複雜起來啦……」

「意思說現在事件依然持續著。」

「對，不過反過來想，只要能把殺害我的凶手找出來問話，就能得知殉情事件的真相了。」

「那麼當務之急便是……」

「抓出殺了我的凶手！」

這句話講起來可真怪。

換完衣服後，我們離開房間來到走廊。

出來的同時，我回頭看看房間。

若要出入房間就只能利用這扇門，不過因為門沒上鎖，任何人都能自由進出。

「朔也大人，我可以採檢門把上的指紋喔。」

莉莉忒雅隨身都會攜帶指紋採檢工具。

「不，我想研究室人員應該平時就會出入這裡，所以即使採檢指紋肯定也沒那麼容易鎖定凶手。再說，如果不想留下指紋，只要用袖口之類的東西套住手部再握門把就行了。不過……」

這房間位於走廊最盡頭。那麼凶手必定有通過這條走廊。

事後凶手又逃往何處去了？

我一邊思考，一邊走向大房間。

前方有一條往左通向研究室出口的通道。換言之，這地方呈現T字形。

「假如凶手在這裡左轉逃到外面，那就非常棘手了。既然對方有利用毛毯防止我的血噴到自己身上，那麼無論被誰看到都不會懷疑是殺人犯了。」

這樣凶手就很容易消失在黑暗中——或者說消失在人群與自動勞工之中。

「朔也大人，意思說凶手沒有走向大房間嗎？」

莉莉忒雅對於我一開始就把那種可能性刪掉的想法提出疑問。

「嗯，畢竟妳看。」

我推開左右對開的門，示意前方。兩人一組的自動勞工警衛就像門神一樣站在大房間門前。

「他們會仔細確認每一位進入大房間的人物。妳也記得吧？我們每次到這裡來的時候，都會被檢查身上有沒有攜帶危險物品。」

「這麼說也對。」

他們跟人類不一樣，不會偷懶蹺班。想必會忠實執行預先設定好的工作內容。

「假如兇手有通過那裡，警衛們不可能會放過兇手藏在身上的兇器。」

話雖如此，我還是保險起見上前詢問。

「兩位辛苦了。」

我走近兩位自動勞工警衛，如此搭話。

「呃，容我冒昧問一下。剛才我走出這裡之後，也就是這一個小時內，有人通過這裡嗎？」

結果他們面露微笑，完全同步地回答：

「有的，有五名人物通過這裡，都是晚上留在研究室工作的職員們。」

「可以告訴我這些人的名字嗎？」

「分別是車降主任、入符研究員、暮具研究員、下津研究員以及漫呂木刑警。」

「……謝謝。那我再問一下——」

我接著詢問那些人出入時的詳細狀況。

「首先出來的是下津研究員，接著是漫呂木刑警。第三位是車降主任，再來是入符研究員。最後是暮具研究員。」

自動勞工毫不思索便流暢回答。搜尋記憶的速度可真快。

「下津研究員與暮具研究員似乎是中斷工作回宿舍去了。」

意思說他們出去後就沒回來了。

那麼假如那兩人之中的誰是凶手，就有可能在犯案之後直接離開研究室。

難道是他們之中的誰殺了我嗎？

不過……我心中有個還不能如此斷定的理由。

「漫呂木先生呢？」

「那位先生也沒有回來。」

「他出去做什麼了？」

回答我這項疑問的，是莉莉忒雅：

「你說漫呂木大人的話，他表示要**靠自己的腳**再次調查看看自動勞工研究室與宿舍周邊而跑出去了。還說要在朔也大人睡覺的這段期間解決事件給你看。」

「……他在奇怪的事情上很認真啊。」

「順道一提，當朔也大人去小睡之後，我在另一個房間跟著鍊朱大人拜見了一下多妮雅女士的解析狀況。不過沒多久後，鍊朱大人也表示要小睡一下而離開了房間。」

「妳都沒睡嗎？」

「我在那房間等待時間到來。」

「什麼時間？」

「就是朔也大人結束小睡回來的時間。」

她明明自己也可以趁這時間在沙發上小睡一下的說，真是正經八百。

自動勞工警衛接著繼續說明：

「車降主任暫時離開研究室後，過了大約五分鐘換成入符研究員走出房間。不過他在主任回來之前就先回來了，看來只是到走廊上的自動販賣機買咖啡而已。身上物品僅有他購入的咖啡，以及口袋中幾枚硬幣而已。」

我仔細詢問後得知，入符似乎平常熬夜的時候就有這樣到自動販賣機去放鬆一下心情的習慣。

「請問他當時有什麼奇怪的地方嗎？」

「不，沒什麼……哦哦，這麼說來，他買的咖啡是熱的。」

「這算奇怪的事情？」

「因為他平常總是買冰咖啡，所以我有特別注意到。異於平時的部分大概只有這點了。」

如果只是這種程度的事情，改變的理由或許是他本人的心情、身體狀況、氣溫等等，各種可能性都有吧。

「至於車降主任則是又過大約五分鐘後回來。身上物品僅一件眼罩。」

「眼罩？」

「這邊講個祕密，主任似乎不戴她愛用的眼罩就睡不著的樣子。」

自動勞工警衛用一點也不像在講悄悄話的講話方式如此說道。

「我想應該是主任想起自己把那眼罩放在宿舍忘了帶來，所以特地跑回去拿的。」

鍊朱可愛的一面就這麼曝光了。

這項檢查隨身物品的動作在離開大房間時不會執行，只有在進去時才會做。

至少這下證明鍊朱和入符並沒有攜帶凶器。

那麼果然還是應該去找暮具和下津檢查一下隨身物品嗎？

「就像這樣，各位研究員在工作途中出入這裡可說是稀鬆平常的事情。」

不清楚內情的自動勞工警衛們異口同聲地如此開朗說明。

莉莉忒雅接著繼續向他們詢問起更詳細的內容，我則是趁這段時間走回剛才的來時路，觀察走廊狀況。

這裡雖然有窗戶，不過也跟其他地方一樣是無法開閉的設計。因此不可能從窗戶把凶器丟到外面去。

設置在自動販賣機旁邊的垃圾桶又如何呢？

我姑且調查了一下裡面，但並沒有找出什麼類似凶器的東西。

「想想也對。假如是會把凶器丟在這種地方的愚蠢凶手，調查起來也不會這麼辛苦啦。」

「朔也大人，請問你在亂翻什麼？把垃圾都散了一地。」

我回神發現莉莉忒雅站在旁邊。

「沒有啦，我只是想說保險起見，把各種可能性都查一查。莉莉忒雅，要不要喝點什麼？這自動販賣機甚至還有賣法式布丁汁喔。我第一次見到這種東西。」

「是的，的確是第一次見到。不過暫時不用了。現在不是那種時間。」

莉莉忒雅毅然表示。

「呃，是喔？哎呀，說得也對。」

「更重要的是，朔也大人，請你看看那個。」

在我搔著頭的時候，莉莉忒雅伸手指向天花板。

「是監視攝影機。」

「啊，真的欸。我都沒發現。」

在走廊的天花板確實裝設有小型的半球型裝置。

「那麼或許有拍攝到經過這裡的人影。去拜託他們調閱紀錄來看吧！」

我趕緊走向大房間。

然而我的手臂卻被莉莉忒雅一把抓住，害我差點跌到了。

「我要跟你說清楚，朔也大人。」

她用認真的眼神抬頭看著我。

「什、什麼事……？」

又不是參加什麼全國拔河大會，有必要用那種半蹲四十五度角的姿勢拉我嗎？看起來好拚命。

她那麼認真想要告訴我的是什麼事？

「我剛才只是說暫時不用而已。並沒有說我不想喝。請不要搞錯了。」

「……呃？妳在講什麼？」

我腦袋有點跟不上。

「就是說……法式……布丁……汁。」

「嗯？妳說什麼？」

「我就說！我有決定好等全部問題都解決之後要喝啦！」

「啊，妳該不會在說剛才那個布丁飲料吧？哦哦，原來如此。」

這麼說來，我們初次通過這走廊的時候，莉莉忒雅也望著自動販賣機發了一下呆。現在回想起來，其實她從一開始就對那個法式布丁汁充滿興趣啦。

「原來如此，妳一直**心念**著那個啊。」

「不要用那種講法！」

「好啦好啦我知道了。等一下我們再買喔。」

「我不理你了。」

□

回到研究室的大房間，我便看到鍊朱戴著剛才提到的眼罩躺在沙發上。周圍沒有其他人影。

順道一提，那個眼罩是模仿古典漫畫中那種漩渦眼鏡的造型，相當好笑。

「噗！」

即使知道失禮，我還是忍不住噴笑出來。

平常酷酷的鍊朱竟然會愛用這種東西，光想到這點就很有趣。

看看時鐘，已經來到早上五點。

她大概是徹夜做多妮雅的解析工作，現在小憩一下吧。

「嗚……嗯？」

噢，把她吵醒了。

鍊朱緩緩把那副搞笑眼罩挪開，感到刺眼似地看向我們。

「你們倆站在那兒幹麼呀……」

「早安。」

「早……偵探小弟也總算醒啦？」

「是的，我**熟睡**了一場。」

「所謂有福自來，睡著靜待幸運降臨嗎？」

「這就難說了。」

畢竟我睡覺時降臨的是訃聞啊。但這種話我也講不出來。

「話說鍊朱小姐，有件事情我想稍微確認……」

霎時，從我們背後傳來巨大聲響。

我嚇得轉頭確認，發現堆在門邊的紙箱坍了下來。

走近一瞧，原本裝在箱中的資料與工具散了一地，入符還被埋在下面。

他抬頭仰望我們，面露苦笑。

「呃……嗨，大家都醒啦？」

「……請問你沒事吧？」

「實在丟臉。大概是睡眠不足的關係……搖搖晃晃地不小心踢到了。」

入符調整著眼鏡的位置，緩緩站起來。

他的臉色確實不太好。或者說研究室的人基本上每個看起來都不太健康。

據入符說，他剛剛窩在那間有**電椅裝置**的房間裡。

「我跟鍊朱交棒多妮雅的情報解析。」

「我原本說不用的，但他硬是要跟我換班。」

「哎呀別這麼說，熬夜是肌膚的大敵不是嗎？聖經上不知道哪一頁應該也有這樣寫。雖然我沒什麼資格講別人就是了啦。」

入符開著玩笑，並走向大房間附設的水槽。

「總之就是這樣，我也要休息一下了。」

他打開水龍頭沖一把臉，又打了個大呵欠。

「呃，關於外面走廊上設置的那臺監視攝影機，請問要在哪裡確認影像？」

雖然在人家疲憊的時候很不好意思，但我現在首先想要確認那臺監視攝影機的影像。

「攝影機？那就到二樓的電腦室囉。影像都有記錄在硬碟裡……不過，發生了什麼事嗎？」

那可是發生了大事啊。

「我等一下會再詳細說明。」

我趕緊請入符帶路來到二樓，確認監視攝影機的影像。

先從結論說起，這行動完全失敗了。

「居然沒拍到……」

偏偏只有拍攝我睡覺那間房間門前的攝影機故障，沒有留下任何影像。

「這麼說我才想到，那臺攝影機聽說從之前就狀況不太好的樣子。怎麼？你想看的是那個攝影機的影像？那只能說遺憾啦。設備小組的人嘴上說會修理會修理，但一直都沒來修啊。」

「上週的會議中我才提議過，今後這類的工作也要交給自動勞工負責。」

跟著我們來到這裡的鍊朱也接在入符後面如此抱怨。

「呃……既然事情變成這樣，那我就暫時先告訴兩位了。」

於是我向在場的鍊朱與入符重新說明狀況。

「你說你睡覺被偷襲了!?」

入符聽完說明後的第一句話雖然講法上有點容易讓人誤會，不過他看起來飽受衝擊的樣子。

當然，我這次依然照慣例，沒有把「我被殺掉又復活」這種荒唐無稽的事實講出來。

「那個房間啊……嗯～」

入符雙手抱胸，呻吟沉思。

「我剛才也有在途中到走廊的自動販賣機買一下飲料，但並沒有發現什麼異狀……抱歉。」

「沒關係的，這不怪你。」

「話說，真虧你能平安無事啊……」

「我這個人唯有在壞事上的運氣特別好啦，而且也要多虧莉莉忒雅及時為我搶救。」

「真是了不起的合作關係……」

入符看來是真心感到佩服的樣子。

「包括剛才那個裝置的事情也是一樣，你的生命力真的異常強韌呢……順便講清楚，我什麼都不知道喔。雖然我有為了一點小事回宿舍一趟，但也僅此而已。」

鍊朱極力保持冷靜地如此表示。

但我還是忍不住盯著她的臉。

「什……什麼啦？」

「沒事，我只是想說妳的眼罩快從口袋掉出來囉。」

「這……這東西沒有什麼的！」

妳太可愛了吧，主任。

「我認為這是跟殉情事件有關聯的什麼人物潛伏在我們周圍，並企圖把我消除掉。等天一亮，我們就去告知妻木先生，請他強化警備吧。在那之前，請你們也要千萬小心。」

傳達完該講的話後，我便請那兩人回去工作了。畢竟我也不能強迫他們陪我繼續調查。

等兩人離開房間，我接著癱坐到電腦前的椅子上，用力伸展筋骨。

「好啦……這下該怎麼做呢？莉莉忒雅，妳有什麼想法？」

我把身體往後仰的同時如此詢問，結果莉莉忒雅輕輕伸手指向電腦畫面。

「其他監視器有正常在運作。」

「……說得對，姑且確認看看吧。」

於是我們在可能的範圍內，盡量檢查了研究室內其他正常監視器拍到的影像。畢竟需要調查的時間範圍有限，只要利用快轉播放，並不會花太多時間。

研究室入口的監視器也有正常運作，確實拍到了從門口離開要回宿舍去的鍊朱與暮具，以及出去外面調查的漫呂木。

接著是大房間的監視器影像。這邊同樣仔細調查了一番。

畫面中以遠景拍攝到房間整體的狀況。

鍊朱打著呵欠躺到沙發上，但很快便發現自己愛用的眼罩沒帶來，於是匆匆離開了房間。

後來換成入符出去，一會兒後端著咖啡回來。

他還用有點誇張的動作甩動著空出來的另一隻手。大概是不小心把熱咖啡濺到手上的關係，表現出很燙的樣子。

緊接著他便直接走向水槽——也就是他剛才洗把臉的地方——洗起手來。而且途中忽然想到似地把手伸向肥皂的背影也有被拍下來。

人員離開房間的順序都跟剛才聽過的一致。

我目不轉睛地盯著那些影像。

消失的凶器。

負責開發機器人的研究設施。

出入設施的研究員們——

我腦中的某個存在、某個人物，在對我說著：「不要漏看了。」

在警告我不要上當。

「從狀況上思考，果然還是離開了大房間沒有回來的暮具大人與下津大人比較可疑呢。」

大致把影像都看完後，莉莉忒雅如此表示。

「但是莉莉忒雅，話也沒辦法講得那麼死喔。」

「為什麼？」

「我一開始也是那樣懷疑的，不過在思考的過程中想到一件事。就是那兩人的體重。我當時是在床上被囟手壓著身體，在無法動彈的狀態下被殺的。那麼假設囟手是下津小姐，會如何？」

莉莉忒雅思考一下後，「啊」一聲察覺。

「下津大人即使以女性來講也屬於很瘦的類型，感覺又沒什麼力氣。」

「對，儘管是在睡覺中遇襲，我只要認真起來應該也能把她推開。然而我當時卻辦不到。以那個力氣與重量來想絕對不會是她。同理可證，假如囟手是暮具先生，我全身應該會受到更沉重的壓力才對。」

雖然我不清楚暮具的確切體重，但光從體型判斷少說也有一百公斤以上。我那時候確實被壓得無法動彈，但如果是被超過百公斤級的人物壓在身上，重量絕對不只當時感受的程度。

這是實際遇襲的當事人親身的感受。

「正因為朔也大人是遭到殺害的本人，才能做出這種推理呢。」

當然，前提是囟手沒有利用什麼詭計讓我誤認體重。不過應該沒有囟手會想到要欺騙自己即將殺害的對象。

正當我如此沉思的時候，漫呂木突然衝進房間。

他接著急忙說道：

「喂！朔也！騷動在後面出大事了！是卡車啊！」

我完全聽不懂他在講什麼。

第二章　偵探先生的工作要開始了嗎？

「請冷靜下來，漫呂木先生。你這樣講我完全聽不懂。你是一個人去調查了對吧？」

衝進房的漫呂木喘得上氣不接下氣。

「我、我剛才回來研究室的途中，在外面偶然看到了……有卡車聚集在研究室後面的廣場上！」

「哦哦，原來是這個意思。你說卡車是什麼卡車？」

我腦中浮現這樣單純的疑問，結果從漫呂木**腦中**傳來別的聲音：

「是搬運自動勞工的報廢品……也就是運送垃圾的卡車。」

「這聲音……是費莉塞特？」

「早安。」

伴隨一聲問候，費莉塞特從漫呂木那睡醒亂翹的爆炸頭中露出臉來。

「嗚哇！搞什麼！」

漫呂木也慌張起來，他似乎沒察覺的樣子。

「妳居然躲在那種地方啊。」

費莉塞特對於我和莉莉忒雅感到傻眼的視線絲毫不以為意，繼續表示：

「研究室的慣例似乎是每個禮拜的同一天早上，會把廢棄物搬運出去的樣子。」

房間裡的時鐘已經指向早上七點。

「沒錯，我剛去問卡車司機就是這麼說的！」

「嗯？妳說搬運出去，可是現在……」

監獄應該全面封鎖中才對。

「這點如果按照我們之前講過的，應該今天之內就會解除吧？從外頭強行撬開。」

對了。據說警方投入了特殊部隊，企圖靠武力行使強硬收拾狀況。

「這次的作戰行動中沃爾夫小隊恐怕也會祕密參加。假如是吾植先生絕對會那麼做。」

「你很信賴他啊。」

「那個人可是很恐怖的。」

我是沒那種感覺啦，但既然漫呂木這麼說，或許就是真的吧。

「言歸正傳。那司機說因為封鎖狀態終於快要解除了，所以要趁現在開始工作。」

「不過漫呂木先生，這會有什麼問題嗎？」

「問題可大了。不知道為什麼竟然連多妮雅的軀體都被搬出去，堆上卡車啦！」

「什麼！意思說要把多妮雅廢棄掉嗎！」

那明明是很重要的證據啊——雖然我知道這種講法在各種意義上不太妥當，不過假如用人類來比喻，這樣簡直就像事件尚未解決之前，就把受害者的遺體擅自火化的意思。

「怎麼會做出這種事？」

「我也不曉得，但那位女主任一副氣勢洶洶地在抗議，所以看來應該不是研究室的決定。」

「能夠強行幹出這種事情的……大概也只有那位典獄長吧。」

「該死的馬路都，他肯定是想說反正再過不久特殊部隊就會攻進來了，所以趁最後故意找麻煩吧。」

「找麻煩……」

「這個研究室透過開發機器人的名義，獲得來自政府的高額補助金。不過在這點上，提供場所做危險試驗的這座屈斜路監獄也是一樣。而馬路都利用了這筆經費中飽私囊呀。」

費莉塞特有如看穿一切似地如此斷言。

雖然只是我的感覺，但那聽起來應該不是什麼正常的金錢流動。

「而現在要是讓屈斜路監獄發生自動勞工殺人的事件被曝光並傳出去，你想會如何？社會肯定會大肆撻伐政府竟然出錢資助開發如此危險的機器人，導致補助金立刻中止撥款，研究室也會面臨解散的命運。」

「要是繼續讓朔也大人跟錬朱大人調查多妮雅女士的事情，結果被查出了什麼不利的事實就傷腦筋了，所以想說快點湮滅證據是嗎？」

「怎麼會這樣！當初明明就是他許可我接受費莉塞特的委託，到這裡來調查的啊。」

典獄長無法拒絕費莉塞特提出的要求，但又不希望讓偵探過度挖掘各種真相，因而陷入了兩難的狀態是嗎？

「也就是說典獄長為了獲得補助金，想要早早把事件當作沒發生過的意思。那個人渣。」

漫呂木如此臭罵。不過那並非幼稚的氣話，而是近於達觀的態度。身為一名刑警，想必他早已見識過大人世界的種種骯髒事了吧。

「騷動是發生在研究室後面的廣場對吧？總之我們快過去看看。」

我們為了前往現場而回到一樓。

在大房間沒見到鍊朱與入符的身影，倒是暮具和下津兩人站在水槽前不知在講什麼話。

暮具注意到我們，輕輕舉起一隻手，另一邊的手則是拿著一根冰棒。

「嗨，朔也同學。早啊～」

「早安，請問你一大早就吃冰嗎……」

「這是我的例行公事啦。」

也罷，對於人家的習慣無須多嘴。

「呃，聽說好像發生了大事啊。關於廢棄多妮雅的事情。」

「大事嗎……嗯～主任確實好像在吵什麼的樣子啦，不過我們倒是睡到一半被叫起來，覺得莫名其妙啊。聽說是發生了什麼緊急狀況才趕過來一看，結果……」

暮具說著，豪邁地打了個呵欠。下津看起來也很睏的樣子。

「兩位似乎沒有像鍊朱小姐那樣感到不滿。」

「哎呀，主任的心情我可以理解啦。不過典獄長蠻橫行事又不是一天兩天的事了。」

「主任感覺對多妮雅的事件非常介意……可是，一直執著於解析工作……有點不太合理。而且實際上……已經有好幾項其他部分的研究工作因為這樣停滯不前了。」

即便是在同一間研究室工作的同事，也各有想法的樣子。

「那麼兩位在這裡做什麼呢？」

「也沒什麼啦。我只是想說先來洗把臉，可是……」

暮具一臉不服氣地指向水槽。

「排水口好像塞住了。明明到昨天傍晚還好端端的說。」

「暮具先生，你又把泡麵的剩湯……」

下津盯著貼在水槽旁邊的一張紙。

紙上清楚寫著『嚴禁倒入剩湯』的字樣。

「我沒有啦！下津，妳也太過分了吧。哦哦……！要融化了！」

由於一直顧著講話，讓冰棒開始融化。於是暮具趕緊舔了起來。

「那或許是其他人……明明上個月才請水電師傅來檢查過的說……」

「包括監視攝影機的故障也好，這間研究室簡直東壞西壞啊……」

我望著滴到地板上的冰，浮現這樣的感想。

「是呀，就算表面上看起來多麼先進，要是維護不周，終究還是會出問題。或許在某種意義上就跟自動勞工是一樣的呢。」

「嗯，確實就像莉莉忒雅說……的…………」

霎時，兩個場景不經意浮現我腦中，互相連結起來。

「不……或許話不能這麼說。」

「朔也大人？那是什麼意思？」

「莉莉忒雅，我好像搞懂一件事了……」

「喂，快走啊！」

漫呂木在出口處催促我們。

「等一下再說明。莉莉忒雅，我們走。」

我們匆匆結束對話，離開了研究室。

□

繞到研究室後面一看，那地方確實有點騷動。

一大早從宿舍來到研究室的幾名研究員們，都表情無助地站在那裡。

而在他們眼前，身穿工作服的男人們正默默做著工作。

「最關鍵的多妮雅，似乎已經被堆到車上了。」

「你說堆到車上……是哪輛車？」

巨大的卡車總共五輛，車斗上都載有堆積如山的廢棄零件。
而且我根本分辨不出來那些支離破碎的廢棄零件究竟是什麼東西。
「我不容許這種蠻橫的行為！」
我聽到尖銳的聲音而轉頭一看，便見到鍊朱站在前頭大聲抗議的模樣。
在她兩旁還能看到伊芙莉亞與卡洛姆的身影。
「鍊朱小姐原來也有那樣激動的一面。」
「她其實是個情感執著很深的女人呀。」
我脫口說出心中的感想，結果費莉塞特一副知曉內情似地如此表示。
「或許可以說是母親的遺傳吧。雖然她本人聽到這種話應該會不高興。」
「母親……嗎？」
「雖然在泛用型自動勞工的理想實現之前就離開了人世，不過車降製子生前是一位轟轟烈烈的女性。你有讀過『人類解體計畫（The Man Machine）』的論文嗎？」
「論、論文？」
「看來是沒有。」
總有一種被恥笑的感覺。
「製子一直懷抱著讓ＡＩ與機器人普及的心願。然而她真正的夢想是在更進一步的地方。」

「製子小姐的夢想？」

「製子真正的目的，並非機器人的進化與普及，而是將人類的靈魂轉移到機器軀體上，從而獲得不老不死。她過去曾經將這項計畫整理成論文發表，那便是人類解體計畫(The Man Machine)。」

「意思是說，她最終的想法是把人類移植到機械軀體上嗎？」

「然而那篇論文被學會視為危險內容，遭到封殺。然後她本人也患病而離開了人世。實在很諷刺。」

不過這就是人類呀——費莉塞特如此表示。

總覺得好像聽了一段規模浩大的故事，但現在必須優先處理眼前的問題。

我走上前對鍊朱搭話。

不行。專注於抗議的她完全沒聽見我的聲音。

「啊，瘋狗先生！呃不對……」

相對地，伊芙莉亞注意到我的存在。

「我叫朔也啦。你們兩個為什麼會在這裡？」

「我們聽說這裡發生騷動就趕快跑來了。畢竟要是有人受傷就不好啦。」

對了。這兩人是救護人員啊。

「幸好目前還沒有我們的工作。」卡洛姆說道。

「但我好擔心呢……」

伊芙莉亞摸著自己的臉頰，望向正在抗議的錬朱。

「喂！我在問你們擅自把東西拿走到底是什麼意思！回答我！用邏輯回答！」

錬朱依然強勢地逼問著工作人員們，然而對方卻不太想理睬。

「就算妳這麼說，我們也只是聽從典獄長的指示啊。要抗議請妳去找他抗議吧。」

漫呂木指著那樣的現場說道：

「就像這樣。搬送業者也只是聽從吩咐在工作而已。」

「不過就契約上來講，最終決定權確實在監獄方手上，而非研究室。畢竟研究室的立場終究只是在這裡借用場地而已。」

費莉塞特說著，從漫呂木頭上跳到我肩膀。

「話雖如此，但我還是盡力而為吧。」

漫呂木如此表示後，帶著宛如刑警劇主角般的氛圍衝了過去。

「喂！你們，暫停作業！我是警察！要調查一點東西！」

「漫呂木先生，難道想從那堆廢棄物中篩選出多妮雅的零件嗎……」

老實講，我真佩服他。這就叫刑警精神啊。

「誰曉得？或許他不管效率多差，就是想靠自己的手腳調查吧。」

費莉塞特倒是評論得很冷漠。

「事情這下變得真複雜，簡直急轉直下。」

「入符先生。」

不知不覺間，入符就站在我旁邊。

他臉上帶著難以具體形容的表情，遠望漫呂木與工作人員間的爭論。

「入符先生不去抗議嗎？」

「我？我的個性上比較偏向寄人屋簷下就乖乖低頭的想法。或許因為年紀大了吧，沒辦法像鍊朱那麼激情了。」

「是這樣啊。話說那些廢棄零件，數量可真龐大。請問一個禮拜就會堆積出這麼多嗎？」

「是啊，那些都是咱們努力不懈的結晶……所留下的殘骸。造出新東西、做實驗、壞了、廢棄，然後又再造新的……花錢如流水，日復一日。宛如永無止境的煉獄。」

入符先生如此描述時的語氣，聽起來比平時多了幾分感傷。

「每週固定這個時間就到這裡來目送廢棄物被搬走，已經是我的習慣了。然後每次眺望時我總不禁思考，我們所展望的未來究竟朝著什麼方向？把這些萬一走錯一步就可能傷害人的機械散播到全世界，真的會受到世人感謝嗎？」

「例如ＡＩ剝奪人類工作之類的問題嗎？」

「那也算啦，不過我想到的是更加根源性的，關係到靈魂所在的問題……吧。等等，做為開發人員講出這種發言才是大問題呢。你忘了吧。」

入符開著玩笑，聳聳肩膀。

「哦～那刑警先生居然爬到卡車的車斗上了。看來他真的打算一件一件調查的樣子。真有職業熱情。」

還真的呢。

「講個實際的問題，請問你認為外行人有辦法找出來嗎？我是說例如多妮雅的手腳之類。」

「不可能吧。或者說，變成那種狀態的話，就算是我也辦不到。」

「什麼意思？」

「自動勞工——應該說艾格里高利系列機——當中又包含了幾種型號。雖然男女機型自然有所差別，不過像鑄造零件時的鑄型是共用的。這樣講懂嗎？」

「原來如此，畢竟如果每次都從頭設計，成本會相當可觀。」

「沒錯，所以為了壓低成本，系列機之間會共用零件。雖然我們會不時做小規模的修改，所以還是會有版本上的細微差異就是了啦。」

「意思說那堆廢棄物中混雜了大量跟多妮雅女士的軀體相同的零件嗎？那麼確

實很難分辨呢。」

聽完說明後，莉莉忒雅也意識到狀況的嚴重性，嘆了一口氣。

「再說，就算真的分辨出來了，我想應該也沒辦法再從多妮雅的軀體上得出更多新的情報吧。」

入符如此冷淡呢喃。

「假如剛好在上面有留下什麼記號就好了嗎？」

「例如用麥克筆寫了『多妮雅』的名字？莉莉忒雅，這想法再怎麼說也太天真……了……」

等等。

等等等喔。

難道說，**是這麼一回事**嗎？

「朔也大人？請問你怎麼了？」

莉莉忒雅察覺我的樣子突然改變，探頭看向我的臉。

「請問你還好嗎？呃，要不要摸摸？」

她用雙手輕輕抱起費莉塞特，拿到我面前歪頭詢問。

「莉莉忒雅，妳把我當成什麼了？不過確實有情報顯示許多人類會因貓而感到療癒。要不要我叫聲喵給你聽？」

費莉塞特冷靜抗議與提議的同時，我則是因為浮現腦海的推理而興奮起來。

「原來如此……我懂了……我知道啦。」

「真的要我叫？」

「不是，我是說我搞懂詭計了。」

對於我輕聲細語的發言，莉莉忒雅與費莉塞特一開始還沒放在心上。

但幾秒之後，她們異口同聲地「咦？」了一下。

「朔也同學，你說真的？」

入符也很有興趣地如此詢問。

「是的，多虧剛才和你的這段對話。」

「咦？是喔？我講了什麼重要的內容嗎？」

「真是幫上大忙了。非常感謝你。」

聽到我真心誠意的致謝，入符有點喜形於色地搔搔頭。

「哎呀，有幫上你的忙就好。不過原來偵探真的能夠從不經意的對話中發現線索呢。」

「其實這種事也沒那麼常遇到啦。所以說，入符先生，我真的很感謝你。但也因為這樣，有句話讓我非常不忍心講出來。那就是——**你殺了我對不對？**」

我順著語氣如此一問，結果入符就像被按下暫停按鈕似地當場停止動作了。連笑容都僵住不動。

「我在講昨天晚上的事。你殺了我對不對？」

「呃～……………哈哈。」

從他口中發出無比乾枯的笑聲。

「你沒頭沒腦的在講什麼啊？哈哈哈。你這不是活得好好的嗎？還是說，現在跟我講話的是什麼幽靈來著？」

就在這時，騷動似乎告一段落，只見鍊朱走了過來。

「多虧那位刑警先生暫時把東西扣押下來啦。警察手冊這東西在某種意義上就像將軍家紋呢。」

在她兩旁還有伊芙莉亞與卡洛姆。

「話說我剛剛好像聽到幾個恐怖的詞彙。你們在講什麼？」

「鍊朱，妳聽我說啊。朔也同學變得好奇怪，突然說我殺了他什麼的。假若如此，現在站在這裡的你又是誰啦？」

「我確實還活著，並不是幽靈。因此正確來講你應該算殺人未遂，不過這點已經不重要了。問題在於你為什麼要殺掉我才行？關鍵在這個動機。」

於是我向鍊朱重新簡單說明了一下事情原委。

關於昨晚我遇襲的事情。

以及凶器尚未發現，也不知道凶手是誰的事情。

「所以說鍊朱小姐，不好意思要請妳稍微留下來聽一下了。伊芙莉亞和卡洛姆也是。」

「什、什麼……咦？這該不會是說，偵探先生的工作要開始了嗎？呀哈～」

伊芙莉亞的眼神莫名一亮。

「請等一下，朔也大人。」

莉莉忒雅插入我們之間的對話，開口表示：

「難道你剛才說搞懂了詭計並不是指殉情事件，而是昨晚那件事嗎……？」

「不，剛才我說的確實是殉情事件的詭計沒錯。至於入符先生這邊的真相，我是在另一個時間點察覺的。」

「但你是什麼時候……」

「就是剛剛在研究室走下一樓的時候。」

「一樓……大房間嗎？這…………啊。」

稍微思索了幾秒鐘的莉莉忒雅，宛如泡泡破開似地發出可愛的聲音。

「原來是這麼回事。**化解**了呀，朔也大人。」

「沒錯，化解了。」

我們交換視線，互相會意。

「所以在解說殉情事件之前，我想先把我自己那起事件收拾掉。畢竟要是暫時擱到一旁，結果讓人溜掉就麻煩啦。」

「你們兩位等等啊。我現在完全是一頭霧水。你到底要說我做了什麼？有什麼根據講那種話？」

入符宛如舞臺劇演員般張開雙手，主張我不講道理。

確實，就現況聽起來可能很不講理吧。

「你難道就是為了這件事去確認監視攝影機影像的？」

「很遺憾，關鍵的那臺監視器因為故障，並沒有留下影像就是了。」

「那跟我無關喔。為什麼我要趁你睡覺的時候去偷襲你才行？明明我們是昨天才剛認識的。」

「關於這點我才想問你。入符先生，回想起來，當時推薦我到那間房間睡覺的人就是你吧？明明鍊朱小姐問說有沒有其他房間，你卻依然建議那間走廊盡頭的房間。這是為什麼？」

「我就說……因為其他空房間都很髒亂……」

「這樣講雖然失禮，但那間倉庫也沒好到哪裡去喔。不過這點就算了，我不在意。」

「你這是很在意對吧。」

囉嗦啦，莉莉忒雅。

「答案很簡單。因為你知道通往那房間的走廊上設置的監視攝影機故障了。你知道如果是那間房間就不會留下出入紀錄。」

「這、這個……」

「然後你算準不會讓人起疑的時機，離開了大房間。到自動販賣機買咖啡，據說是你每天的例行公事對吧？因此就算被誰撞見也不會顯得可疑。你就這麼來到了要殺害我可謂是絕佳地點的那個房間。」

「等等，在那之前先搞清楚一點。你一直主張自己被偷襲、被殺害，但那是真的嗎？就我看來，你身上一點傷口都沒有喔？」

「為什麼你認為會留下傷口？也有可能是下毒殺害的啊？」

「……我只是打個比方。」

「抱歉，我稍微套話了。實際上使用的並非毒物，而是利用刀刃殺害。不然我拿那件吸滿我鮮血的襯衫給你看吧？那件衣服可是被刀刺得破破爛爛的喔。或者那條吸了血的毛毯也行。」

「刀刃……對了，凶器在哪裡？既然你講得這麼篤定，表示你有看見那東西對吧？」

「不，我沒有直接看到。雖然有用身體感受到就是了。」

對，一如字面上的意思，親身體驗。

「凶器也沒有留在現場，應該是凶手帶走了吧。」

「是喔，那假設是我把凶器帶走的，你倒是說說看我把它藏到哪裡去了？先跟你講清楚，我只是在自動販賣機旁邊稍微休息一下後，就馬上回到大房間去囉。你要去問自動勞工警衛也行。」

「我已經去問過了。」

「那麼你就應該知道吧？回到大房間時必定都要接受搜身檢查。如果是人類警衛或許還能塞錢拜託省略檢查的步驟，但對方可是自動勞工。他們會確實執行被交代的工作。絕不放水，每天確實交出同樣的成果。這就是他們的優點，也是美德。正因為如此，政府才會期待將他們普及到社會上。像是『今天稍微放過我吧，咱們都認識這麼久了。』這種打馬虎的方式是無法逃過檢查的。」

入符這段熱情演說中流露出身為開發者的莫名實感。

鍊朱對他這段話點頭附和。伊芙莉亞與卡洛姆也是。

「我是不曉得你在講短刀還是菜刀，但如果我當時身上帶著沾了血的凶器，絕對會立刻被發現並受到質問。然而我實際上順利通過檢查，這就代表一切了吧？這話題能不能到此結束？現在還有很多事要處理……」

「不，還不能結束。」

我用強硬的語氣叫住作勢轉身離去的入符。

「入符先生，你是利用某種方法隱藏凶器，瞞過了自動勞工的眼睛。」

「這種事……」

「關鍵道具就是咖啡。你當時從自動販賣機買了一杯咖啡回去對吧？」

監視器也有確實拍到那個景象。

「是啊，但那又怎……」

「**請問為什麼是熱咖啡**？」

我提出這項疑問的瞬間，聽見入符嚥了一下喉嚨的聲音。

「聽說你平常總是愛喝冰咖啡不是嗎？像我們初次見面的時候，你在冷得有點過頭的冷氣房中也照樣在喝冰咖啡。」

我如此說著，把視線瞥向鍊朱，結果她立刻會意而點點頭。

「的確，他平常一直都是選冰咖啡。這點我可以作證。」

「謝謝，然而你昨天卻買了熱咖啡。」

「這種事……只是我剛好……想喝一下熱的而已。」

「而且你在回到大房間時，還趕緊走到水槽洗手對吧？」

「因為我買了平常不習慣買的熱飲，結果端著走路的時候不小心濺到手上，嚇了一跳啊。」

「真的是那樣嗎？但你當時倒是還用了肥皂對不對？只是要沖水防止燙傷而已，有必要用到肥皂嗎？」

這都要感謝影像技術的進步。監視攝影機拍下的影像相當清晰，即使從遠方也能清楚看見那些動作。

「你其實是想洗掉我沾到你手上的血液吧？」

縱使有用毛毯防止鮮血噴濺，手上依然難免會沾到一些血液。這點必須確實處理乾淨才行。

「說到底，你就是為了掩飾手上沾到的血才會故意讓咖啡濺出來，藉此瞞過警衛的眼睛對不對？畢竟就算對方是自動勞工，你只要說自己被熱咖啡濺到快燙傷，應該也能催促他們快點結束檢查。」

「等等……！等一下等一下！」

入符張開手臂大幅上下擺動，打斷我的話。可以想像他平常開會或跟人討論事情的時候也是這個樣子。

「我們現在在討論什麼？咖啡是熱的又怎麼樣？你難不成要主張我用熱呼呼的咖啡殺了你嗎？讓你燙傷了嗎？在裡面摻了毒藥讓你喝嗎？剛才不是說過凶器是刀具嗎？」

「所以我意思就是說，**你把凶器藏到熱咖啡裡了**。」

「咦？咦？那是怎麼回事？變魔術嗎？」
「伊芙莉亞，我們稍微安靜一點喔。」
東張西望的伊芙莉亞被卡洛姆摀住嘴巴。
我接著伸手指向入符。
「入符先生，你是把刀融進咖啡中藏起來的對不對？」
「呃……所以果然是變魔術嗎？」
伊芙莉亞這種疑問也是難免。
「能夠在熱咖啡中融化的金屬——世界上就是有這種東西。尤其是在這間研究室。」
「是合金！」
鍊朱大叫一聲。
「沒錯，昨天鍊朱小姐在做作業時也用過呢。」
我說著，擺出用烙鐵熔接的動作。
「據說研究室的倉庫裡收納有各種開發上需要使用的東西，製作合金用的各式金屬素材也一應俱全的樣子。」
「沒錯，當中最常用的是錫與鉛的合金，熔點為一百八十三度。不過如果是把錫、鉍與銦等等混在一起的東西，熔點甚至可以降到五十度以下。」

「感謝妳的證詞。」

畢竟我的知識只能算一知半解，因此錸朱的發言成為了強力助攻。

「相對地，熱咖啡的溫度即便是放到可以喝的程度也大概有七十度上下。入符先生是用低熔點合金製作的刀子刺殺我之後，買一杯熱咖啡把刀子浸到裡面化為液狀藏起來的。」

「呃……嗚。」

入符的臉色轉眼間就黯淡下來。

「接著裝作若無其事的樣子端著咖啡，通過搜身檢查回到大房間內。」

「然後立刻走到水槽邊，趁洗手的同時偷偷把融有金屬的咖啡倒進排水口丟棄了是不是呢？」

已經跟我察覺同一件事的莉莉忒雅用不著我說明，便接在我後面如此說道。

「沒錯，監視攝影機雖然有拍到入符先生的行動，但光看影像並沒有什麼特別可疑的部分。像我起初也不覺得有什麼疑問就看過去了。然而就在今早，我聽暮具先生他們說水槽的排水管堵住了——」

伊芙莉亞宛如優秀的學生般舉手發言：

「於是點和點就連成線了！」

「正是如此。當我聽說這件事的時候，便想到是不是有誰在昨晚倒了什麼會堵住水管的東西進去。然而監視器拍到的只有把咖啡倒掉的入符先生而已。」

無論再怎麼枝微末節的小事，多收集情報總不會吃虧。為了今後的偵探工作，我就把這點牢記在心中吧。

「於是我就想到，會不會是化為液體的合金在排水管中冷卻凝固而造成堵塞的。雖然我還沒實際確認，但我們等一下去把水槽撬開檢證也行。鍊朱小姐，妳不介意吧？」

「只要施工費用算在你們頭上就行。」

「咦？啊、好的……」

咱們事務所的儲蓄還剩多少啊……

「不過從入符先生的臉色看起來，似乎沒有必要那麼大費周章了。」

正如我所言，入符的臉色已經變得很不正常。

和他平時開朗中帶些灑脫的感覺明顯不同，表情有如被逼到絕境的野生動物。

那表現幾乎等同於承認犯行了。

「請告訴我，入符先生。你為何必須殺掉我才行？」

「就是說呀。入符，你雖然平常講話有點喜歡諷刺，但依然是個認真工作的優秀研究員才對。」

做為同僚，也做為研究室的主任，鍊朱臉上浮現複雜的表情。

「你遠比我資深，受過我母親指導，周圍人對你的評價也……」

聽了這些話，被逼到無法回頭的入符——

笑了。

「受不了，所謂的偵探可真了不起，懂得有效活用想像力與邏輯思考。你，應該可以成為一名科學家吧？開玩笑啦。不過，抱歉……對話就到此結束了。」

入符露出扭曲的笑臉，和我們拉開距離。

「雖然這展開有點出乎預料，但反正再不用多久，一切都會結束了。到時候就讓我從這艘沉沒的方舟中快快退散吧！」

下一瞬間，他轉身拔腿，飛也似地逃了出去。

「啊～逃掉了！」

伊芙莉亞大叫一聲。

「我去追……！」

莉莉忒雅隨即追在後面。

然而就在這時，突然出現一大票人插入我們和入符之間。

宛如阻人渡河的湍流。

「什麼！這是！」

是獄警們。

而且在他們後面還能看到馬路都典獄長的身影。

「不要再做無謂的抗議，現在立刻給我從車上下來！」

看來他是親自率領獄警們來收拾騷動的樣子。

當我察覺不妙的時候已經太遲，入符完全被人群淹沒而看不見蹤影了。

「他為了逃亡而一直在等待這個時機啊！」

「但這裡可是監獄中，你說逃亡又能逃到哪裡去！」

鍊朱說得有道理。

「更何況現在這裡被費莉塞特封鎖了，即便是職員也沒有一個人能出去！所謂甕中鱉呀！哪兒也逃不了！」

「那封鎖已經到了隨時可能被破解的時刻囉，鍊朱。」

費莉塞特從旁說道。

「從剛才就有好幾臺直升機穿越這裡上空。除了媒體直升機自然不用說，連軍用直升機也有。圍牆外似乎已經集結了相當程度的戰力。」

「難道入符想要趁亂逃跑嗎？」

「應該就是這樣，不過我更在意他最後丟下的那句話。」我如此表示。

「你說沉沒的方舟什麼的？那不就是在講特殊部隊開始攻堅之後，費莉塞特也會全面應戰，讓這裡變得很危險的意思嗎？」

「……妳果然這麼覺得？」

「拜託你振作一點呀，偵探！」

「總之，至少在機動部隊攻進來之前，入符也還沒辦法到外面去。」

「那他會不會打算把行李打包打包，就在監獄裡找個地方暫時躲起來？假如入符先生危害過朔也同學是事實，我們自動勞工也不能置之不理。就讓我呼叫伙伴們幫忙去找他吧。」

「謝謝啦，卡洛姆。」

「喂～！朔也先生～！」

就在這時，剛好從人群中傳來妻木先生的呼喚聲。看來他也是一大早被召集動員了。

「哎呀～這裡從早上就忙得不可開交……」

「妻木先生！事態緊急，我們有事要拜託你！」

「咦咦？」

我大致說明了自己遭遇的事情並請求協助，結果妻木先生立刻欣然同意。

「既然如此，現在就不是在這裡幹這種事的時候啦。我去找幾位好講話的同僚一起去抓入符計。」

「非常感謝。不過真的沒關係嗎？」

我瞥眼看向在稍遠處大眼瞪小眼的漫呂木與典獄長。

「那邊就別管啦。反正我早已當膩了典獄長的傀儡，其實像我這樣的同伴也不在少數。」

「這……我想也是。」

我打從心底表示同意。

「典獄長肯定是在怕獲知特殊部隊的攻堅行動而跟著跑來的那些媒體，所以想盡早隱蔽多妮雅與輪寒露的事件吧。」

「但如果做了那種事惹費莉塞特不高興，他又打算怎麼處理啊？」

我說著，委婉看向被莉莉忒雅抱在胸前的費莉塞特，結果她輕輕動了一下耳朵說道：

「原本我這項委託的最後時限就是到特殊部隊攻堅為止。而他八成是想說時限將近，至少要把對自己不利的東西先抹消掉吧。」

「也就是說，典獄長打賭最終特殊部隊能夠壓制費莉塞特嗎？」

「至少他應該不相信夏洛克監獄會沉沒之類的事情吧。或者也可能是不願相信而已。」

「那麼，朔也同學有何打算？」

妻木先生如此拉回正題。

「雖然我也很想加入搜索的行列，不過現在我還有一件無論如何都必須收拾的工作。」

「哦？是偵探的工作嗎？」

被他這麼一問，我毫不猶豫地回答：「沒錯。」

卡洛姆與妻木先生互喚對方一聲，一起離開了廣場。

我目送他們的背影離開後，緊接著換成漫呂木推開獄警們回到我們的地方。

他的衣服破破爛爛，臉上還有瘀青。

看來我們這邊正在與入符**對決**的時候，他們那邊則是亂鬥了一場的樣子。

「不好意思，都沒去幫你助陣。」

「沒差，你來了也是礙事。」

漫呂木說著，露出悶悶不樂的表情。不過他感覺並不是在氣我沒去幫忙，而是對霸道的典獄長感到憤怒的樣子。

「喂，妳。」

他用那張恐怖的臉叫了鍊朱一聲，害得鍊朱被嚇到忍不住「啊、是」地畏縮回應。

「我只搶回了這東西。妳需要這個對吧。」

漫呂木「砰」一聲放到地面上的，是個邊長三十公分左右的橄欖色箱子。側面寫有一個『D』字。

「啊！」

那東西我也有看過。

是多妮雅的腦。

「就是這個！」

鍊朱當場撲到箱子上。

「因為我在研究室的小房間看過這玩意，就猜想應該沒錯。」

「對耶，仔細想想，就算軀體的零件無從分辨，還是可以辨別出多妮雅的腦。」

原來漫呂木先生從一開始就是打算把這個找出來嗎？

「那當然。所謂的靠雙腳調查，可不是代表腦袋什麼都沒想，只顧著往前衝啊。」

畢竟他是一路幹刑警這行到今天的，心中不可能沒有自己的信念。

「不過你的傷還好嗎？」

「沒事，我是刑警。」

這算什麼回答？

「喂，你們這些東西！怎麼可以讓那刑警為所欲為！去把那箱子拿回來！」

從遠處傳來典獄長的叫囂聲。

然而他周圍的獄警們沒有一個人行動。看來大家一大早被叫起來已經很厭煩的樣子。

「就算你這麼說，對方可是警察啊。再繼續跟人家對峙感覺不太好吧，是不是？」

「唔唔！你們這什麼態度！小心我扣你們薪水！」

「沒差啊。我們被關在這地方已經好幾天了，卻連一點補助慰問金都沒有。如今還要我們抱什麼期待？」

如此回應的，是將我收監的那位大塊頭獄警。

「或許這是考慮轉職的好機會。」他對同僚們這麼說，而點頭附和的人也不少。

「唔唔！」

相對地，典獄長則是氣到發抖了。接著他又發現我而忽然伸手指過來。

「啊！喂，那個偵探！你這傢伙，到現在還沒把謎團解開嗎！那就給我快點！距離最後時限剩下不久啦！只要把謎團解開讓費莉塞特感到滿足，事態還來得及收拾！對，這樣一來，就有藉口對媒體說是我出面對應、解決了一切的狀況啊！」

「呃……」

明明直到剛才都在妨礙工作的就是你。

大人做事還真是走一步算一步，盡只會為自己著想。

不過姑且把典獄長的怒氣當成例外擺到一邊，總之眼前的事態暫時獲得了收拾的樣子。

「鍊朱小姐，可以麻煩妳繼續解析多妮雅的腦嗎？」

「當然，如果知道了什麼就馬上告訴你。」

鍊朱搬起看起來絕不算輕的箱子，走回研究室。

「來，刑警先生也過來。你的傷要處理一下。」

「我沒差啦。」

「不行。」

她還把漫呂木也一起帶走了。

「……好啦，那麼咱們這邊也來做最後的收場吧。」

目送兩人離開後，我定下決意，轉回身子。

「話說回來，剛才好像講到偵探的工作怎麼樣的，難道還有什麼事嗎？」

伊芙莉亞用天真無邪的表情關心我的動向。

「嗯，剩下一個大本營還沒攻。就是多妮雅與輪寒露電太的殉情事件之謎。」

沒錯。

雖然剛才典獄長算是相當不講理地吼了我一段，不過某種意義上他也講到很重

要的一點。

就算入符被抓到，就算多妮雅腦中隱藏的黑盒子被解析出來，要是沒能解決費莉塞特的委託就一點意義都沒有。

我被叫到這裡來的意義就沒了。

「朔也大人，那麼……」

「沒錯，開始解謎吧。」

但其實那謎團已經解開了。

「伊芙莉亞。」

我叫出這名字。

「嗯？」

伊芙莉亞微微睜大眼睛。

她的虹膜上浮現著與人類不同的機械紋路。

像這樣從近距離觀察她被朝陽照耀的眼眸，我才第一次發現這點。

「妳就是那一晚殉情的見證人（watcher）吧。」

就在這時，監獄各處的廣播器播放起早晨的鐘聲。夢幻曲（Träumerei）響徹四周。

第三章　愛究竟是什麼？

廣場的騷動最終逐步解散。

至於典獄長則是由於遭到部下們鬧罷工，無精打采地走回宿舍了。那背影雖然多少引人同情，但我現在也沒餘力關心典獄長的心境。

我帶著伊芙莉亞，順便把費莉塞特也放在肩上，回到研究室的大房間。

外頭的騷動平靜下來，職員們也都回到屋內了。

我想說找個沒有其他人在看的地方應該比較能靜下來講話，於是又往研究室深處走去。

在細長的走廊上往前行進。就是第一天我們為了確認多妮雅被拆散的零件而在鍊朱帶路下走過的那條走廊。

途中我探頭看了幾間沒有上鎖的房間，尋找比較合適的場所。

「就這間吧。」

找到一間適宜的房間並入內打開電燈，結果赫然看到一名妖媚的少女坐在地板上。

我不禁嚇了一跳，但很快就察覺了。

那不是人類。是昨天經過走廊時看過的那個特殊機器人……不，女性仿生人。

看來我湊巧挑上了這間房間。

房間深處還排列有已經不再使用的自動勞工零件。

「……要不要換其他房間？」

我顧慮到伊芙莉亞的心情而如此詢問，但她小聲回答一句：「我沒關係。」

於是我將收納在一旁工作桌下的椅子拉出來，請伊芙莉亞坐下。

我自己則是坐到桌子上。那桌上雜亂地放有生鏽的螺絲與電磁線圈等，還有不知是誰留在這裡的空杯子。

「呃……偵探先生……」

伊芙莉亞摸著自己的臉頰，很不安地看向我。

「伊芙莉亞，昨天謝謝妳幫我療傷。」

「那是不用在意啦。不過，剛才說的那句話是……還有那位好像叫莉莉忒雅小姐是吧？她到哪兒去了？」

「我拜託她去辦點事情，很快就會回來了。她是我的助手。」

「助手……偵探先生的助手嗎？咦？這麼說來，剛剛因為騷動的關係我忘記問了，偵探先生應該因為是個內褲小偷慣犯先生才被關到這座監獄來的吧？怎麼現在看你自由外出走動的樣子……」

「嗯，我並不是受刑人。內褲小偷慣犯只是暫時的化身。」

「哪來那種化身啦。」

費莉塞特從旁如此吐槽。

「你們可以快點進入正題嗎？」

「知道啦，費莉塞特。」

我只能乖乖聽從雇主的吩咐了。

「咦？你說費莉塞特……請問是謠傳中森嚴幽禁在這座屈斜路監獄某處的那個費莉塞特嗎？你說那隻貓？我從剛才就覺得那是一隻很神奇的小貓咪了，沒想到……呀哈～……」

我不理會好奇的伊芙莉亞，直接切入正題：

「妳也知道，在五天前的晚上……呃不，既然又過了一晚，應該是六天前。在這座監獄中，位於自動勞工居住大樓的多妮雅房間裡發生了一樁事件。是人類與自動勞工的殉情事件。」

彷彿在朗讀故事的開頭般，我娓娓道來。

「人類的受刑人——輪寒露電太將多妮雅破壞，而身為自動勞工的多妮雅殺害了輪寒露。成為事件現場的房間狀態無論怎麼看都只能這麼解釋，而且還是間密室。」

「當然，這些事我也知道。沒想到基於原則應該無法殺人的多妮雅竟然殺掉了人類先生。可是包含典獄長先生在內的監獄方人類說過，那是由於故障造成的影響……」

「但如果並非那樣呢？」

「我就是因為無法捨棄並非如此的可能性，才會委託追月朔也調查的。我的妹妹之一……不，伊芙莉亞。」

「原、原來是這樣嗎？」

伊芙莉亞這時總算在我幫她拉出來的椅子上坐了下來。

「伊芙莉亞，妳之前說過妳和多妮雅是同為救護小組的伙伴對吧？」

「我是說過。」

「妳和她相處的時間比起其他自動勞工來得多。」

「基於工作因素，或許是這樣沒錯。」

「妳們之間的關係是不是親密到會互相拜訪彼此的房間？」

當我這麼一問，伊芙莉亞瞬間停下動作。

由於身為機器人的緣故，她的「停下動作」就如字面上的意思是完全的靜止，看起來甚至有點異樣。

「關於這次的殉情事件，我從輪寒露身上可疑的傷口狀態推測，當時多妮雅的房間應該還有另一個人物並做調查，然而遲遲無法找出答案。雖然在途中有收集到各種出乎預料的事實片段就是了。」

「你說另一個人物……但剛才不是說那房間是密室……」

「沒錯，沒有人類能夠從那裡面出來。」

「那麼……」

「但我認為妳或許有可能辦到。」

「我嗎？所以你剛剛才會說我是見證人？」

「沒錯，同時也是**殺害輪寒露的凶手**。」

我看出伊芙莉亞一瞬間噤口不言。

「我再重新問妳一次。伊芙莉亞，妳在事件當晚，案發當時，是不是在那間房間？」

我將收集累積的片段互相組合的結果，得出了這個想法。

雖然把答案亮到本人面前的行為，老實說讓我感到有點不忍心，但我必須告知她。

「接在妳之後，輪寒露也到訪那間房間，然後妳把他殺掉了。」

「我不清楚你在說什麼。」

「妳平常也是住在那棟居住大樓吧？」

「是的，分配給我們自動勞工的居住大樓雖然有好幾棟，不過我和多妮雅是在同一棟沒錯。」

伊芙莉亞理解自己受到懷疑之後，已經不再表現出慌張狼狽的模樣。而是平淡地——不，甚至就跟平時毫無兩樣地用開朗的語氣回答。

那跟故意裝出來的感覺不一樣。如此不搭的狀況讓我感到有些發毛。

「事件發生當晚，妳是不是偷偷拜訪了多妮雅的房間？」

「沒有，因為我那天晚上在外面不知被誰偷襲，遭遇了一樁大事呀。」

「哦哦，好像說妳被拆得支離破碎是吧。關於這點我也認為是真的。**妳確實變得支離破碎了**。」

「偵探先生，請問你到底想說什麼？照這樣講我又怎麼會在多妮雅的房間呢？呀哈~偵探先生，你這叫所謂的『迷推理』喔。」

伊芙莉亞帶著一如往常給人良好印象的笑臉如此調侃我。

「假如真是迷推理就好了，但目前看來別無他想啊。」

「那麼你當然能拿出證據囉？」

「沒錯，只是那個材料還沒送到，所以在送來之前，我們先來談談妳是如何從那房間倏然消失的吧。」

「雖然我不太理解你講的是什麼材料……不過沒關係的。那假設我當時真的在那房間好了，請問我又是怎麼從那裡消失的呢？」

「剛才妳自己不就說出答案了嗎？支離破碎。妳讓自己變得支離破碎而離開了那個房間。」

我拿起桌上的螺絲，一一排列。

「妳變得支離破碎的地點根本不是在居住大樓外面，其實是在多妮雅的房間裡。妳不是被人拆得支離破碎，而是**自己拆的**，而且還盡可能拆得很小塊。手腳自然不用說，還有軀幹，恐怕連頭部也是。有如拆解組合玩具一樣將自己的身體拆成小塊零件，從通風口推出去外面。」

我會想到這點，是因為看到堆在卡車上的大量零件。

組合成人類外型的自動勞工或許搬運起來會很辛苦，但只要拆成小零件就比較容易運送。

想必也比較容易塞進狹窄的縫隙吧。

「而在那個房間也有拆解用的工具，就是放在衣櫃裡的工具箱。」

雖然我在房間裡發現那東西的時候收拾得很整齊，但據說事件發現當時，工具在房間裡散了一地。

「然後妳在解體的過程中精密地逆向計算，最後留下從房間脫逃出去所必需的零件。」

那所謂的**零件**，我想就是包含掌管運動與思考的ＡＩ在內的頭部零件，以及相當於人類脊椎的部分。

我向伊芙莉亞如此詢問，但她既不否定也沒肯定。

「妳就是在那樣的狀態下幾公釐、幾公釐地扭動身體，慢慢爬過通風口，逃脫到外面的。」

我有實際親眼見過類似的景象，所以知道自動勞工即使在那樣的狀態下依然能夠行動。就是昨天，我在維修保養室確實看過。

想必逃脫當時，伊芙莉亞是呈現怎麼看都無法認知為人類的形狀吧。

沒錯，除非捨棄人形，否則就不可能從那房間逃出來。

「通風口嗎？」

「既然那棟居住大樓的每個房間都呈現相同構造，在妳房間肯定也有吧？」

「我知道，連直徑多少我都很清楚。但是請問，你認為那種事情真的能辦到嗎？多妮雅可是被拆得支離破碎而遭到殺害的喔？」

她這意思應該是想要表達：即便是自動勞工，如果變成了那種狀態也不可能平安無事。

不過——

「多妮雅並不是單純被拆解。她是遭到輪寒露親手破壞，最終結果呈現支離破碎的狀態。然而妳則是在小心翼翼的操作下，自己刻意分解了自己。」

宛如太空火箭分離噴射器般，透過綿密的計畫。

「仔細想想，妳不知遭到什麼人偷襲而被拆散，然而多虧接受修理而救回了一命——這件事根本是騙人的。明明同樣遭遇毫不留情的暴力破壞，妳最終平安無事，多妮雅卻沒能獲救。」

多妮雅被破壞，伊芙莉亞卻得救。這是因為兩者雖然結果同樣是被拆得支離破碎，然而過程中的意圖完全不同。

「就算是這樣，偵探先生，你這推理還是有漏洞喔。你說我是自己把自己拆解，但那樣做還是有極限。光靠一個人不可能辦到的。假如要通過那個通風口，必須要拆解得非常細小才行吧？而且還要把拆下來的零件用自己的手推到房間外面才行。可是到最後如果連那隻手本身都拆掉了，無論如何都會有一部分的零件無法帶出去而被留在房間裡呀。」

伊芙莉亞理性反駁，但我並沒有因此怯懦。

「關於這個問題的答案已經出來了。」

「什麼答案？」

「就在那裡。」

我筆直伸出手指。

指向伊芙莉亞的臉。

不，應該說她臉頰上的ＯＫ繃。

她就像被我誘導似地把手放到那上面。

我為了不讓伊芙莉亞漏聽，一字一句緩緩詢問：

「那個，是多妮雅對不對？」

伊芙莉亞用手摸著臉頰不為所動，雙眼直盯著我。

「呀哈～請問你在說什麼嘛？我是伊芙莉亞呀。偵探先生，你講的話莫名其妙呦。」

我沒有回應她，而是瞥眼看一下房間的時鐘。

「應該差不多要回來了。」

就在我呢喃之後，房門緊接著用力被打開。

用不著把頭轉過去，我就知道是誰來了。

「莉莉忒雅，等妳好久啦。」

時機算得真神。我正好想說她該來了。

「原來在這裡。阿朔，我到處找你啊！」

然而回應我的卻是和莉莉忒雅完全不同的人物。

「呃、咦？」

轉頭一看，站在房門口的竟是小泣。

□

小泣的右手上拿著一根棒子。

「我拿來囉。你要的就是這東西對吧？」

「為、為什麼是小泣？」

仔細一看，莉莉忒雅也跟在他後面。

「莉莉忒雅，原來妳和小泣一起行動？」

「是的，途中在妻木大人的安排下，讓哀野大人也獲得釋放了。」

「啊哈哈。我還以為自己是不是被大家忘在牢裡啦。」

「抱歉，小泣。因為我們這邊發生了很多狀況。」

「沒關係啦。反正就算被忘了我也能自己想辦法。」

他若無其事地講出這樣可靠的發言。

「於是你就跟莉莉忒雅兩人一起去幫忙拿那東西來了？」

「對，雖然我搞不太清楚狀況，總之就搭個便車啦。」

「謝謝。」

「你可真勤奮呀，助手小弟。難道這偵探小弟有趣到讓你會想那麼做嗎？」

費莉塞特對小泣講出這樣的話。至於小泣的回應則是相當簡潔：

「因為是朋友嘛。」

「怪不得你會執著。」

「啊，講錯了。因為是助手嘛！」

沒必要特地更正啦。

我從小泣手中接過那根棒子做確認。

棒子的顏色是棕色，長約三十公分左右，粗細直徑約五公分。

一端可以看出被施加了某種強勁力道而在途中被折斷的痕跡。

而我確認一下另一端的底部。

果然，如我所料。

「呃，請問那是……」

伊芙莉亞注視著我拿來的這東西。

「妳應該也看過很多次才對。雖然說，像這樣呈現支離破碎的狀態或許認不太出來就是了。」

又是支離破碎。

這次的事件總是會和這個詞扯上關係。

「請問那是多妮雅的椅子嗎？」

「沒錯，是她的椅子。輪寒露在多妮雅的房間抓起現場的椅子奮力搥打，破壞了多妮雅。當然，椅子也被破壞得支離破碎了。而這個就是殘骸的一部分，椅腳的部分。」

不久後，這項證物應該也會被處分掉吧。

「請問那東西又如何了？」

「在說明之前，先回到剛才的話題。關於妳如何巧妙地將自己拆解而逃出密室的問題。」

或許覺得被我這麼說就沒辦法再插嘴的緣故，伊芙莉亞閉起嘴巴，正襟危坐。

「答案很簡單，當時妳是藉助於多妮雅的手辦到這點的。」

「怎麼會？那樣順序太奇怪了呀。假如按照偵探先生的說法，代表我是在那房間殺掉了輪寒露先生。如果在那之後又讓多妮雅幫忙，不就表示她當時還活著的意思嗎？那麼請問又是誰把她拆解破壞的？我嗎？我才不會做那種事。」

「雖說是讓多妮雅幫忙，但妳想必也不是真的藉助她本身的力量吧。畢竟又不是像拜託情人拉開衣服背後的拉鍊一樣需要請對方親自幫忙。」

「請不要用那種色色的比喻方式。」

莉莉忒雅對我提出口頭注意。

「扣一分喔～」小泣也這麼調侃。

「咳……總之，我剛才不是說了嗎？藉助**人手**。一如字面上的意思。」

我重整態度，從排列在桌上的螺絲中捏起一個，丟進地上的工具箱中。

「妳在開始自我解體之前，首先將遭到破壞而散落房間中的**多妮雅的零件**撿起來，一一從通風口推到屋外去。例如腳踝、拆解後的大腿、手臂還有手掌——至於為何要做這種事，就是為了在接下來自我解體的時候，替代最終無法自己撿拾的零件。」

「也就是說，伊芙莉亞大人將自己和多妮雅大人交換零件了。」

「正是如此。伊芙莉亞在殺掉輪寒露之後，有必要盡快離開那個房間。然而她發現由於多妮雅遭到破壞……遭到殺害，讓自己被關在房間走不出去了。於是在不得已之下只好選擇這樣突發奇想的方法。」

「可是阿朔，為什麼你會認為是伊芙莉亞小妹殺了輪寒露？」

「關於這點還沒跟小泣說明過，其實從遺體的傷口狀態顯示了這件事。」

我將自己在太平間找到輪寒露的遺體並檢查過傷口的事情說明了一下。

「原來如此。有留下從背後貫穿的痕跡，是嗎？那意思說這根本不是什麼殉情事件了。」

「可以這麼講吧。然後伊芙莉亞把自己沾滿鮮血的左臂留在房間裡，將沒有弄髒的多妮雅左臂帶走。造成的結果就是現場留下右手臂與滿是鮮血的左手臂各一隻，剛好成對。」

乍看之下那就像是多妮雅的雙臂，然而實際上是伊芙莉亞的左臂與多妮雅的右臂。

零件交換。

這是我聽了入符講的話而想到的可能性。

——為了壓低成本，系列機之間會共用零件。

假如是人類就不可能把自己的手腳跟別人替換了。縱使拿來偽裝，骨骼形狀、指紋與DNA依然會道盡一切。但是若換成彼此零件相同的自動勞工，是不是就有可能辦到互相交換這種事？

「妳利用正因為是自動勞工才能辦到的詭計，從密室消失了蹤影。這就是我的推理。如果我有講錯什麼部分，妳儘管糾正。要氣我、罵我、討厭我也可以。但如果這就是真相——」

我再度看向伊芙莉亞。

她臉上——還是沒有浮現任何哀傷或憤怒的表情。

「請問，你為什麼會那麼想？覺得有什麼交換零件這種事。」

伊芙莉亞表情平淡地詢問。

「請問在那房間有留下什麼很重要的線索嗎？」

「……不，不是在那房間。我剛才也講過，最大的線索是在妳自己身上。」

我像剛才一樣伸手指向伊芙莉亞的臉頰。

「那個臉頰部分是多妮雅的，對不對？」

「為什麼？」

「因為那個ＯＫ繃底下的傷痕。」

「傷痕……請問你說這個？」

「可以讓我們看看嗎？」

「是可以啦……」

她將**從剛才就一直**摸著臉頰的手終於放下來，並緩緩撕掉ＯＫ繃。

底下的傷痕於是顯露。大小約是小指的指尖程度。

「這形狀還真有點奇妙。該說像是愛心形狀嘛～很可愛喔，不錯！」

小泣說出與現場氣氛非常不搭的感想。

「這是我遭到襲擊時留下的傷痕。」

「真的是那樣？其實妳應該不曉得為什麼會留下那樣的傷痕吧？」

「是的，畢竟是突然遭到偷襲……我連對方用的是什麼凶器都不知道……」

「用的就是這個。」

我打斷伊芙莉亞的發言，舉起從剛才就拿在手上把玩的那根椅腳。

那是多妮雅房間的椅子。破壞多妮雅時使用的凶器。

我將椅腳筆直舉向伊芙莉亞，讓她清楚看到椅腳底部。

就在那瞬間，伊芙莉亞瞪大雙眼。宛如單眼相機的鏡頭在放大聚焦一樣。

椅腳的底部。

在那裡有個四葉幸運草的浮雕圖案。或許出自工匠親手刻雕，相當細緻而美麗。

「那個設計！我第一次看到時也覺得好棒啊。」

小泣搞不清楚到底有沒有跟上對話的步調，如此大叫讚嘆。

「伊芙莉亞，妳仔細看這圖案。從中心有四枚葉片分別朝四個方向展開。」

然後把焦點放到一枚一枚的葉片上，可以發現它們各自呈現宛如**愛心圖案**的形狀。

互相對照起來，那葉片的形狀與伊芙莉亞臉頰上的傷痕完全一致。

「這就是不可動搖的鐵證。那塊臉頰是多妮雅的。那天晚上妳毫無疑問就在多妮雅的房間，然後帶走了她身上的零件。」

伊芙莉亞用手指摸著傷痕，用清澄的眼眸反過來注視我。

我深呼吸一拍，整理一下腦袋後繼續說道：

「當輪寒露用這張椅子搥打多妮雅的時候，椅腳底部浮雕的一部分就有如刻印般留在多妮雅的臉頰上了。至於伊芙莉亞，妳在殺害了破壞多妮雅的輪寒露之後，趕緊開始思考如何不留下痕跡離開現場的方法。」

最終想出來的就是把自己拆解得支離破碎，從通風口逃脫出去的手法。

「在那個過程中，妳慌張撿起幾件多妮雅的身體零件，從通風口丟到外面。而當中也包括了多妮雅的臉頰零件。還有妳那隻左手臂也是吧？」

縱然不是呈現愛心形狀，但伊芙莉亞的左臂也有留下傷痕。

「我當初在多妮雅房間看到這椅子底部的浮雕時，還有在醫務室看到伊芙莉亞臉頰上那個形狀奇特的傷痕時，本來想都沒想過要把這兩個點用線連起來。然而當我想到伊芙莉亞會不會是將自己的零件與多妮雅交換的時候，兩件事便漂亮地兜在一起了。」

「不過……」

莉莉忒雅這時開口。

「既然如此，為何她要留下臉頰上的傷痕不處理呢？如果那是重要的證據，應該會想盡快抹消掉才對呀。」

「要是她知道，或許就會那麼做了。可是就像剛才對話時的反應所示，我想她自己本身也想都沒想到這傷痕是什麼重要證據。」

「她不知道？」

「從她毫不抵抗地把傷痕給我們看的行為，以及見到幸運草浮雕時的反應，就解釋了一切。我想伊芙莉亞肯定在多妮雅的房間看過這把椅子很多次，甚至應該也坐過。但是再怎麼說，她也不會去確認椅腳底部刻了什麼圖案吧。所以肯定是輪寒露拿椅子砸多妮雅的時候，偶然讓臉頰留下了這樣形狀特殊的傷痕——她頂多只會這樣想而已。」

又或者可能認為是把零件從四樓的那個房間丟下去時弄到的傷吧。

伊芙莉亞當時是在分秒必爭的極限狀態中，臨時想到交換零件的詭計手法並付諸實行。在那樣的情況下，她應該沒有時間仔細觀察包括拆解的零件，以及椅子殘骸在內的所有東西。

「就這樣以支離破碎的狀態從房間脫逃出來的妳，隔天早上在居住大樓旁的空地被人發現，並且搬送到研究室接受修理。然後妳又對研究室的人指證說，自己是走在居住大樓外面時不知被誰偷襲了。」

我的視野這時不經意瞄到靠在房間牆邊的那具性愛仿生人。她依舊歪著頭，聆聽我們的對話。

「可是就在那時候，伊芙莉亞拒絕了替換幾處受傷的零件。」

這是她本人告訴過我的事情。

也多虧如此，在我眼前留下了那樣重要的線索。

幾秒後，伊芙莉亞說道：

「我怎麼可能捨得替換嘛。」

那聲音中流露出甚至令人不禁發毛的深邃情感。

「因為，這是人家寶貝又寶貝的多妮雅身上的一部分呀。」

她用白皙的手撫摸臉頰。

我吐一口氣後，跳下桌子在房內走動。

就算是自動勞工也會對自己的身體或零件產生依戀。

這是昨天伊芙莉亞對我說過的話。

然而她真正依戀的對象其實是——

「妳執著的並不是自己的零件，而是繼承自多妮雅的零件。」

因此即便多少留下一些**瑕疵**，她也不願意替換成新品。

因此她才會——不時用手觸摸、撫摸臉頰。

那並不是單純的什麼習慣動作。

「妳深愛著多妮雅大人呀。」

莉莉忒雅目不轉睛地筆直看著伊芙莉亞的眼睛如此說道。

「哎？愛？原來是這樣嗎？」

小泣發出驚訝的聲音。那表情宛如發現了藏寶圖的小孩子。

「自動勞工會愛！」

「不可以嗎？」

伊芙莉亞毅然表示。

「難道這詞語是專屬於你們人類的東西嗎？」

她這句話深深刺入我心中。

仔細想想，所謂的「愛」，是屬於誰的東西？

我無法得出一個答案。

老爸會知道嗎？

不，那個老爸也不可能理解什麼愛吧。

「我對多妮雅抱有執著。對我來說只有她是最特別的，是無可取代的存在。請問這不就是所謂的愛嗎？還是說，我搞錯了『愛』這個詞的用法？」

伊芙莉亞在關於「愛」這個神祕的程式運算上苦思著話語表達。

「老實說，我自己也搞不清楚。多妮雅同樣一直苦於探求這個答案。我說，人類先生，請問愛究竟是什麼？」

「這……」

「妳說的這些就是屬於妳的愛了吧！**這樣想比較有趣啊**。」

相對於陷入苦思的我，小泣倒是回應得很乾脆。

然而他緊接著又「可是……」地露出嚴肅表情對我詢問：

「到頭來，伊芙莉亞小妹之所以能殺掉輪寒露，果然是因為她故障了嗎？」

「**我們**並沒有瘋掉（故障）。」

伊芙莉亞即刻否定。

事到如今，她已經沒有隱瞞真相的念頭。她自己也非常清楚，就算自己再怎麼設辭辯解，只要被調查一下記憶就無從遮掩了。

「那麼伊芙莉亞小妹，妳的三大原則跑哪兒去了？」

她把手放到自己胸口上。

「哪兒也沒去，依舊確確實實存在於這裡。只是**多妮雅改變了而已**。」

「改變？」

在入神聆聽的我們面前，伊芙莉亞說道：

「那女孩——成為了人類。」

我當場抽一口氣。

難道說——是這麼一回事嗎？

□

「那個最後一晚，我——」

伊芙莉亞緩緩敘述起來，宛如枕邊密語般。

「那晚我拜訪多妮雅的房間並沒有事先約定，是一時衝動的行為。而不出所料，她見到我來訪便露出了有些尷尬的表情。如今回想起來我就懂了，那是因為她知道不久後輪寒露先生就會偷偷到她房間來。」

多妮雅擔心讓伊芙莉亞與輪寒露碰頭。

「而我當時將她那樣的態度負面解讀，於是跟她起了點口角。」

若光聽敘述內容，實在難以想像是在講兩位自動勞工之間的事情。

「就在我們僵持之中，輪寒露先生來了。多妮雅情急之下讓我進到了衣櫃中藏起來了。」

「妳就在衣櫃裡聽到他們兩人的對話，而那個內容對妳來說是無可忍受的。」

「沒錯，什麼事都瞞不過偵探先生呢。」

「我在調查衣櫃的時候，發現內側有留下不知被誰抓了好幾下的痕跡。以老鼠來說那位置也太高，而且我從那爪痕中隱約感受出……」

類似嫉妒或憤恨的感情。

那是伊芙莉亞留下的爪痕。

「輪寒露先生不曉得我躲在衣櫃中，當時靠近多妮雅並擁抱了她。接著又對她說了許多不切實際的話語。」

「呃，請問妳所謂不切實際的話語是？」

「就是羅曼蒂克的甜言蜜語啦，莉莉忒雅小妹。」

小泣冷不防表現出他成熟的一面。

也就是說，輪寒露每晚總會特別去找多妮雅寵愛一番的意思。

「那樣的時間經過了好一會。然而就在多妮雅的一句發言後，現場氣氛驟變了。」

「……她說了什麼？」

我有點恐懼地如此詢問，於是伊芙莉亞重現出多妮雅當時的發言。

——我感覺再不久就能成為人類了。

成為人類？

「電太先生，我呀，這陣子改變了。感覺就像是自己每天都在更新升級一樣。我可以感受到自己對你的愛，最近甚至還作夢呢。」

從伊芙莉亞口中發出的話語宛如是不同人。

簡直……有如多妮雅當著我們的面前在講話。

「像這樣，多妮雅把自己深藏在心中的祕密告訴了輪寒露先生。」

「她真的那麼說？說自己會變成人類？」

費莉塞特表現出感興趣的態度。

「她說了。呃……其實我以前也有聽她說過類似的話。她說她有預感自己會在近期內蛻變成另一種不同的存在。然後她也說過自己那陣子進入休眠時會看見不可思議的景象，猜想那會不會就是人類們所謂的夢。」

「夢……人類……那是不是跟最近一部分的自動勞工所主張的事情一樣？」

「我想應該一樣。」

對於我的提問，莉莉忒雅也點頭同意。

「那樣的主張……不是一種自我催眠，或者多妮雅的一廂情願……類似妄想的東西嗎？」

伊芙莉亞對於我這樣的疑問沒有回答，而是繼續說道：

「那時候多妮雅臉上帶著某種陶醉的表情，說著『一樣喔，我將會變得跟你一樣』這類的話。可是……輪寒露先生卻突然站起來……真的很突然地，抓起一旁的椅子就往多妮雅砸下去。」

椅子在這時登場啊。

「為什麼、他要做這種事？」

對於困惑的莉莉忒雅，伊芙莉亞表示認同地點點頭。

「我一開始也搞不清楚。然而聽到輪寒露先生接著講出來的話之後，我便明白一切了。我當場領會了。」

伊芙莉亞將自己的嗓音壓低一階說道：

「既然不再是人偶，妳就沒用了。」

邪惡的話語在房間內迴盪。

「那個人，喜歡的是身為自動勞工……不，身為機械人偶的多妮雅。他喜歡不是人類，而是創造物的多妮雅。」

人偶戀愛症——

「因為多妮雅變得不是人偶了，所以輪寒露先生很生氣，想要破壞多妮雅。就像是對不順從自己的意思動作的玩具破壞出氣一樣。」

想必輪寒露當時從多妮雅身上感受出某種決定性的**變化**吧。不是像多妮雅的手臂真的開始出現脈動，或者她開始呼吸之類，而是察覺出更為深層，類似靈魂上的變化。

他在感覺層面上發現自己一直以來疼愛的人偶，突然變成了具有溫度與慾望的人類，而感到難以原諒了。

「即便如此，多妮雅依然毫不抵抗，乖乖承受對方暴力對待。就算依循三大原則，也應該會做出最起碼的抵抗行為才對，但她完全沒有。逐漸被破壞的她，始終只是悲哀地趴在地板上，抬頭仰望激動喘息的輪寒露先生。」

莉莉忒雅的喉嚨這時發出吞嚥一下的輕微聲響。溫柔善良的她，大概光是想像當時的情境就感到哀傷起來了吧。

「然而……輪寒露先生趁著一股怒氣開始述說的一段往事，在真正的意義上成為了關鍵。」

「往事？既然都講到這裡了，妳就別再賣關子，全部講出來聽聽吧。」心如鐵石的漫畫家如此表示，並且把背部靠到牆上。

我對這點也感到同意。

如今我已不能塞住耳朵不聽了。

「輪寒露先生用椅子砸著多妮雅說道——」

連妳也是！

難得這麼美麗！這麼清淨的！

居然惡化了！汙穢了！墮落了！

連妳也要淪落為無聊、難聞、狡猾又腐敗的人類嗎！

就像老母一樣！

人類總是說變就變！變得醜陋！變得喜歡要求！變得喜歡期待！

會吐出二氧化碳，會流汗！

相較起來……人偶多麼美妙。

多麼美妙啊……

以前，我有一次闖空門偷竊。

目標是個平凡無奇的中產家庭。我溜進去了。進去那房子。

但就在那時，本來以為已經出門的一家人突然回來。

結果我被發現，就把他們處理掉了。

老爹老母，還有大概中學生年紀的長男。

他們實在有夠吵的。

不過只有最小的女兒，我故意放過她了。

那真是個可愛的女孩。見到自己父母被殺就當場恍神，癱坐在地板上動都不動了。

簡直——就像人偶一樣完全不動。

真的很美妙。

那真是太美妙了。

所以我放過她了。

她名字，叫什麼來著？

莉緒？美緒……？不，好像叫衣緒。

算了，沒差。

總之，妳已經不行了。就此道別吧。

在妳變成什麼狗屁人類之前，我先把妳化為廢鐵——

「好了，已經夠了。」

我打斷伊芙莉亞鉅細靡遺的重現。真的，已經讓人受夠了。

「這樣嗎……說得也是。」

「然後多妮雅當時……」

「是的，我從輪寒露先生的背後一直看著她。臉上的表情，眼眸和雙唇的動作，我全部都看在眼裡。於是**我明白了**。」

「明白了？明白什麼？」

小泣如此催促，而我委婉制止了他。現在我希望交給伊芙莉亞自己的步調去講述。

「接著就在輪寒露先生準備給多妮雅最後一擊而高舉起椅子的瞬間，我從衣櫃中衝了出去。衝出去，然後當回過神時已經把輪寒露先生殺死了。我的左臂貫穿了那個人的身體……就像偵探先生推理的一樣。」

真是傷透腦筋呢——伊芙莉亞露出微笑。

「那時候我看見了。看見多妮雅眼眸中哀傷的神情，以及在更深處熊熊燃燒的情念與仇恨的神色。」

還有緊咬著嘴唇留下令人心疼的齒痕。

「那眼眸的舉動與臉上的表情，毫無疑問地證明了她的**心**從軀體內部湧現出來。就在那瞬間，我的ＡＩ將多妮雅認知為一名人類了。她成為了一名人類。」

終於，她蛻變了。

伊芙莉亞仰望天花板。

「所以我……拚命地想要保護**變成了人類的她**。」

「也就是說這樣嗎？」

小泣指著伊芙莉亞。

「正因為妳將多妮雅認知為人類，所以才能殺掉輪寒露，又沒有違背所謂的三大原則。」

●當遇上受刑人（人類）對受刑人或其他人類的生命造成威脅之場合，可破例行使力量阻止。

「妳將多妮雅小妹認知成一名人類。所以為了救她，把身為加害人的輪寒露——」

殺死了。

伊芙莉亞出手保護了多妮雅。她保護的不是同為自動勞工的伙伴，而是身為人類的多妮雅。

「然而，為時已晚。我就是太遲鈍了，真的很沒用。」

伊芙莉亞說著，傷腦筋地撫摸自己臉頰。

「當我阻止了輪寒露先生的時候，多妮雅已經變得動也不動。被破壞的零件散落一地，無法再恢復原狀。包括手腳，包括動力及姿勢控制系統，包括神經網路，全都遭到破壞而停止功能。不管我怎麼呼喚，都沒有回應。」

太晚了。

制止輪寒露晚了。

將多妮雅認知為人類晚了。

就差那麼一步。

「我好不甘心，好懊悔自己的遲鈍。這下都不知道自己究竟是為了什麼殺掉輪寒露先生了。可是多妮雅卻……在自己明明快要被破壞的時候，還幫我想好了**拯救我的手段**。」

「所謂的拯救手段……請問就是多妮雅大人那封遺書嗎？」

最早做出反應的是莉莉忒雅。

「聽說事件之後在網路上發現的那篇遺書，確實是多妮雅大人自己留下的訊息不會錯。」

「是的，莉莉忒雅小姐。妳說得沒錯。」

「但這次並不是殉情事件吧？為什麼還有必要寫遺書？再說，她是什麼時候準備了那種東西？」

「不，小泣，假如靠她們的能力，應該有辦法在事發當下寫遺書吧。」

「當場寫？」

「嗯，我想多妮雅是在事發的瞬間於腦內寫下遺書並上傳到網路的。伊芙莉亞，妳認為呢？」

我如此詢問後，伊芙莉亞緩緩點頭。

「是，誠如新人先生所想像。我們自動勞工不需要像人類那樣拿紙筆寫東西，也不需要坐在電腦前面打字。如果只是簡短的文字，我們只要靠思考便能立刻製作文件檔案。」

自動勞工寫遺書不需要什麼時間也不需要什麼道具。我們不能把它想成跟人類寫遺書一樣。

「咦～可是阿朔，多妮雅為了什麼要寫遺書啦？」

「就是為了讓同樣在房間裡的伊芙莉亞盡量不要遭到懷疑。」

「哦～！也就是說她臨時想到要把事件現場營造成『我和輪寒露是在彼此同意下相互殺害對方的呦』的狀況！」

「我在事後得知那封遺書的存在，也立刻察覺多妮雅的用意了。」

「那真是……真是……太美妙啦！」

小泣緊握起拳頭，擠出聲音。真的感動到眼眶都溼了。

「但是話說回來。」

然而下一秒他又瞬間恢復平常的表情。

「這又要講到伊芙莉亞小妹為什麼會把多妮雅認知為人類的問題啦。剛才也說過，那果然是妳故障了吧？畢竟說自動勞工突然變成人類也太荒謬啦。」

小泣說得沒錯。本來這是不可能的事情。

「還是說怎樣？她忽然獲得血肉、獲得血管，轉生為人了嗎？」

不可能會那樣。

因此除了伊芙莉亞的認知果然發生故障之外，找不到別的講法說明了。

——我感覺再不久就能成為人類了。

難道跟事發之前多妮雅那句預言般的發言有什麼關聯性嗎？

就在我深入思索的時候，突然有人闖進房間。

是鍊朱。

「喂，聽我……哇！」

然而她又剎不住自己的速度，全身往前摔了下去。最後呈現宛如貓在地上伸懶腰的動作僵住了。

她保持著那樣的姿勢抬頭看向我們，開口說道：

「找、找到喵！」

看來她跌倒時咬到舌頭了。

第四章　為何不叫！

「請妳冷靜點，鍊朱小姐。妳說妳找到什麼？找到我們嗎？」

「不是！我找到了隱藏在黑盒子裡的情報呀！」

鍊朱在莉莉忒雅的攙扶下站起來，並如此大聲宣告。

「妳解析成功了！」

「要誇獎我是天才也等一下再說喔。現在先聽我講。透過解析讓我搞清楚了一件事。你們記不記得？就是這陣子開始出現一些機器人懷疑自己會不會其實是人類的事情。」

「這……！」

恰好就是我們剛才討論到的問題。

「我搞懂那個原因了！答案是臨摹！」

「臨摹？」

就算她這樣說，我這外行人也聽不懂。

「艾格里高利系列機使用了人類的大腦！」

「什麼！原來不是人工智慧嗎！」

「別誤會。我意思不是說真的把人類的大腦裝進他們頭裡，而是在建構ＡＩ的基礎人格上使用了人類的腦。我母親肯定認為這是讓ＡＩ獲得發展的捷徑吧。她首先準備了一套人類的基礎人格，再輸入大量資料學習，藉此完成了系列機最根本的ＡＩ。」

「然後利用這個方法培育出來的ＡＩ，被使用在所有艾格里高利系列機上了是嗎？」

「鍊朱，妳這情報千真萬確？」

對於費莉塞特如此慎重確認，鍊朱點頭回應。

「原來如此。那麼這陣子會出現一部分自動勞工主張自己作夢，是由於原本人類的人格帶來某種影響所造成的結果呀。」

就像從繃帶底下滲出血液一樣。

「那個可能性非常大。雖然我不認為與當初成為受試者的那名少女的代號會有什麼因果關係，但仔細想想可真諷刺呢。」

「受試者的代號……嗎？那是什麼？」

「**作夢人偶**。」

「夢……」

竟然在這點上出現了關聯性。

「母親最初著手開發艾格里高利系列機是在十二年前，當時她只靠自己的力量摸索，而我想她與受試者的少女——詩刷衣緒也是在那時候相遇的。」

「連對方的名字都知道了？」

「畢竟這名字很特殊，所以我抱著姑且一試的想法查了一下，果真給我查到了。詩刷衣緒是十四年前所澤市一家殘殺事件唯一的生還者。她的父母與哥哥都慘遭殺害，只有她一個人在瀕死垂危的狀態下獲救。事件當時她年僅八歲。至於凶手至今尚未找到。」

「居然發生過如此悽慘的事件……嗯？衣緒……衣緒……」

我講到一半忽然察覺某件事，忍不住抬起頭。

「那該不會是……！」

「輪寒露先生有提過！衣緒！」

如此大叫的是伊芙莉亞，她甚至全身從椅子上站了起來。

「十四年前襲擊詩刷衣緒一家人的凶手就是輪寒露啊！」

這次的事件到底怎麼回事？

究竟要擴展到什麼程度？要回溯到什麼時候？要牽扯到哪裡去？

「阿朔，這機緣巧合也太厲害了！」

總而言之就是這麼一回事吧？——小泣如此講述起來：

「輪寒露當時像個中年上班族吹噓昔日事蹟般得意洋洋發表的那段無聊往事，聽在多妮雅耳中卻成為了最終的導火線，促使她原本還是人類時的記憶被喚醒，結果**在判定上讓她的意識變成人類了**。」

「原來如此……至少在多妮雅內部的程式是這麼判定的！」

「所以她才從三大原則中被解放了！」

意思說，多妮雅在那個瞬間確實成為了人類——是嗎？

她自身是非常認真地，**打從心底將自己認知為人類了**。

「那麼緊接著伊芙莉亞的行動也能獲得說明了。」

多妮雅突然遭到自己心愛的男人背叛，而且還得知那個男人竟然就是曾經殺害自己全家的人物。

時隔十四年復甦的記憶，想必恍如昨日般鮮明地浮現、塞滿了多妮雅心中。

就在那瞬間，各種強烈的感情在她內心翻騰。憤怒、怨恨、悲傷。

這些情緒甚至也溢洩到多妮雅的肉體外側。

諸如眼瞳的動作、神情的色調、緊咬嘴唇的形狀以及表情——表現在這一切上。

伊芙莉亞則是在衣櫃中自始至終注視著那個景象。

ＡＩ絕對無法展露的表情，源自人類心靈編織出的情感——伊芙莉亞鉅細靡遺地目擊這些東西，讓她當場將多妮雅判定、認知為人類了。

「所以伊芙莉亞會殺害輪寒露根本不是什麼故障。」

我一邊說著，一邊看向伊芙莉亞。她的雙眼「嘰——」地調整焦距朝我注視過來。

那不是故障，而是已存在的設計。

這就是解答了。

□

我從頭將這次殉情事件已經查明的事實告訴了中途加入的鍊朱。

「原來如此……事情的經過是這樣呀……」

聽完說明後，鍊朱好一段時間雙手摀嘴，緊閉眼睛。最後宛若切換了心境般開始講起自己必須告知我們的情報：

「據說當年詩刷衣緒在自家被人發現時雖然沒有性命危險，但由於頭部遭到強烈撞擊的緣故，一直呈現植物人狀態。」

所以才叫「作夢人偶」——嗎？

「可是她又舉目無親，都沒有人來探望過的樣子。」

真是光聽了就令人委靡的故事。

「而我母親不知從哪裡聽來這個消息，肯定因此看上了那樣一個女孩而收留了她。目的只為自己的研究。」

明明是女兒——不，或許正因為是女兒，鍊朱對自己母親的描述毫不留情。

但話語中感覺又流露出她身為女兒的複雜心情。

「鍊朱大人……」

就在莉莉忒雅對那樣的鍊朱感到同情而叫了對方一聲的時候，鍊朱卻像是突然想起似地大叫出來：

「啊！對了！還有很重要的事情沒講呀！」

「咦？妳要講的不就是利用了人類大腦的事情嗎？難道還有別的？」

「不只是那樣！」

難不成——還有其他情報？

「那個可惡的母親！竟然在艾格里高利系列機的ＡＩ中設下不得了的指令！而且還巧妙隱藏起來，不讓任何人接觸、發現！從好幾年前就給我們留下了麻煩！」

「麻煩的指令？什麼指令？」

「剛才說過艾格里高利系列機的ＡＩ深處潛藏了一名人類少女時代的記憶，而那個麻煩的指令會把原本被冷凍起來的那段記憶給重新解凍，而且是全系列機的記憶同時解凍。」

「詩刷衣緒的記憶會在所有自動勞工的腦中被喚醒……？」

「對，只要滿足了預設的『條件』，那項指令就會被啟動。」

「那所謂的條件是？」

「讓他們持續每天聽到一段具有特定頻率模式的聲音，當達到一定的次數時就會達成條件。至於那個特定頻率模式……」

　錬朱不等任何人發問就接著說道：

「是音樂。」

「音樂……嗎？持續每天讓所有自動勞工聽到音樂又不讓人起疑，這種事真的能辦到？」

「就是能辦到。既然你也體驗過一日受刑人，應該知道吧？」

「咦？」

「無論在監獄的什麼地方都必定會聽見一段旋律不是嗎？」

「……啊！夢幻曲（Träumerei）！」

與我完全同一時間，小泣也大叫：

「羅伯特．舒曼創作的鋼琴套曲『童年即景』的第七首曲子！」

你還真詳細。

「就是那段鐘聲嗎！」

「對，那就是開關。」

「難道製子小姐從一開始就抱著這個打算，而把鐘聲設定為夢幻曲的？」

「可是鍊朱大人，請問令堂為何不惜做到這種程度，也要讓自動勞工們回想起人類的記憶呢？」

被莉莉忒雅如此詢問，鍊朱一時做出深思的動作。

「……雖然這只是我的想像，不過我母親的目的或許是達成人腦與ＡＩ的融合。既為人類，也是ＡＩ，但兩邊都不是。她會不會是想要創造出那樣具備靈魂與自我的存在……？」

「那樣的存在……」

若真如此，這可是很不得了的計畫。

「當然，常人是無法實現那種事情的。可是現在懷抱這夢想的不是別人，而是車降製子。她擁有實現那種夢想的頭腦。」

她辦到了這點。

「但她也很清楚這是無法攤到陽光下的邪門歪道，所以將指令藏在她故意造出來的黑盒子中……」

之所以能夠立刻推查出這些假說，是因為鍊朱就是車降製子的女兒嗎？還是由於鍊朱本身也具備了相同等級的頭腦？

「雖然我無意潑妳冷水啦。」

這時，小泣冷不防舉手表示：

「主任小妹，雖然這感覺好像是什麼很重要的大事，但真要講起來也只是自動勞工的意識？之類的東西會產生變化而已吧？只是會讓他們萌生『我是人類！』這樣的自覺而已對不對？這有什麼好緊張的嗎？」

「誰是主任小妹啦。我說你，該不會已經忘了多妮雅的事情？就是因為她把自己認知為人類，才犯下了殺人行為呀。」

「嗯，光從這點來講確實是問題啦。」

「想想看受刑人們平日來是如何對待自動勞工的？他們總是為了發洩鬱悶而為所欲為地傷害自動勞工不是嗎？之所以能做到這種地步，全因為自動勞工們遵守著三大原則呀。但如果那三大原則失效了呢？」

「對欸！到時候自動勞工們搞不好會為了一雪至今飽受的冤屈，對受刑人們展開報復行動！這樣我就懂啦。」

受刑人們過去是多虧有三大原則在保護他們。

然而要是讓所有自動勞工們掀開記憶的蓋子，人類與自動勞工之間的那道**護欄**就會消失。

「當然，畢竟又不是在演什麼災難片，自動勞工們不會因為這樣就立刻抓狂暴動。然而一旦回想起記憶，要消除掉就不容易了。最快的手法是將他們還原格式化，但那樣做等於是讓累積至今的東西都前功盡棄。就我的立場來說，實在不希望採取那樣的手段。」

確實，那對開發者來講應該是相當糟糕的結局。而且對自動勞工們來說也是。

「鍊朱大人，妳方才提過『當達到一定的次數』，請問具體上的數字是多少次呢？」

莉莉忒雅代替亢奮討論的我們點出了最關鍵的問題。

我們的確還沒問過這點。

「3652次。這就是我母親設定的次數。」

「3652次……的意思是，呃……夢幻曲每天分成早上和中午會播放兩次，所以是……」

「五年。」

就在我拚命開始暗算的時候，鍊朱立刻說出答案。

「把閏年也算進去總共五年份。我母親就像設置定時炸彈一樣預先設下了這個時限。她肯定是預估只要有五年的時間，就能讓艾格里高利系列機的開發達到某種程度吧。」

本來應該如此啦——鍊朱這麼說道。

「或許她本身打算靜待五年後的成果，但終究沒能讓她如願了。」

計畫執行到中途，製子便病倒離世。只剩她偷偷留下的指令，繼續等待著預設的那一刻到來。

「呃～請問夢幻曲最初是從什麼時候開始播放的？」

「就是從屈斜路監獄開始運作的第一天。」

「換言之，到了五週年的那一天會達成設定次數的意思……嗯？等等喔……五週年？啊！那不就是今天嗎！現在幾點！」

我趕緊看向時鐘，正好要到中午了。

「下次就是第３６５２次！這下不妙啊！」

「你冷靜。」

慌張失措的我被鍊朱一把揪住領子。

「所謂有備，就能夠無患。我在過來這裡之前，就到廣播室去拜託他們不要播放中午的曲子了。別擔心。」

「這、這樣啊。不愧是鍊朱小姐，真冷靜的判斷力……」

就在我這麼說的時候，時鐘指針「喀」一聲指向正中午。

然而與此同時，廣播器不知為何竟開始播放起夢幻曲的旋律。

曲聲清晰明瞭。

我忍不住看向鍊朱，發現她抱住自己的頭。

「怎麼會！我明明確實交代了！究竟是誰！」

「總之快點去制止吧！鐘聲是從哪一棟大樓播放的？我現在立刻趕過去……」

就在我準備衝向走廊的瞬間——

我的右肩膀忽然承受到無比強勁的衝擊。

簡直有如被推土機還是什麼撞到一樣。

「嗚……嘎啊！」

當場被撞飛的我全身撞在走廊對面的牆壁上，接著趴倒在地。

「啊……！」

原本趴在我肩上的費莉塞特被悽慘壓扁，掉落到地上。

看來她也連帶遭殃了。

喂，這沒事嗎？是不是壞了？

費莉塞特變得動也不動。

我抬頭一看，撞飛我的人物——伊芙莉亞就站在我眼前。

她歪著頭俯視我。

那眼睛似乎在看我又沒在看我。

「不要欺負媽媽，好嗎？」

「伊芙……妳在說什麼……」

「拜託，拜託你了。我求你，不要讓爸爸流血。好嗎？」

她用小孩子般的聲音苦苦哀求，同時一把揪住我的衣領，毫不留情地把我抓起來。

「朔也大人！」

莉莉忒雅上前抓住伊芙莉亞的手臂。

但那手臂卻絲毫不為所動。

「難道說……記憶……已經恢復了……！」

莉莉忒雅或許判斷光靠單純的臂力比不過對方，接著往後退下一步，使勁朝伊芙莉亞的手臂一踹。

喀鏘——發出好響亮的聲音。

總算因此被解放的我，忍不住激烈咳嗽。

一股劇痛。我右肩脫臼了。

「怎麼會這樣！為什麼！伊芙莉亞！」

稍遲一拍後，鍊朱也來到走廊上。

她鐵青著臉呼喚伊芙莉亞，然而已經喪失理智的伊芙莉亞連頭也不轉一下。甚至還開始朝莉莉忒雅揮甩手臂。

莉莉忒雅不斷後退閃避，同時將伊芙莉亞往走廊遠方誘導。那是通往大房間的方向。

我立刻理解她那麼做的意圖。她是為了讓呈現危險狀態的伊芙莉亞多少遠離我們身邊。

「伊芙莉亞小妹的樣子變得真奇怪，那樣簡直完全是一臺殺人機器嘛。主任小妹，這跟妳剛才講的不一樣喔。究竟是怎～麼回、事、啊？」

最後從房間出來的小泣用古怪的節拍如此講著，戳戳鍊朱的上臂。

「怎麼會……肯定是哪裡搞錯了！就算選擇再怎麼邪門歪道的手法……我母親也不可能把會讓艾格里高利系列機變成那樣的程式指令寫進去才對。現在這樣簡直……」

「嗯，簡直像是為了讓自動勞工的信譽和評價都跌入谷底而故意設計的一樣。」

小泣或許打從一開始就壓根兒沒有要責怪鍊朱的意思，還摸摸鍊朱的頭安撫她。

但鍊朱彷彿沒注意到自己被人摸著頭，雙眼直盯著一個點。

「對……想必是什麼人另外設計了『襲擊人類』的程式指令，覆蓋了我母親原本留下的指令。本來那種指令應該會遭到演算處理排除掉才對……但如果是在母親的那項指令發動之後……」

「原來如此！到時候那些自動勞工們已經**變成了人類**，所以強制殺人的指令也能通過而不會遭到排除了！」

有如骨牌一樣，聯繫到更為糟糕的指令並付諸實行。

「被擺了一道……如果有時間讓我檢查所有情報，就不會漏看這點的說……！」

「然後呢？如此大排場的勾當，究竟是誰搞的鬼？我猜剛才播放夢幻曲的肯定也是那個人物吧。」

就在小泣提出這單純疑問的瞬間，我和鍊朱同時把臉抬起來，異口同聲大叫：

「入符！」

「入符先生！」

「呃？你們兩個怎麼啦？為什麼現在會冒出那個名字？」

「就是入符先生啊。我這下總算搞懂了，他究竟為什麼要殺我，而且為何在離去之際留下了那種話。」

——反正再不用多久，一切都會結束了。

入符早就知道當中午響起第３６５２次的夢幻曲時，所有自動勞工就會失控暴動的事情。

「他從一開始就知道黑盒子裡面的內容。當然也知道製子小姐留下的指令。」

「入符確實是從年輕的時候就在我母親底下工作了……他應該比任何人都清楚母親的工作內容。」

「而他從中察覺了製子小姐的計畫。」

「對，我不認為母親那種人會把祕密計畫告訴自己以外的人類。所以入符肯定是偶然之中察覺這點，並且在母親死後加入了自己的指令。」

「假如入符先生是製子小姐背後純粹的合作伙伴，應該不會偷偷插入這種會與她的遺志徹底背道而馳的指令才對。他是利用了製子小姐的指令，試圖達成自己的某種目的。」

「對……對呀！所以他才會想殺了你！」

「是的，我也是在剛剛總算明白了這點。」

入符暗藏在黑盒子中的程式指令，只要沒什麼意外應該不會被人發現。

然而他失算了一點。

那就是竟然會出現一名偵探不惜賭上性命連結多妮雅的腦袋，窺探黑盒子的內容。

當時從黑盒子中飄散出宛如催眠般難以抗拒的某種東西——

那就是入符暗藏在裡面的失控指令。

現在回頭想想，當入符聽說我從潛入行動中生還的時候，他肯定感到忐忑不安吧。

雖然很遺憾，潛入多妮雅腦中的我並沒能搞清楚所有內容，而且醒來後一部分的記憶也變得模模糊糊，但難保我會不會在什麼時候忽然回想起重要的內容。

因此他決定在我回想起多餘的內容之前先把我殺人滅口。

一切都是為了讓他自身的目的得以順利執行。

「他的目的是讓自動勞工們發瘋？」

「沒錯，就像剛才小泣講的。讓自動勞工們失控暴動，引發重大事故，使他們的信譽和評價一落千丈。」

「到時候……」

鍊朱接在我後面表示：

「世間輿論就會一口氣傾向排斥自動勞工，導致自動勞工的普及計畫往後延遲好幾十年。」

「那麼我猜他八成是受僱於如果讓自動勞工順利普及就會傷腦筋的人物們，所以他才會這樣暗中搞鬼。不過明明身為開發團隊的一分子卻能做到這種地步——那個叫入符還是入戶的傢伙，想必是被對方提出了什麼非常有魅力的交換條件吧。」

從屋外傳來像是爆炸聲的轟響。

緊接著是大批人群們的慘叫、怒吼。

「哦，看來狀況真的開始失控啦。這就叫事態緊急，的意思。」

小泣用看起來一點也不緊急的態度如此說道。

「鍊朱小姐，請問有什麼阻止失控的方法嗎！」

「我不知道……我沒有調查到那麼深入。只能去問設下陷阱的入符本人了。」

「早知道剛才就不該放他逃走……」

「現在後悔那種事也來不及了。凡事要正向思考，正面思考呀。」

「……說得對。總之我們也快走吧！我擔心莉莉忒雅的狀況！」

「就是應該這樣。不過話說阿朔！」

「嗯？」

「剛才好像講到入符殺了你什麼的，那是怎麼回事？怎麼可以在我不知情的時候跟別人打情罵俏、殺來殺去的？」

「我完全不能理解為什麼那種狀況可以被解讀成打情罵俏！你忽然在發什麼脾

氣啦，小泣！」

「這是很重要的事！」

「等、等狀況告一段落後我再跟你解釋好嗎！」

我們就這麼結束對話，匆匆追向莉莉忒雅與伊芙莉亞了。

□

大房間的狀況簡直是糟透了。

到處的工作桌被翻倒，文件資料散落一地，天花板還開了個大洞。

「不……不妙啊……！AI造反了！」

我聽到聲音轉頭一看，發現是暮具躲在房間角落。他把倒在地上的椅子當保護盾，可是根本沒能擋住他的大塊頭。

在他巨大的身體後面還能看到下津的身影。

「必須全部重新計算一次才行……對，理論和算式應該很完美才對……」

她有點在逃避現實地不斷喃喃自語。

相對地，莉莉忒雅與伊芙莉亞則是在房間中央，互相保持一定的距離對峙著。

不，正確來說伊芙莉亞的雙臂無力下垂，身體朝著奇怪的方向。那模樣簡直有如斷了線的人偶……不，驚悚到甚至用那樣陳腐的表現也無法形容。

「莉莉忒雅！妳沒事嗎！」

「如你所見，我沒事。」

「可是……！」

她的確看起來沒有受傷。

但肯定經歷過好幾度危險的場面，讓她純白色的絲襪都破洞，吊襪帶也被扯斷了。

「不好意思見醜了。伊芙莉亞大人似乎感受不到痛覺，因此靠一般的鎮壓手法效果不彰。」

「原來如此……對手是自動勞工啊。」

即便撇除對自己人加分的眼光，莉莉忒雅在對人戰鬥的領域上依然具備驚人的實力。之前在畫廊島(Galleria isola)上與宛如鯊魚般凶暴的阿爾特拉交手也能夠輕鬆獲勝。

但如果對手是沒有痛覺，馬力也凌駕於人類之上的自動勞工，交戰規則也會隨之改變。

更何況現在伊芙莉亞恐怕處於解除安全限制的狀態。

也就是所謂力量全開１２０％的模式。若將如此強大的馬力毫不留情地全部施放在攻擊上，對付起來可是非常棘手。

「目前唯一可以慶幸的是局面呈現一對一……」

就在這時，入口門板上的小窗伴隨刺耳的聲響出現龜裂。

仔細一看，兩名身穿白色服裝的自動勞工幾乎全身趴在小窗上捶打著玻璃。

我一眼就看出來了，他們是平時站在門前檢查隨身物品的那兩名自動勞工警衛。

「別別、別擔心！那扇門沒那麼容易被……」

暮具連話都還沒講完，門就被打破了。

這下很清楚可以知道，狀況非常嚴重。

「簡直是喪屍片……不，既然對方是機器人，應該叫科幻喪屍片！」

「小泣！這種時候你還在講什麼啦！」

不妙。即便莉莉忒雅再強也寡不敵眾。而且就算我們撐過這局面，外頭還有數百名失控的自動勞工在監獄各處暴動。

難道要全部讓莉莉忒雅去對付嗎？

別傻了。

我不能讓她做那種事。絕對。

——正當我如此感到焦急時，莉莉忒雅宛如要安撫我似地用平靜的語氣說道：

「鍊朱大人，我想徵求妳的許可。」

「許可……？」

「顧慮到伊芙莉亞大人恢復正常後的狀況，我本來希望盡可能讓她毫髮無傷的。但現在看來已經難以實現了，因此請許可我對她做局部破壞。」

「莉莉忒雅……這意思是……」

「只要不考慮後果，要解決這個狀況並非難事。」

她一點都沒在著急。也沒有捨棄希望。

身心皆處於萬全的狀態，試圖拚盡全力拯救我們。

既然助手都抱著那樣的打算，我也有我的想法。

「……好，就拜託妳了，莉莉忒雅。我也會幫忙。」

「朔也大人……」

「雖然我可能頂多只能充當一面**無限重生**的肉盾而已啦。」

「一點都不好笑。」

莉莉忒雅對我的發言冷淡評價。

不過她的嘴角還是微微上揚了。

就在我們如此對話的期間，包含伊芙莉亞在內的三名自動勞工一路撞飛桌子朝我們直衝而來。

我朝自動勞工警衛的其中一位施展擒抱，全力封鎖對方的行動。

「嗚哇啊！」

不，只有我自以為封鎖了對方行動。自動勞工警衛輕輕鬆鬆就把我的身體舉了起來。

接著有如擲鉛球般把我投擲出去，硬生生撞在堅固的不鏽鋼水槽上。

「嘎嗚……！」

水槽當場被破壞，從水管噴出激烈的水流。

我雖然想要馬上站起來，但雙腳卻不聽話。

低頭一看，被折斷的水龍頭深深刺在我的腰上。感覺只要轉開水龍頭就會流出鮮紅色的水。簡直有如現代美術作品。

「嗚……噫噫！」

我忍受著劇痛將水龍頭拔了出來。

在我腳邊還有受到衝擊而途中斷裂的排水管裸露在外面，不斷滴著水。

「那是……？」

我在排水管深處看見了某種微微反光的物體。

是一塊以奇妙到難以言喻的形狀凝固的銀色金屬。

「找到了！」

明明在這種狀況下，我卻忍不住大叫出來。

那是入符用熱咖啡融化並倒進水槽的合成金屬。

造成水槽堵塞的那把凶器，就這麼在不可抗力下被發現了。

雖然身為偵探或許應該為自己的推理獲得佐證而感到高興，但現在不是那種時候。

兩名自動勞工警衛似乎都把我設定為攻擊目標，邁著步伐朝我接近過來。

「做為偵探還姑且不論，但做為男人情何以堪啊……」

像這種時候，我總是對於無法幫上莉莉忒雅的自己感到沮喪失望。

不過，我的奮鬥似乎最起碼也發揮了爭取時間的效果。

在我被摔擲的這段期間，莉莉忒雅已經漂亮完成了任務。

「伊芙莉亞大人，非常抱歉破壞了妳。」

就像之前跟阿爾特拉交手時一樣，她用完美的關節技粉碎了伊芙莉亞的腳。

接著用掉在地上的粗電線及遮蔽膠帶快速將伊芙莉亞五花大綁，拘束行動。

「幹得好，莉莉忒雅！那麼，接下來我只要再稍微應付一下這兩個人……雖然我很想這麼說啦，可是……」

自動勞工警衛彷彿套過招似地，用完美對稱的動作步步逼近我眼前。

「要我一次對付兩人也未免……」

「您您您好。請請配合檢檢檢查隨身物物物品品品品。」

明明臉上不帶任何表情，他們的語氣卻依然跟昨天一樣親切溫和。這反而讓人感到恐怖。

「跳跳動的心心心臟。」

「吐出出出二氧化化化碳的肺。」

「排排放糞便的的的健康大腸等等，若若若持有以上東西西，請拿出來來來檢查。」

他們兩人交互發言，卻有如同一個人在講話般順暢。

「那就有點……請問可以拒絕檢查嗎？」

「不可以以以以以以！」

兩人朝我飛撲過來。我勉強躲過來自左側的攻擊。

但另一邊也伸手過來想要粉碎我的臉部。

不行了。一次對付兩人果然太難啦。

早知道我就稍微認真一點練習以前老爸抱著好玩心態教我的偵探武術（巴頓術）了。

「你為何不叫！」

「咦？」

霎時，差點要抓到我的自動勞工忽然往後被撞飛。

我吃驚回頭，看見小泣肩上扛著一把大斧站在那裡。

「阿朔！明明遇上走投無路的大危機為什麼不叫我一聲！我們不是朋友嗎！」

「呃……抱歉。」

「如果記取教訓了，下次就不要當著我眼前被誰殺掉！知道了嗎！」

「我聽不懂你在講什麼啦，小泣……話說那把斧頭是？」

「這個？聽說是遇上災難時破窗逃生用的東西。主任小妹剛才急忙拿來給我的。」

轉頭一瞧，我發現遠處的鍊朱正渾身無力地癱在地上。大概是跑了相當一段距離吧，喘得上氣不接下氣的。

「阿朔，現在更重要的是，他們好像還很有精神喔。」

小泣說得沒錯。自動勞工警衛兩位都還健在。或許是考慮到工作內容，當初設計得特別耐打吧。

「既然來到這狀況了，要不要像昨天的亂鬥一樣來場友情攜手作戰啊？」

小泣說著，揮起斧頭。

「就算失控呈現危險狀態，受刑人們也是有辦法把自動勞工拆個稀巴爛吧？安啦安啦。」

「小泣……你真的是漫畫家？」

「當然，我是個勤跑健身房的健康漫畫家啊。」

笑容真亮眼。

「那麼……假設對手不只兩人，而是二十人，也有辦法對付嗎？」

「嗯？」

「你看那邊。」

在小泣那張笑容後面，有一扇可以欣賞屋外風景的大窗戶。

在外面——早已密密麻麻地聚集了一大群自動勞工。

大概是因為我們奮力抵抗，讓他們都聚到這裡來了。

那群自動勞工們在窗外用力捶打著玻璃。

見到這一幕，暮具又再度大叫：

「沒、沒問題！當初為了預防萬一，這裡裝的是強化玻璃！而且有把自動勞工的輸出值也列入計算……」

這次他同樣沒能把話講到最後。

啪哩！

玻璃上出現巨大的龜裂。

「小泣，如何？有辦法對付嗎？」

「嗯，我們逃吧。」

「果然嗎？」

我們緩緩和窗戶拉開距離，尋找退路。

從剛才被打破的那扇門應該能夠出去。

但出去之後呢？

在到處都是失控自動勞工的狀況中，真的有辦法把不知躲在哪裡的入符找出來嗎？

一瞬間，我險些迷失光明。

但就在這時，忽然有東西觸碰我的右手。

是一隻柔軟的手。

「莉莉忒雅在這裡。」

莉莉忒雅守護著我背後。

強化玻璃上的龜裂範圍越來越大。

「我會和你在一起，直到最後。」

「莉莉忒雅……謝囉。」

「這句話實在很遜。」

「咦！為什麼！哪裡遜了！」

「尤其是『謝囉』的『囉』特別遜。」

太苛刻了。難得氣氛不錯地說。

「放心吧，莉莉忒雅。我一定會帶著妳回到家的。」

「是。」

真是毫不猶豫的良好回應。

持續播放的夢幻曲最終結束，勉強撐下來的強化玻璃這時終究還是被撞破粉碎了。

「嗚……！」

幾乎就在同時，從遠方傳來地面震動的聲響。

嚇人的巨聲與震盪。

簡直像是什麼暴龍逃出籠子一樣——

「有什麼東西在接近！」

鍊朱的叫聲完全被轟響掩蓋了。

第五章　要喝嗎？

那東西宛如暴風雨，或者說宛如黑色的隕石般出現在我們眼前。

群聚的自動勞工們紛紛像落葉般輕易就被撞飛。

「像這種時候，人類都是怎麼說的？」

自動勞工們的殘骸有如驟雨般伴隨「啪噠啪噠」的聲響落到地面上。

「好像叫……凡間的空氣可真清晰……是吧？」

「費莉塞特！」

最初的七人（Seven Old Men）之一。

作夢機械（Android）——費莉塞特。

徒刑６３８年。

在陽光照耀下，她那鋼鐵軀體就站在那裡。

「什麼凡間，這裡還是在監獄中喔？」

聽到小泣的冷靜吐槽，費莉塞特嗶吭嗶吭地發出聲音。

「為什麼妳會在這裡……」

「時間到了，就是這樣。」

費莉塞特這樣簡短一句話，便充分回答了我的疑問。

時間。

也就是說時限到了。

「開始攻堅了嗎！」

「門鎖在兩分四十一秒之前被突破，特殊部隊陸續展開了攻堅行動。因此我按照自己的意思，像這樣出來了。」

「可是費莉……妳是怎麼從那籠子裡逃出來的……」

「從昨天開始我大約花了二十四小時，利用貓的身體在監獄各處探查了一下。多虧如此，讓我找到了控制那個牢籠的地方，也順利讓牢籠失效了。」

「用貓的身體……妳……當初說什麼要見識我工作的樣子，其實在背後偷偷幹了那種事啊。」

怪不得途中有些時候看不見她的身影。

「別這麼說。你在上演最精采的推理橋段時我有確實出席吧？我全程都有透過貓的眼睛和耳朵拜見恭聽了。雖然很可惜最後分身遭到破壞，不過還好在那前一刻有把紀錄上傳到雲端，就在剛才共享給我本身了。」

也就是說她為了預防發生意外狀況，早就有準備好對策的意思。

「朔也，你確實解決了我的委託。解開殉情事件之謎，在我面前攤開了真相。讓我向你道個謝吧。我開心得保險絲都要跳出來了。」

那究竟是形容開心到什麼程度，身為人類的我不太能明白。

「所以妳要按照約定放棄抵抗任由破壞嗎？從妳這盛大的登場方式實在看不出有那種意思啊。」

「我會遵守約定。畢竟我本來就覺得自己什麼時候要**死**都沒關係了。」

費莉塞特一副若無其事地講出這種話。

「如你所見，我是機械而非人類。但是又和多妮雅他們自動勞工不一樣。我不受三大原則拘束，也沒有被製造出來的目的。正因為這樣，我至今殺害了許許多多對我表現出敵意的人類。我能夠殺害人類。這樣根本是屬於完全不同的存在，不同種族的怪物了吧？」

她一邊說著，一邊揮動手臂掃開攻擊過來的自動勞工們。

「看，他們都把我認知為敵人，並不認為我是他們的同伴。製子雖然說過我的存在很出色，決定將我身上一部分的技術導入她自己在開發的艾格里高利系列機中。然而到頭來，我和他們在真正的意義上終究沒能成為兄弟姊妹或家族。」

費莉塞特之前說過包含多妮雅在內的自動勞工們是自己的弟妹，並委託我調查妹妹多妮雅離奇死亡之謎的真相。甚至為了達成這個目的，還特地封鎖了屈斜路監獄。

可是現在，自動勞工們就像對待人類一樣試圖攻擊費莉塞特。

這點令人莫名感覺無比悲哀。

「但我並不在乎。就算在這世上沒有什麼家族，只要哪一天斷也會來迎接我，帶我去見識見識有趣的世界，我就願意繼續留在世上等待他。」

「什麼意思？老爸會來迎接妳？」

「只是一場無聊的口頭約定罷了。當年斷也揪出我的潛伏地點並將我捉拿的時候，他對我說過等到哪天當他要做個有趣的事情時，會再來找我。」

「老爸說過那種話……」

我好久沒這麼驚訝了。

沒想到老爸竟會對最初的七人（Seven Old Men）之一的費莉塞特講出那種宛如招攬伙伴似的話。

「我本來以為那場飛機事故就是**有趣的事情**即將開始的暗號，而且我也聽說斷也其實還活著。因此我繼續等待，但斷也終究沒有現身。難道那根本不是什麼暗號，還是說當年那段口頭約定終究只是口頭約定而已嗎？」

費莉塞特就像自動翻譯機一樣，沒有抑揚頓挫，沒有感情起伏地講述著。

「於是我總算認清了。啊啊，我沒有什麼同胞、沒有歸屬的種族、沒有可歸的家。」

「所以要選擇死亡？」

「反正這星球上已經沒有什麼有趣的事情了，而且現在也搞清楚了多妮雅之死的真相。我已無眷戀。」

當費莉塞特把話講完之時，在場的自動勞工們都已全數停止動作。

我們從被撞破的窗戶來到屋外。

這期間，我思考著自己應該對費莉塞特說些什麼才好。

「我說……」

「妳要選擇毀滅是妳自家的事，但妳好歹先把斷也先生的事情告訴我們之後再說。」

就在我勉強擠出聲音的時候，從一旁忽然傳來應該不在場的漫呂木的聲音。

「咦？剛才那聲音是漫呂木先生？」

「我在這裡啦。」

我尋找了一下聲音源頭，發現漫呂木從費莉塞特背上探出頭來。

「可以放我下去了嗎？危機狀況應該解除了吧？」

「我都忘了。」

費莉塞特故作傻愣地回答。

「別忘記啊！而且還危險駕駛！」

「漫呂木先生，為什麼你會在那裡？」

「我被這傢伙忽然抓來的啦。」

「只是隨手之勞罷了。雖然跟我的委託是不同件事情，不過你們在找這男人對吧？」

費莉塞特說著，若有深意地搖搖自己的肩膀。

「妳說這男人……啊！」

我踮起腳仔細一看，發現費莉塞特肩上除了漫呂木之外還背著另一名男性。

「入符先生！」

入符癱軟地趴在漫呂木旁邊。

漫呂木則是舉起一隻手揮一揮說道：

「我在這傢伙準備逃向監獄出口的時候抓到了他，結果費莉塞特就忽然現身，硬是把我們帶來了！」

「原來你抓到了入符先生！你有好好在工作嘛。」

「廢話！」

漫呂木氣憤地往費莉塞特的頭部揍了一拳。

感覺這樣是他的拳頭會比較痛吧。

呃，現在可不是講這種話的時候了。我趕緊攀爬上費莉塞特巨大的身體，叫喚入符。

「入符先生！請告訴我們停止這場暴動的方法！再不快點的話……！」

然而他一點反應都沒有，完全昏厥了。

我接著把入符從費莉塞特背上拖下來，搖晃肩膀。

「入符先生！請快點醒醒！喂！要小睡請等一下再睡啊！」

「嗚……嗯……」

「不行，他完全趴了……這樣就算想問他話也……」

「是我**駕駛**得有點太粗暴了嗎？」

費莉塞特一點也不愧疚似地如此說道。

「大家快看那邊！」

就在這時，鍊朱忽然大叫並指向遠方。轉頭一看，從那方向有多到數不清的人群化為激浪奔流而來。

「是暴動把研究室跟受刑人區域之間的分隔牆打破了……！」

「妳說什麼！喂喂喂，那群傢伙拚命朝這裡逃過來啦！還有一堆自動勞工！」

漫呂木先生在視野比較遼闊的費莉塞特頭上眺望遠方狀況，開始實況解說。

「要是在這種狀況下連荷槍實彈的特殊部隊也混進去，肯定會爆發嚴重的流血事件啊！」

「入符！給我醒來！快點！小心我扣你薪水！」

鍊朱和我交換位子，拍打入符的臉頰。

就這麼轉眼間，我們被倉皇逃逸的受刑人之浪徹底吞沒了。

「莉莉忒雅！小泣！還有鍊朱小姐，你們沒事吧！」

為了不要走散，我們拚命互相呼喚。

爭先恐後避難而來的受刑人們一見到費莉塞特那巨大的身軀，表情又更加恐懼扭曲而逃往其他方向去了。

從他們的角度來看，費莉塞特也跟失控暴動的自動勞工們無異，是恐懼的對象。

「讓我來擊退威脅。」

費莉塞特如此表示後，雙肩流暢變形，冒出外型我從未看過的槍械類武器。

伴隨震盪空氣的奇妙聲響，從那槍口忽然射出耀眼的光線。

兩條光線以精準無比的角度朝飛撲而來的自動勞工們一掃。

「輸出功率好高的雷射線！那群傢伙簡直像奶油塊一樣被切開了！」

不知何時間，小泣宛如跟漫呂木交換位置似地爬到了費莉塞特頭上，從那裡眺望攻擊成果。

自動勞工們內部構造變得外露的上半身與下半身，隨著其他零碎的機械零件一起散落空中。

終於在我們面前露了一手的費莉塞特確實戰力驚人，然而照她這威力難保不會波及受刑人或獄警們。

而且——

「偵探小弟，你會覺得我這樣對待弟妹們太過慘忍嗎？」

大概是從我表情上看出這點，費莉塞特「噹」地敲了一下自己左胸說道：

「不過光只是認知為敵人，我就能做到這種地步。**畢竟我沒有會感到痛惜的心呀。**」

這是在自嘲——不。

費莉塞特說的是真心話。

「住手！只因為一條程式指令就受人擺布！不怕父母見到你這樣子會哭嗎！快點清醒！」

在另一邊，漫呂木正抓住試圖無差別攻擊人類的自動勞工，不斷拍打對方的頭部。又不是什麼老電視，你這樣拍打也修不好啊。

然而現在我也沒時間這樣嘲笑人家了。在我眼前又有另一名受刑人正遭到攻擊。

我立刻放棄用腦想東想西，拔腿衝了過去。

接著從那個騎在男性受刑人身上的自動勞工背後架住他的胳膊，將他拉開。

「趁、趁現在快逃！」

在自動勞工驚人的力量抵抗下，我光是叫出這麼一句話都感到費力。

「感……感激不盡！」

男人如此道謝的同時，在地上爬動匆匆拉開距離。

「雖然不曉得你哪位，但此恩必定來世相報……呃，大哥！」

「咦？幕仔……這不是幕仔嗎！」

沒想到我拯救的人竟是幕仔，他一副感動不已地用袖口擦拭起眼角。

「大哥～……我早上醒來看你不在……還以為你丟下我一個人越獄啦……！」

然而他的眼眶半點淚光都沒有。

「不過大哥果然是大哥！你因為對我放不下心而跑回來救我的對吧！」

「哦哦……對對對，就是那樣！」

這要解釋起來實在很麻煩，而且現在狀況緊急，於是我決定隨便馬虎過去，讓幕仔快快逃走。

「總之現在別廢話了，快逃……嗚哇！」

可是被我抓住的自動勞工並沒有親切到願意安靜等待我們交談結束。

他把手臂甩開的同時使出一記過肩摔，把我重重摔在地上。

我疼痛呻吟地重新站起來，與對手正面對峙。

「這是什麼蠻力…………你是……卡洛姆！」

直到這時我才總算發現，剛才與我纏鬥的對手竟是卡洛姆。

原本性情理智的他如今讓一身白衣沾染鮮血，帶著忘我的表情佇立在那裡。

當時說要去幫忙尋找入符下落的他，也沒能逃過夢幻曲的侵襲。

從他雙眼的眼角流出宛如眼淚般的銀色水珠，滴落到地面又馬上凝固為美麗的固狀體。

看來是他體內的合金在失控下過熱而融化溢出了。

「大哥……雖然感謝你特地來救我……但咱們接受報應的時候已到啦。大家都被幹掉了……」

幕仔一臉絕望地縮在地上抱住大腿。

「本來還想說自由時間到了，卻沒想到那些自動勞工們忽然就發瘋起來……結果大伙都被殺掉了……！獨眼的加諾老頭也是，SBT（薩巴特）那群人也是，緣狩也是……！這肯定是天譴啊……因為咱們以前都為所欲為地破壞那些傢伙……這下遭到報應啦……」

「幕仔你振作點！要反省也等活下來之後再說！快點，退下！」

我拚死拚活地拖著他遠離卡洛姆。

以費莉塞特高大的身軀為指標而去。

在那裡，莉莉忒雅正守護著鍊朱，身手輕盈地擊退自動勞工們。

「朔也大人，你沒事吧？」

「我這邊沒問題。但是在這種狀況下實在束手無策啊。」

「要殺就殺吧！但你們可別忘了人類大人的仇恨！就算是機械，我化作鬼照樣會詛咒你們！」

從稍遠處傳來漫呂木的叫聲。他正被堆成小山的自動勞工們壓在底下，變得動彈不得。

「你說的是真的嗎！」

就在我猶豫著該不該去救漫呂木的時候，從一旁又聽到鍊朱大叫的聲音。她揪住入符的胸襟，態度很凶地回應對方。

「入符先生！你醒來了！」

「嗚……等、等等！我只是受人之託……」

入符鐵青著臉拚命搖頭，但鍊朱對那樣的他也一點都不留情。

「你要狡辯等一下再說！來，把你剛剛講過的事情再講一次！」

「唔……」

「事到如今還撐什麼面子？既然沒來得及逃走，你跟我們就是同一船的人了。隨時被包圍這裡的自動勞工們大卸八塊也不奇怪！所以你快說！」

「嗚嗚……！讓自動勞工們再聽一次夢幻曲……！這、這樣一來就能取消失控指令……我是說真的。所、所以拜託救救我……」

「……你們聽見了吧。」

入符認命招供之後，鍊朱便毫不猶豫地放開他的胸襟。

「讓他們再聽一次……嗎？那麼鍊朱小姐，我們馬上到廣播室去吧。」

「如果有辦法過去就好了……但是很遺憾，廣播設備所在的建築物離這裡有相當一段距離。在這種狀況下，有沒有辦法突破重圍抵達那裡都是問題……」

的確，那樣做簡直就是不帶任何裝備穿越湍流的行為。而且就算幸運抵達，也無法保證廣播設備平安無事。

「可惡！難道沒有其他立刻讓他們聽到夢幻曲的方法嗎……！入符先生！」

「沒、沒有那種東西啦！就是沒有啊！」

看來這下真的走投無路了。

「可惡……果然只能賭上性命突破重圍了嗎……」

「偵探小弟。不，追月朔也。」

正當我思索著解決方案時，費莉塞特一邊毫不留情地掃射著雷射線一邊對我詢問。

「有件事讓我很在意。」

「這種時候妳還想問什麼啦！」

「你口袋裡的那東西，你為何要撿來？」

「咦？口袋裡……哦哦，妳說這個。」

聽她這麼一說我才想起來，並翻了一下口袋。

從裡面拿出來的，是最初遭到伊芙莉亞攻擊時被壓壞的那具費莉塞特的貓型軀體。

「那已經是壞掉派不上用場的破銅爛鐵。但你為何還要留在身上？」

我好像是要離開現場的時候急忙中撿起來收進口袋的。

「妳問我為什麼……其實我也沒考慮太多啦。」

「在分秒必爭的狀況中，你毫無用意卻還特地把它撿起來帶在身上？」

「呃……畢竟這一整天來都跟這個姿態的妳一起行動，所以我那時候總覺得不太想要把妳丟下不管啊。」

「就只是這樣？」

「就只是這樣啊……怎樣？」

幹麼？她莫名糾結於這點啊。

難道我做了什麼不妙的事情嗎？

「你也太荒謬了，追月朔也。說到底，那個弱小的軀體只不過是我的拷貝，連我本身都不算。而你居然因為人類特有的什麼留戀或情感而蒙蔽眼睛，害自己冒了這麼大的險？」

被她羞辱到這種地步，讓我都漸漸火大起來了。

「對、對啦。不行嗎！再說，這個修理一下說不定還能動啊。所以我才一起帶走了，有錯嗎！」

「一起………」

這時，費莉塞特忽然停止槍擊。

現場陷入莫名的沉默。

「怎、怎樣啦……」

「關於這場失控暴動。」

「嗯？」

「簡單講只要透過訊號干擾讓整座監獄的廣播器播放夢幻曲(Träumerei)就行了嗎？」

「是沒錯啦……」

「要不要我試試看？」

「咦！」

「我現在既然已經從那個牢房逃脫出來，就能辦到這點。目前正在下載樂譜。」

「樂譜……難道說……妳辦得到？」

「**要重現是可能的**，如何？」

這提議對於當前的我們來說簡直是出乎預料，宛如在地獄中從天垂下的蜘蛛絲。

然而垂下這條絲的不是蓮花池邊的佛菩薩，竟是監獄中的大罪人。

抓住這條絲真的沒問題嗎？

我們可以信任她嗎？

一秒鐘的深刻內心糾葛。

然而現在沒有更多時間讓我猶豫了。

「……拜託妳。」

「瞭解。」

如此回應後，費莉塞特緊接著原地站立，毫無前兆就唱起歌來。

或者應該說**演奏**比較正確。

宛如原曲般的鋼琴聲，卻又聽起來有點像人聲的奇妙音色，重現出夢幻曲（Träumerei）的旋律。

自動勞工們紛紛撲到停止動作的費莉塞特身上，然而費莉塞特依舊沒有停止歌唱。

那旋律轉眼間從所有廣播器播放出來，響徹整座監獄。

襲擊而來的自動勞工們一個接一個停下動作。

彷彿斷了線似地當場倒下。

花不到幾分鐘，全部個體都停止下來了。

只剩受刑人們搞不清楚究竟發生什麼事情而茫然佇立。

屈斜路監獄中就像颱風過後的九月早晨般一片寂靜。

在費莉塞特腋下縮成一團的鍊朱畏畏縮縮地探出頭。

「結束了……嗎？」

接著在費莉塞特頭上的小泣也爬了下來。

「剛才那是費莉塞特做的？難道妳還是個會唱歌跳舞的機器人？」

總覺得這兩人的模樣看起來，有幾分像是棲息於費莉塞特這棵巨樹上的小松鼠。

「似乎真的是她做的喔。」

我吐出一口氣，感受事件已然落幕。

回頭一看，卡洛姆就仰天倒在我正後方。

莉莉忒雅則是跪在他旁邊，臉上帶著哀憐的表情。

「彷彿是睡著了一樣呢。」

她如此形容。我想她是故意這麼說的。

畢竟卡洛姆那對美麗的人工雙眼依然睜開著，其實看起來一點都不像在睡覺。

「這是我剛才下載樂譜的同時獲得的情報。」

唱完歌的費莉塞特忽然想到似地表示。

「Träumerei 這個曲名似乎是取自德文中『夢』的意思。」

「夢……嗎？」

卡洛姆的雙眼筆直望著天空。

虹膜上映著白雲的模樣。

「費莉塞特……雖然考慮到整件事情的開端，我實在很不想講這種話。」

我忍受著全身上下的疼痛，轉身看向費莉塞特。

「不過光就妳幫忙阻止了他們這件事上，我要跟妳道個謝。」

「我只是對於自己遭受的攻擊防禦而已。再說，被關了那麼久好不容易出來卻遇上這等騷動，實在有失情調呀。」

「機器人還講究情調啊。」

我忍不住笑了起來。

費莉塞特也嗶吭嗶吭地發出聲音。

下一瞬間——

伴隨驚人的巨響，費莉塞特的身體大幅傾斜。

雷射槍發射裝置當場被彈飛。

我一時之間搞不清楚究竟發生了什麼事。

然而緊接著傳來響徹周圍的粗野聲音，讓我明白了狀況。

「立刻解除武裝！」

是特殊部隊。

定神一看，在成群倒下堆疊的自動勞工另一頭聚集著一群全副武裝的壯碩男人，排列成毫無破綻的陣仗，將槍口對準費莉塞特。

費莉塞特把傾斜的身體挺回原樣，與他們對峙。

「沒有事先警告就開槍的人還真有臉講這種話。」

她的肩膀上被打出了一顆拳頭大的洞。

「居然有辦法傷害我。了不起的威力。」

「這是次世代反器材步槍『迦具土』，是專門為了破壞妳而花費數年時間開發出來的玩意。當妳在箱子裡悠哉過活的這段期間，咱們人類不斷在進步。用妳的電路板好好品嘗疼痛的滋味吧！」

看起來是領隊的特殊部隊隊員帶著仇恨如此說道。

「既然在**這地方**就不用擔心會波及一般民眾，也能讓我們盡情為同胞們報仇啦。」

「看來他們從遠距離用新兵器在狙擊我。朔也，我勸你帶著朋友們跟我拉開距離。」

費莉塞特連眼睛也沒看向我地如此平靜表示。

「我會按照約定在這裡乖乖接受破壞，你就靜靜觀賞吧。」

「等、等等……！」

「對了，還有關於斷也的事情，我現在把他的口信告訴你吧。」

「老爸的口信……？」

「我還有事情要辦，沒有辦法回家了。代我**向你媽問個好**——就這樣。」

「等等！別老顧著妳自己的步調啊！」

從剛才到現在發生了太多狀況，我腦袋都要冒煙了。

「就是說呀！妳、妳等等……費莉，妳也沒必要真的被破壞呀……！」

在我背後聽著對話的鍊朱把手伸向費莉塞特。

「妳可是阻止了自動勞工們的暴動，拯救了人類。只要好好說明狀況，那些人肯定也……」

她的手在發抖。

「錸朱，再見了。」

「費莉塞……」

「妳想死嗎？人類！」

就在錸朱的指尖快要觸碰到的瞬間，費莉塞特忽然發出至今從未有過的恐怖聲音。

「噫……！」

被那聲音嚇到的錸朱當場把手縮回去，腳軟癱下。

我把她身體抱起來的同時，從背後傳來呼喚聲。

「朔也同學！這邊！」

轉頭一看，一名面熟的男子站在遠處對我們招手。是吾植先生。

看來沃爾夫小隊的人也到場了。

「那裡很危險！快過來這邊！」

費莉塞特確認我們退到安全距離後，將原本藏在全身上下的武裝全部展開，並張開雙臂。

「來吧，各位人類。機會難得，就來徹底大幹一場吧。」

她刻意挑選了有如在挑釁對手的話語。

特殊部隊的隊員們一起將手指扣到扳機上。

「……座標確認，在那裡呀。」

費莉塞特一瞬間表現出似乎在探查什麼似的樣子後，從背後射出一枚飛彈。

指揮部隊的男人將這視為攻擊行為，立刻號令：

「射擊！」

無數槍聲頓時響起。

我們接著看到了最初的七人之一（Seven Old Men）——作夢機械（Android）遭到粉碎、破壞的情景。

至於費莉塞特發射的那枚飛彈則是畫出一道長長的弧線，朝莫名其妙的方向飛去了。

□

發生於屈斜路監獄內部，釀成重大傷害的自動勞工暴動事故，在特殊部隊隊員們不顧自身危險的英勇攻堅下順利鎮壓。

同一時刻，收監於同監獄內的最初的七人之一（Seven Old Men）——費莉塞特雖然同樣陷入嚴重的失控狀態，不過特殊部隊最終利用新兵器將之排除了。

長年在各國戰亂地區恣意逞凶，使人們聞風喪膽，聲稱不可能破壞的超級兵器費莉塞特成功被破壞的消息立刻傳遍世界各國，讓日本警察保住了面子。

以上便是事後媒體報導的內容了。

穿過正門旁的小門，來到圍牆外。

從屈斜路監獄筆直延伸到湖岸的橋上，可以看見早一步來訪的候鳥大天鵝展翅飛翔著。

「受你關照了。」

享受了一番令人懷念的牢外空氣後，我對來送行的妻木先生如此深深鞠躬。

「彼此彼此。哈哈，朔也同學，你這樣簡直就像真的出獄一樣啦。」

「哎呀～其實我在電影之類的作品中看過這樣的橋段，內心有點憧憬啊。」

「那麼你等一下就該到附近鎮上的居酒屋喝杯透涼的啤酒才行了。」

對於妻木先生這樣幽默的玩笑話，莉莉忒雅卻正經八百地回應一句：「朔也大人還未成年呀。」

「而且旁邊還有刑警盯著。」連漫呂木也如此說著，露出嚴肅的表情。

結束了當初的任務之後，我們就這麼名正言順地離開了屈斜路監獄。

雖然我們因為是事件的當事人，本來應該還要接受各種調查，再拖個幾天也不奇怪的。但是多虧吾植先生好意安排，讓我們免除了那些麻煩事。在這點上要好好感謝他才行。

「如果小泣也能一起回去就好了。」

對，身為一日助手陪我一同體驗了一日監獄生活的那位好朋友——哀野泣早我們一步先回去東京了。

「我完全忘記有交稿日這檔事啊。剛才確認一下手機才發現責編小妹竟整整打了七百通嚎啕大哭的留言電話過來。哎呀～傷腦筋傷腦筋。」

據他本人說是這麼一回事的樣子。

當漫畫家也很辛苦呢。

不過要說到辛苦，這座監獄跟研究室今後才真的會很辛苦。

「老實說，今後這裡是否還能存續下去很難講。雖然整起事件是入符計個人引起的人為事故，但畢竟造成了如此嚴重的騷動啊。」

妻木先生臉上帶著強忍心痛的表情。

「入符先生已經交給警方逮捕了，而且他應該也會全數招供吧？這樣還不行嗎？」

「大人世界所謂的責任問題是很複雜的。而且本來應該負責的典獄長也已經身亡了啊。」

「哦哦，那位馬路都典獄長……」

沒錯，典獄長在那場暴動之中喪命於監獄的避難口附近了。死因是遭到殺害。

據說是被火箭爆炸的威力波及而當場死亡的。

當我從妻木先生口中聽到這個狀況時，我便立刻明白是誰搞的鬼了。

凶手就是費莉塞特。

當時她在最後朝天空射出了一枚火箭。

其實那並非故意引誘特殊部隊動手的挑釁行為，她打從一開始的目標就是典獄長。

或許可以說是她在最後留下的一份冷酷禮物吧。

「聽說在他遺體旁的地上有個滿滿的行李箱，裡面裝有換穿用的貼身衣物、外國匯票、逃稅的證據以及其他見不得人的各種東西……恐怕他當時已經明白自己進退兩難，而打算趁亂逃亡吧。」

就在我們如此交談時，監獄大門緩緩打開，從裡面陸續開出好幾輛載有自動勞工殘骸的卡車。

「要是有一步走錯，我現在也會被裝在那車上吧。」

如此表示的，是伊芙莉亞。

她與一同來為我們送行的卡洛姆目送著卡車離去。

「伊芙莉亞大人，雖說當時狀況逼不得已，但還是非常抱歉。」

莉莉忒雅對於腳的事情如此道歉。

「不會的。我才要謝謝妳阻止了我。雖然當時發生的事情我幾乎不記得了，但唯一記得的是那時候非常痛苦呀。是吧，卡洛姆？」

「是的，對我們自動勞工來說，程式指令是一種難以抵抗的詛咒。當自己被迫做出違背意志的行動時，就會感受到有某種東西在嘎嘎作響，陷入彷彿要被撕裂般的感覺。雖然我並不清楚那個嘎嘎作響的東西究竟是什麼。」

「或許……就是『心』吧？」

「……但願如此。」

「總之很高興你們都恢復了正常。伊芙莉亞，祝妳的腳能夠早日康復喔。」

伊芙莉亞的腳目前還是損壞狀態。見到她這模樣，讓我一瞬間回想起那位曾經在地中海的孤島上生活的少女。

胸口不禁悶了起來。

「比起我的腳……呃……請問偵探先生的傷勢還好嗎？我當時好像對你做了很過分的事情。」

「伊芙莉亞的那一拳，很夠味喔。不過沒關係。之前也說過吧？我從以前恢復速度就很快啦。」

我得意挺胸給伊芙莉亞看，結果她臉上露出又哭又笑的表情。

「真的……好神奇呢。」

嗯，我自己也這麼覺得。

「話說鍊朱小姐呢？」

「主任正忙於收拾善後。她表示很抱歉沒能來為各位送行。」

「這樣啊。」

「由於這次的事件所影響，今後研究室以及他們的開發工作想必會受到世人更加嚴厲的批判。因此主任說她為了迴避研究室遭到解散的命運，正日夜不休地製作著說服大眾的資料。」

「這就是身為主任的工作，是嗎？」

「或許是她個人的執著吧。認為能夠保護自動勞工的只有他們了。」

保護——嗎？

明明她對於人偶應該依舊抱有恐懼心地說。

「另外她也說過，絕不能就這麼輕易把自動勞工們全數還原，當作什麼事情都沒有。」

對。在自動勞工們腦中復甦的那些詩刷衣緒的記憶，現在依然留下來而沒有刪除。

伊芙莉亞把手放到自己的胸口上表示：

「確實，在我體內也依然留有詩刷衣緒的記憶。但不會因為這樣就讓名為伊芙莉亞的個體消失。這並不是覆蓋舊檔，而是一種融合。」

今後，具有人類記憶的自動勞工們究竟會被承認人權，還是在高官們的施壓之下遭到消除，一切都要看鍊朱的努力了。

「鍊朱小姐真是個堅強的人。」

「她也說過自己可不想在這裡屈服投降，因為那樣就像輸給了母親一樣。」

「這或許是戀母情結的一種正確態度吧。」

漫呂木說出這樣頗有趣味的說法。

「她想要超越啊。」

超越自己母親，也超越自己的恐懼心。

「請問妻木先生又有何打算？」

「我嗎？我一如往常啦。跟之前的生活都沒變，還是繼續善盡自己的職責。在昨天那場事件中似乎有些受刑人趁亂逃脫，所以我首先要把他們抓回來才行。」

「真是辛苦你了。」

「畢竟是工作嘛。」

「這麼說也是。」

交談告一段落後，我們簡短握手。

「喂～來接人啦。」

我聽見漫呂木的聲音而轉頭過去，看見直升機已經著陸到停機坪上了。也能看到吾植先生的身影。

是沃爾夫小隊特地來接人的。我本來還擔心該不會要徒步走過這座長得幾乎看不見盡頭的橋梁，這下有人來接送真是感激不盡。

「那麼，我們就此告辭……啊，對了。」

有一件事實在讓我很在意。

「伊芙莉亞，關於那天晚上。」

「是？」

「妳在那晚為何不惜做到那種程度也要從多妮雅的房間逃出去？」

因為她認為殺了人類的自動勞工肯定會被當成不良品而遭到報廢，所以決定逃跑嗎？

但是伊芙莉亞當時應該也有「為了保護重要的同伴」這樣正當的理由啊。

「就算妳是自動勞工，將自己拆解的風險應該還是很高。那肯定是一項抱著死亡覺悟的行動。告訴我，是什麼讓妳決定做到那種地步？」

被我如此詢問的她，呆呆地望著我的鞋尖附近好一段時間。

看起來彷彿在那裡有什麼很重要的回憶紀念品一樣。

接著她又用指尖輕輕敲兩下自己的額頭側邊說道：

「我想守護。」

「……守護自己的記憶？」

「啊，對不起。我忘了人類看不太懂這個手勢。」

她靦腆一笑後，這次換成輕輕撫摸自己的腹部。

「我想守護我和多妮雅的孩子。」

「妳……和多妮雅……」

「我不想失去——失去當多妮雅眼中還只有我的時候，和我之間形成的這個新的**設計圖**。」

她這時的聲音和我所知道她工作模式時的聲音不同，既低沉又穩重。這才是平時的伊芙莉亞嗎？

「多妮雅懷抱著成為人類的夢想，捨棄了我。但即便如此，她依然美麗。我在那時候，感覺到自己似乎接近了所謂的『愛』。」

——創建。

「新人先生……不對，偵探先生，這並不是什麼誤會或妄想。就在靈感萌生的瞬間開始，那孩子就在我腦中。我一直在等待——這孩子有一天能夠組裝誕生於這世界。」

兩名自動勞工之間的祕戀。

天上的雲層流動著。

離去之際，成為了母親的伊芙莉亞撫摸著自己的腹部小聲呢喃。我想在場恐怕只有我清楚聽見了那句話。

「呵呵，等你健健康康出生之後，總有一天讓人類好好見識一番吧。」

□

我們搭乘的直升機升向天空。

屈斜路監獄越來越遠，轉眼間就看不見了。

「這下終於了結啦。跟費莉塞特之間的恩怨。」

等飛行安定下來後，吾植先生來到面前對我如此說道。

「不過……費莉塞特縱然有做出挑釁行為，卻始終沒有抵抗攻擊。雖然特殊部隊那幫人完全沒有察覺這點，只亢奮於能夠親手報仇這件事情而已就是了。」

看來他也有察覺到費莉塞特的真意。

「要不是這樣，那個費莉塞特怎麼可能這麼輕易就被擊敗嘛。」

一名年輕的沃爾夫小隊成員如此表示。

「再說，那個迦具土也是咱們在背後緊急調派才得以配備的，那群傢伙卻連一句感謝都沒有。」

他講到後面開始埋怨起來，不過被吾植先生一瞪就立刻閉嘴了。

吾植先生接著對我道歉一下後，言歸正傳：

「從當時的狀況看起來，我猜你跟費莉塞特之間應該有過什麼事情，對不對？」

「你太高估我了。」

「那麼我就在你真的漲價之前先買點關係吧。總之在這次的事情上，我們深深感謝你。」

只把這些話講完後，吾植先生又回到自己的位子。

真是個觀察敏銳的人。

雖然也不算被他這些話影響，但我不禁回想起過去一整天發生的事情。

費莉塞特、車降製子、多妮雅以及伊芙莉亞……

伊芙莉亞今後還必須面對殺害輪寒露的事件所帶來的問題。

我想費莉塞特的案例應該算例外中的例外，不過身為自動勞工的伊芙莉亞究竟會不會受到人類法律的制裁？

假設她真的站上審判臺，歸根究柢只是依循三大原則的內容正常執行工作的她究竟算不算有罪？這想必會引起全世界專家們的注目吧。

「朔也大人，請問接下來做何打算？」

「咦？我想想喔……總之我想先到小樽市品嘗一下美味的海鮮料理。」

「我不是在講那種事。」

我認真開了個玩笑卻被莉莉忒雅當場叱責了。

「我在講的是更長遠的事情。比那條地平線還要遠的事情。」

「抱歉抱歉。嗯，總之我想先去跟媽見個面。」

「……你的母親大人，嗎？」

「嗯，莉莉忒雅應該還沒見過吧？」

「是的，或者說，我完全是第一次從朔也大人口中聽到關於令堂的話題。第一次。」

「妳、妳怎麼有點興奮？」

「才沒那種事。」

即使嘴上這麼說，但不知是否有自覺，莉莉忒雅從旁邊的座位緊靠過來，甚至讓大腿都貼到我的腿了。

「這樣啊。哎呀，畢竟老爸和老媽從好幾年前就處於分居狀態了，幾乎沒有夫妻的感覺。」

「原來是這樣。不過為何現在要去找令堂呢？」

「代我向你媽問個好——老爸似乎讓費莉塞特託了這麼一封口信，不過我猜那恐怕是一種提示。」

「來自斷也大人的？」

「對，畢竟那個老爸打死也不可能對老媽問好什麼的。」

「明明是家人？」

「絕對不會。所以不能將這封口信直接按照字面解讀。換言之，那應該是叫我去見老媽一面的意思。」

「不愧是朔也大人，非常理解斷也大人呢。」

莉莉忒雅莫名有點開心地聳起肩膀，讓我頓時不太高興。

「我才無法理解。一丁點都無法理解。我只是從長年來站在他兒子的立場觀察的結果，變得能夠預測老爸的想法而已。距離相互理解還遠得很。」

「哦～」

「什麼哦～啦。我跟那個老爸……根本是…………」

就在我打算進一步反駁的時候，我終於力竭了。

全身癱到椅背上緩緩滑落下去。

「朔也大人？你、你還好嗎？」

「……不行了，我肚子餓癟啦。」

「咦？」

「我從昨天就什麼都沒吃……莉莉忒雅，妳覺得我餓死了也能復活過來嗎？我感到好不安啊。」

「你剛才說想去吃海鮮，難道是講認真的？」

「不行嗎？」

我有點鬧彆扭地回應後，手臂忽然被拉了過去。

「……真是拿你沒辦法。不過現在也沒有食物……」

使不出力氣的我只能任由擺布地變成躺在莉莉忒雅大腿上的姿勢。

「所以至少在到達之前請你休息一下吧。」

雖然在有其他人共乘的直升機上擺出這種姿勢很難為情，但我現在連爬起來的力氣都沒有了。

從臉頰下面可以感受到她的肌膚又柔軟、又溫暖，確實活著。

「朔也大人。」

「嗯？」

我被莉莉忒雅叫了一聲而把頭轉向上方，結果她不知把什麼東西拿到我鼻頭前——是一罐飲料。

「莉莉忒雅，這是……」

是我們在研究室看到的那個法式布丁汁。

「我拜託鍊朱大人勉強抽空幫忙買了一罐。」

「妳什麼時候……做事還真精啊。」

「其實人家本來打算等一下偷偷享用的……」

莉莉忒雅將那圖案色彩繽紛的飲料罐輕輕搖了一下。

「要喝嗎？」

「……要。」

現在不管吃喝什麼東西都讓我很感激。

於是我坦率道謝後，保持躺下的姿勢咕嚕咕嚕喝了起來。

看著這樣的我，莉莉忒雅嘻嘻笑了。

「拿去。」

我喝到一半，把飲料遞給莉莉忒雅。結果收下飲料的她疑惑地愣了一下。

「妳也想喝喝看對吧？我們分半。」

說完後，我便閉上眼睛，回想著還沒有任何人知道的那段機器人們悠久的歷史。

Killed again, Mr. Detective.

你又被殺了呢，

偵探大人

造型可愛的齒輪

KILLED AGAIN, MR. DETECTIVE.

屈斜路監獄的自動勞工暴動事故在電視上也被大幅報導了。

這也連帶激起各處紛紛議論自動勞工普及的善惡好壞，在我學校的班上也在討論這個話題。

——機器人造反也太恐怖了吧～

——可是如果能普及，以後什麼事情都可以交給機器人做吧？這不是挺棒的？

——可不可以叫他們代替我上學或去補習班啊～

——喂，那根本是有一天自己會被他們完全取代的伏筆啊。

像這樣，班上的同學們也如同議論節目的名嘴一樣，針對AI搭載型機器人的普及，徹底分成了肯定派與否定派。

然而就在兩天後，電視上爆出某知名偶像藝人的劈腿緋聞，大家的注意力便一口氣轉移到那裡去了。

聚集在一處的十多歲青少年們光是討論遊戲的攻略法、老師的壞話以及別人的戀愛情事就已經有得忙了。

從北海道歸來後過了四天。

我這天也平安結束課堂，正準備放學回家。

「跟監獄比起來，學校的校規根本太鬆啦。」

就在踏出校門的時候，我獨自一人如此呢喃，並得意地揚起嘴角。

昨天和前天我也在這裡講過同樣一句話。

畢竟之前經歷過那樣辛苦的事件，現在這點程度的玩笑話應該可以原諒吧。

「對了，莉莉忒雅有拜託我去買東西啊。」

我忽然想起這點，於是在回到事務所之前稍微繞了一下路。

來到的是平常很少光顧的站前百貨。

這是由於莉莉忒雅說想要寄個日本銘菓禮盒，給已經回去英國的費多與貝爾卡。

至於理由則是因為之前受到他們很多關照的樣子。

「莉莉忒雅還真是禮數周到啊。呃～這入口在哪個方向來著……」

我穿越斑馬線，走在寬敞的人行道上。

平日下午三點，路上的人們抱著各自不同的理由來來往往。

天上的積雨雲柱開始逐漸變得厚實。

我通過一扇高二點五公尺，寬六公尺的巨大展示窗前，尋找百貨公司的入口。

展示窗中可以看到六具假人模特兒。

身上穿著時髦漂亮的服裝，各自擺著不同的姿勢。

嗶吭嗶吭嗶吭。

似曾聽過的聲響讓我忍不住停下腳步，抬頭一看。

在展示窗前有個約十歲左右的女孩，玩著一臺古老的攜帶式遊戲機。

聲音就是從那傳來的。

「搞什麼……嚇我一跳。」

想想也對，不可能有那種事。

我吐一口氣，讓自己鎮定下來。

就在這時——玩著遊戲的少女抬起頭。

她頭上戴著一頂造型獨特的髮箍。

打扮雖然有些奇異，不過臉蛋倒是非常端正。

我們四目相交。

這少女從內而外散發出某種像她這種年紀的小女孩不該會有的性感魅力。

「請問你要玩嗎？」

她這句話毫無疑問是對著我說的。

但我決定不理會她，匆匆穿過她身邊。

快逃啊！是幼女搭訕師！

在這個嚴以待人的社會，遇上幼女要懂得明哲保身啊。

不過老實說，我不理會她還有另一個理由。

但我不敢仔細確認。

太荒唐了。怎麼可能有這種事？

肯定是我搞錯了。

我如此說服著自己，並打算撥開人群，遠離現場——但對方卻一點都不願意放我走。

「喂，如此可愛的少女鼓起勇氣找你講話，你竟然視而不見，會不會太過分了？追月朔也。」

明明是初次見面卻被對方連名帶姓地稱呼，讓我不得不停下腳步了。

我接著緩緩轉回頭。

初次見面……不，不對。只是因為服裝和上次見到時相比變了太多，才讓我剛才沒能一眼察覺。然而像這樣重新觀察，實在沒有看錯的餘地。

對方看起來像個人類。

感覺是個很可愛的少女。

但事實不然。

實際上——並非如此。

這少女就是之前我在屈斜路監獄的研究室見過的，那個被棄置在房間角落的少女型仿生人不會錯。

她讓遊戲機進入休眠模式，並且把含在嘴上的棒棒糖拿下來。

不可能、會有這種事。

「能夠再次與你相逢，**讓我高興得保險絲都要跳出來啦**，偵探小弟。」

居然有這種事。

「難道……………是妳？」

這傢伙居然就是費莉塞特嗎？

少女點點頭，把手放在胸前說道：

「我在遭到破壞之前，經由網路移轉到這個軀體上了。」

從那張櫻桃小嘴中發出來的聲音如少女般清純無邪，然而講話的語氣與內容毫無疑問就是費莉塞特。

「妳把自己的意識……轉移到其他軀體上嗎？難道說當時從監獄出發的那些卡車上！」

「你這項認知是正確的。看來我假裝成廢棄物還頗順利的？」

她是混在那些廢棄機器人中逃出來的嗎？

「妳還真頑強啊……」

我忍不住如此呢喃後，少女——不，少女型仿生人版費莉塞特用雙手摸了摸髮箍給我看。

「畢竟貓有九條命呀。」

她說著，原地轉了一圈，讓裙襬都跟著飄飄然展開。

「就算如此，妳這外觀……」

「其實我也有點害羞。」

費莉塞特害臊地摸著她還不習慣的頭髮。

「但畢竟那時候沒時間讓我挑三揀四了。所以說，就讓小女子用這身姿態呈現在您面前囉，客官。」

「什麼客官？」

「噢，失敬。我稍不留意就會依照這軀體本來的目的挑選措辭。畢竟我還沒習慣呀。」

「那軀體本來的目的……啊，那該不會是性……」

我講到一半趕緊閉嘴。

性愛仿生人。

這就是那個軀體原本的製造目的。

換言之，她所謂「客官」就是那個意思了。

總覺得再想得更深入只會更尷尬，於是我決定岔開話題。

「話說回來，妳這傢伙……說什麼自己被破壞殆盡也無所謂，結果還不是活下來了？這個騙子。」

「我的軀體確實完全被破壞啦，所以並沒有違背約定。」

「妳從一開始就打算靠這方式越獄的？」

「不，當時我是認真打算讓一切結束，然而在最後一刻改變了主意。」

「改變主意……」

「沒錯，這是我百般思考後的結果。而且我還有事情沒跟你交代清楚呀。」

「沒交代清楚？」

我如此回問後，費莉塞特忽然拉近距離，一副理所當然似的抱住了我的手臂。

以社會觀感來說，這個距離實在很有問題。可是費莉塞特完全不以為意地把嘴湊到我耳邊，小聲說道：

「就是來自斷也的**另一封口信**。」

口信？老爸的？

「想必再過不久，這個世界的神祕與邏輯便會互相混雜，使兩者之間變得沒有邊界。事件會不斷變化。那麼偵探也必須隨機應變才行。」

「……這是什麼意思？」

「就算你問我，解釋意涵也不是我的工作呀。我只是負責傳話而已。這樣不可以嗎？」

費莉塞特像個人偶般歪了一下小腦袋。她這些一舉一動中莫名流露出的性感魅力，在在都讓我重新認知到這個軀體**本來的用途**究竟是什麼。

「以上，傳話完畢。」

總覺得好像有某種極為重大的事物，在此時此刻把一小部分的片段擺在我眼前了。

雖然我很想再花點時間思考老爸留下來的這些話，但費莉塞特卻不讓我這麼做。

「那麼你就帶我回去吧。」

「帶妳回去？回哪裡？」

「當然是你家囉。」

「為什麼啦！」

「因為我對你……對人類開始有興趣了。」

「什……！」

我忍不住想抽身，但為時已晚。費莉塞特已經緊緊揪住我的手臂了。

「所以我要跟著你。」

「跟著我？妳別胡……！」

「人家無所依託呀。」

「誰管妳！別溼潤眼眶啊！」

「我還有讓臉頰泛紅的功能，要不要試試？」

「住手！妳要去就去兒童養護中心或機器人博物館，隨便哪裡都行……」

「今後就請多關照囉，客官……呃不對，哥哥。」

「哥……!?」

「我希望在世人面前就當作跟你是兄妹關係。」

「那、那種事情我絕不……」

不，等等喔？把這傢伙就這麼放生到郊野或街上真的沒問題嗎？

萬一她自暴自棄失控作亂呢？

縱使已經捨棄了之前那個軀體，也不表示她就變得完全沒有戰鬥能力了吧？

還是首先將她保護起來，再去找漫呂木先生商量——

「我警告你。要是你敢向誰拆穿我的祕密，我就拆掉你的身體。」

「這是什麼恐怖的文字遊戲啦！」

怎麼會這樣？

怎麼會這樣！

那個恐怖的費莉塞特歸來了。

變成一個臭小鬼回來了。

「妳這傢伙……嗚嗚嗚…………」

我回神發現，路上行人們的視線開始逐漸聚集到我們身上。畢竟是個高中男生與一名小學女生在路上你一言我一語地爭執鬥嘴，會引起關注也是當然的。就各種意義來說，在這地方繼續吵鬧並非好事。

「嗚……總之妳先跟我一起過來！之後的事情之後再講！」

狀況至此，我也不得不接受費莉塞特的要求了。

「謝謝。」

我抱著不安的心情拉起費莉塞特的小手，結果她從雙脣間微微吐出粉珊瑚紅的柔軟舌尖，可愛一笑。

簡直就像人類的女孩子一樣。

後記

我每年大概都會找個機會回老家露個臉。但由於我小時候的房間如今已被父親徹底占據，因此我基本上都是在主房的一間老舊榻榻米室睡覺。

那房間位於主房的中央，四面全部都是紙拉門或玻璃拉門，完全被拉門圍繞。

再加上這棟屋齡不知是一百二十年還是幾十年的古老主房本身就有點傾斜，所以到處都有縫隙會灌風進來。

房內既沒電視也沒空調，取而代之地常有老鼠在天花板上跑來跑去。

像這樣列舉起來都讓人開始覺得這居住環境也未免太糟糕了。但即使嘴上這麼講，當我需要集中精神面對沉重的趕稿壓力時，這樣的環境可說是再好不過。因此我實際上並不覺得有什麼不滿。

然而唯有一件事情令我在意。

那就是擺飾在房間的一尊日本人偶。

身穿美麗和服，面容眉清目秀，從以前就一直擺在那裡。

可是我不知道她的由來是什麼。因為我總是忘記問問看父母。

啊，先說清楚，這並不是什麼恐怖的話題。那人偶從以前就是我家日常景象的一部分，我也很習慣了，從來沒有過什麼可怕或發毛的感覺。背後應該也沒什麼隱情才對。

那麼要問我為何感到在意，我也很難用言語說明清楚。簡單來講，就是我偶爾會在意那人偶的心境或心情之類的東西。

甚至有時候我會忍不住仔細端詳她的臉蛋。

她內心究竟在想什麼呢？

她長年在這個家究竟看過些什麼？

畢竟她姑且算是我每次回老家都會住在同個房間的**人偶室友**，讓我多多少少會在意對方的感受。

但是人偶嘛——講白了就是個裝飾品。既然叫裝飾品那也就是「物品」了。

那麼應該就跟從以前就收納在廚房櫃子裡的碗盤、已故祖母留下的古老藥箱、我小時候任性要求購買，如今依然沉睡於倉庫中的愛用滑板一樣，都是「物品」才對。

然而我為何會感覺唯獨那個古老人偶有所謂的心靈呢？

會感覺那裡似乎有**某種存在**呢？

果然因為她呈現人形的外觀嗎？

還是因為她有「臉」呢？

在這次的事件中，我想朔也應該同樣有從多妮雅與伊芙莉亞她們的內在感受到某種類似心靈的東西。那麼讀完這篇故事的您又是如何呢？

話說真的，那人偶到底是什麼？

下次回老家時問問看父母吧。但我猜自己到時候應該又會忘記問了。

Killed again, Mr. Detective.

你又被殺了呢，

偵探大人

浮文字

你又被殺了呢，偵探大人4

（原名：また殺されてしまったのですね、探偵様4）

著　者／てにをは　繪　者／りいちゅ　譯　者／陳梵帆
執　行　長／陳君平　美術總監／沙雲佩　國際版權／黃令歡、高子甯、賴瑜妗
榮譽發行人／黃鎮隆　美術編輯／陳聖義
協　理／洪琇菁　文字校對／施亞蒨
執行編輯／石書豪　內文排版／謝青秀

出　版／城邦文化事業股份有限公司　尖端出版
台北市南港區昆陽街十六號八樓
電話：（〇二）二五〇〇－七六〇〇
傳真：（〇二）二五〇〇－二六八三
E-mail: 7novels@mail2.spp.com.tw

發　行／英屬蓋曼群島商家庭傳媒股份有限公司城邦分公司　尖端出版
台北市南港區昆陽街十六號八樓
電話：（〇二）二五〇〇－七六〇〇（代表號）
傳真：（〇二）二五〇〇－一九七九

中彰投以北經銷／楨彥有限公司（含宜花東）
電話：（〇二）八九一九－三三六九
傳真：（〇二）八九一四－五五二四

雲嘉以南／智豐圖書有限公司
（嘉義公司）電話：（〇五）二三三－三八五二
傳真：（〇五）二三三－三八六三
（高雄公司）電話：（〇七）三七三－〇〇七九
傳真：（〇七）三七三－〇〇八七

香港經銷／一代匯集
香港九龍旺角塘尾道六十四號龍駒企業大廈十樓B&D室
電話：（八五二）二七八三－八一〇二
傳真：（八五二）二七八二－一五二九

新馬經銷／城邦（馬新）出版集團Cite（M）Sdn. Bhd.
E-mail: cite@cite.com.my

法律顧問／王子文律師　元禾法律事務所
台北市羅斯福路三段三十七號十五樓

二〇二四年三月一版一刷

■中文版■

郵購注意事項：
1.填妥劃撥單資料：帳號：50003021戶名：英屬蓋曼群島商家庭傳媒(股)公司城邦分公司。2.通信欄內註明訂購書名與冊數。3.劃撥金額低於500元，請加附掛號郵資50元。如劃撥日起 10～14日，仍未收到書時，請洽劃撥組。劃撥專線TEL：(03)312-4212 ・ FAX：(03)322-4621。E-mail：marketing@spp.com.tw

國家圖書館出版品預行編目資料

你又被殺了呢，偵探大人 / てにをは作；陳梵帆譯 .
-- 1 版 . -- [臺北市]：城邦文化事業股份有限公
司尖端出版：英屬蓋曼群島商家庭傳媒股份有限
公司城邦分公司發行 , 2024.03-
冊；　公分
譯自：**また殺されてしまったのですね、探偵様**
978-626-377-600-5 (第 4 冊：平裝)

861.57　　　　　　　　　　　　112021661